LE CAS NELSON KERR

Auteur de renommée internationale né en 1955, John Grisham a été avocat pendant dix ans avant de connaître son premier succès littéraire avec *La Firme*, publié en 1991. Aujourd'hui auteur à temps plein, il est un véritable phénomène éditorial aux États-Unis où chacun de ses livres se vend à plusieurs millions d'exemplaires et fait l'objet d'adaptations cinématographiques très remarquées. Marié, père de deux enfants, John Grisham est l'un des auteurs les plus lus dans le monde.

Paru au Livre de Poche :

L'Allée du sycomore

Le Cas Fitzgerald

Les Imposteurs

L'Informateur

L'Insoumis

L'Ombre de Gray Mountain

Les Oubliés

La Sentence

JOHN GRISHAM

Le Cas Nelson Kerr

ROMAN TRADUIT DE L'ANGLAIS (ÉTATS-UNIS)
PAR DOMINIQUE DEFERT

JC LATTÈS

Titre original :

CAMINO WINDS
Publié par Doubleday,
une division de Penguin Random
House LLC, New York.

Ce livre est une œuvre de fiction. Les personnages, les lieux et situations décrits dans ce livre sont imaginaires ou utilisés de manière fictive. Toute ressemblance avec des personnages, lieux ou événements réels est purement fortuite.

ISBN : 978-2-253-94025-8 – 1re publication LGF

I

LE CHOC

1

Leo naquit fin juillet dans les eaux tumultueuses de l'océan Atlantique, à environ trois cents kilomètres à l'ouest du Cap-Vert. Il fut aussitôt repéré par les satellites en orbite. Les météorologues lui donnèrent un nom, et le déclarèrent simple dépression tropicale. Mais, en quelques heures, il devint une tempête.

Pendant un mois, des vents secs avaient balayé le Sahara et avaient rencontré les fronts humides le long de l'équateur. La bataille avait formé des masses d'air tourbillonnantes qui s'étaient mises à progresser vers l'ouest à la recherche d'une terre. Quand Leo entreprit son voyage, trois tempêtes le précédaient – une procession funeste qui menaçait les Caraïbes. Les trois premières ont finalement suivi les routes prévues et ont déversé de fortes pluies sur les îles. Rien de plus.

Depuis le début, toutefois, Leo n'en faisait qu'à sa tête. Sa trajectoire était bien plus erratique et mortelle. Quand il rendrait son dernier souffle au-dessus du Middle-West, il aurait causé pour cinq milliards de dégâts et tué trente-cinq personnes.

Mais avant sa fin, il avait vite grimpé les échelons : dépression, tempête, cyclone… Une fois atteinte la catégorie 3, avec des vents de deux cents kilomètres à l'heure, il frappa de plein fouet les îles Turques-et-Caïques, emporta quelques centaines de maisons et fit dix victimes. Il toucha Crooked Island au sud des Bahamas, obliqua à gauche en direction de Cuba, avant de s'attarder au sud de l'île d'Andros. Son œil s'effondra, et Leo perdit de sa vigueur. Il traversa Cuba cahin-caha, en simple dépression, produisant de fortes précipitations mais des vents modestes, vira au sud pour doucher la Jamaïque et les îles Caïmans, puis, en moins de douze heures, il se reconstitua un nouvel œil aux murs vertigineux et fonça au nord, vers les eaux chaudes et turquoise du golfe du Mexique. À en croire sa trajectoire, il filait en ligne droite sur Biloxi, destination classique des cyclones. Les météorologues avaient pourtant appris à se méfier. Leo était versatile et ne suivait aucun modèle.

Encore une fois, il grossit, prit de la vitesse et, en deux jours, il faisait la une des médias. À Las Vegas, les paris étaient ouverts quant à savoir quelle région il allait ravager. Des dizaines d'équipes de tournage se précipitèrent vers les zones à risque. De Galveston à Pensacola, toute la côte fut placée en état d'alerte. Les compagnies pétrolières s'empressèrent d'exfiltrer les dix mille ouvriers qui travaillaient sur les plateformes et d'augmenter le prix du baril (tous les prétextes sont bons), des plans d'évacuation furent lancés dans cinq États, les gouverneurs donnèrent des conférences de presse, des armadas de bateaux et d'avions se mirent à l'abri à l'intérieur des terres. Devenu un cyclone de catégorie 4, Leo fit des zigzags en remontant le golfe.

Le choc promettait d'être terrible et dévastateur quand il toucherait terre.

Et contre toute attente, il faiblit à nouveau. À cinq cents kilomètres au sud de Mobile, il amorça un lent virage vers l'est et perdit grandement en vigueur. Pendant deux jours, il se traîna au large de Tampa, puis, soudain, se réveilla : de tempête, il redevint cyclone de catégorie 1. Pendant un temps, il progressa en ligne droite et son œil passa sur Saint Petersburg avec des vents à cent cinquante kilomètres à l'heure. Il y eut des inondations, des coupures d'électricité, des constructions branlantes furent couchées au sol, mais on ne déplora aucun mort. Leo suivit ensuite la I-4 en lâchant vingt-cinq centimètres d'eau sur Orlando, et vingt sur Daytona Beach avant de quitter la Floride, apaisé, en simple dépression tropicale.

Les météorologues, épuisés par les frasques de Leo, lui dirent adieu et lui souhaitèrent de se perdre dans l'océan comme le prévoyaient leurs modèles, là où il ne pourrait tourmenter que quelques cargos.

Seulement, Leo avait d'autres projets. À trois cents kilomètres à l'est de Saint Augustine, il obliqua au nord, retrouva sa vigueur et un œil tempétueux se forma en son centre pour la troisième fois. Les modélisations furent révisées et de nouvelles alertes furent lancées. Pendant quarante-huit heures, Leo remonta la côte, gagnant en puissance, comme s'il cherchait sa prochaine cible.

2

À la librairie Bay Books de Santa Rosa sur Camino, clients et employés ne parlaient que de la tempête. Sur l'île comme sur le continent – de Jacksonville au sud à Savannah au nord –, toute la population surveillait Leo. Mais à l'ère d'Internet, les gens étaient devenus des experts en météorologie et la plupart rappelaient avec autorité qu'aucune côte de la Floride au-dessus de Daytona n'avait été touchée par un ouragan depuis des décennies – juste quelques coups de vent quand les cyclones fonçaient vers les deux Caroline au nord. Le Gulf Stream à cent kilomètres de là formait, disait-on, une sorte de barrière naturelle qui protégeait les plages de Floride, et ce serait encore le cas avec ce teigneux de Leo.

Une autre théorie soutenait que la chance de Camino avait tourné et que l'île allait s'en prendre un gros cette fois. Les modèles étaient sujets à controverse. Le centre de surveillance des cyclones à Miami estimait que Leo allait suivre une trajectoire plein est dans l'océan et ne toucherait aucune terre. Mais les analystes européens prédisaient qu'il toucherait les côtes au sud de Savannah, en ouragan de catégorie 4, et inonderait toutes les basses terres. Comment savoir ? Leo était imprévisible.

Bruce Cable, le propriétaire de Bay Books, gardait un œil sur la chaîne météo tout en houspillant ses clients et ses employés pour qu'ils s'intéressent aux livres et non aux infos. Il n'y avait pas un nuage dans le ciel ! Et Bruce croyait à la légende insulaire :

Camino était protégée et ne connaîtrait pas le *Big One*. Il habitait l'île depuis vingt-quatre ans et jamais une grosse tempête n'avait touché les côtes. Il organisait dans sa boutique quatre dédicaces par semaine, et la plus importante du mois était programmée le lendemain soir. Pas question que Leo gâche la fête alors que Bruce accueillait l'une de ses autrices favorites !

Mercer Mann terminait une tournée d'été de deux mois, qui s'était révélée un véritable succès. Elle faisait la promotion de son deuxième roman, *Tessa*, qui figurait dans le top 10 sur les listes de best-sellers. Les critiques étaient dithyrambiques et les ventes montaient en flèche. À la surprise générale ! Étiqueté « fiction littéraire », en opposition au genre populaire, le roman était destiné à rester en fin de classement – si tant est qu'il soit cité. L'éditeur, comme l'autrice, espérait en vendre au mieux trente mille exemplaires (toutes éditions confondues, papier comme numérique), mais ce chiffre était déjà largement dépassé.

Mercer avait des liens profonds avec Camino. Dans sa jeunesse, elle y passait tous ses étés en compagnie de sa grand-mère, Tessa – le personnage qui lui avait inspiré ce roman. Trois années plus tôt, elle avait séjourné un mois dans le bungalow de la famille et s'était retrouvée mêlée à une affaire impliquant un vol de manuscrits. À cette occasion, elle avait eu une courte aventure avec Bruce qui avait ajouté son nom à la longue liste de ses conquêtes.

Cependant, cette fois Bruce ne songeait pas à la bagatelle, du moins tentait-il de s'en convaincre. Sa priorité était de rameuter du monde pour la dédicace de Mercer. Bay Books était une étape incontournable – son propriétaire n'avait pas son pareil pour rassembler les foules et booster les ventes. Les éditeurs de New York poussaient leurs poulains à aller sur Camino, et nombre de ces écrivains étaient des jeunes femmes seules prêtes à prendre du bon temps. Bruce avait un faible pour les autrices : il les invitait à dîner, bon repas, bons vins, charme et légèreté ; les livres avaient droit à une belle promotion et leurs autrices à de belles soirées.

Mercer avait connu ce rite initiatique et n'allait pas recommencer : elle était escortée par son nouveau compagnon. Bruce s'en fichait. Il était ravi de son passage sur Camino, d'autant qu'elle venait avec un magnifique nouveau roman. Il avait lu les épreuves six mois plus tôt et, depuis, il n'avait cessé de vanter les qualités du livre. Comme à chacun de ses coups de cœur littéraires, il avait envoyé des dizaines de lettres à ses amis et clients pour leur dire tout le bien qu'il pensait de *Tessa*. Il avait appelé des libraires aux quatre coins du pays pour les convaincre de commander ce titre. Au téléphone, pendant des heures, il avait peaufiné avec Mercer sa tournée de dédicaces : où aller, quelles librairies éviter, quels critiques ignorer, et à quels journalistes consacrer du temps. Il avait même prodigué des conseils éditoriaux. Elle en avait suivi certains – pas tous.

Tessa était sa chance, son moment de gloire pour asseoir sa carrière. Dès le premier roman de Mercer, Bruce avait compris que la jeune femme était une grande autrice, même si ce premier opus était passé sous les radars. Indépendamment de leur brève liaison, Mercer tenait Bruce en grande estime, et pourtant, lors de son dernier séjour sur l'île, elle l'avait trahi. Bruce le lui avait pardonné. Personnage truculent et irrésistible, c'était un électron libre, et en même temps une véritable force dans ce monde impitoyable du commerce des livres.

3

La veille de la dédicace, Mercer et Bruce se retrouvèrent pour déjeuner dans un restaurant de Main Street, à cinq cents mètres de Bay Books. Bruce mangeait toujours en ville, avec une bouteille de vin ou deux, le plus souvent en compagnie d'un représentant, d'un auteur de passage, ou encore d'un écrivain du cru qu'il soutenait. Des repas d'affaires, dont la facture passerait sur les frais de la librairie. Il débarqua quelques minutes en avance et se dirigea vers sa table préférée en terrasse, celle avec la vue sur le port. Il plaisanta avec la serveuse et commanda un sancerre. À l'arrivée de la jeune femme, il se leva et l'embrassa, puis serra chaleureusement la main de Thomas, son petit ami du moment.

Ils s'installèrent et Bruce remplit les verres. Non, ils ne parleraient pas de Leo ! Pour Bruce, c'était un non-sujet, un simple bruit parasite. « De toute façon, il se dirige vers la Caroline du Nord », dit-il avec assurance.

Mercer était encore plus belle que dans son souvenir, avec ses cheveux bruns coupés plus court, ses yeux noisette où brillait cet éclat particulier que l'on retrouve chez tous ceux qui connaissent le succès. Elle en avait assez de cette tournée, avait hâte d'en finir, mais en même temps, elle savourait son moment de gloire.

— Trente-quatre dates en cinquante et un jours ! lâcha-t-elle avec un sourire.

— Tu en as de la chance, répliqua Bruce. Comme tu le sais, les éditeurs rechignent à ouvrir leur portefeuille ces temps-ci. Tu fais un tabac, Mercer. J'ai lu dix-huit critiques, toutes élogieuses, sauf une.

— Celle de Seattle…

— C'est un vieil aigri. Il n'aime jamais rien. Je l'ai appelé quand j'ai découvert son papier et lui ai passé un savon.

— Tu as fait ça ?

— C'est mon boulot. Je protège mes auteurs. Et si j'ai ce crétin en face de moi, je lui fiche mon poing dans la figure.

Thomas lâcha un rire.

— Collez-lui-en une pour moi !

Bruce leva son verre.

— Allez ! Au succès de *Tessa* ! Cinquième sur la liste des best-sellers du *Times*, et ce n'est que le début !

Tout le monde trinqua.

— Je n'en reviens toujours pas, confessa Mercer.

— Avec un nouveau contrat en prime, lâcha Thomas en jetant un coup d'œil à la jeune femme. On peut lui dire ?

— Le secret est déjà éventé, intervint Bruce. Mais je veux bien des détails.

Mercer esquissa un sourire.

— Mon agent m'a appelée ce matin. Viking m'offre une coquette somme pour deux autres livres.

Bruce leva à nouveau son verre.

— Magnifique ! Ils ont flairé le filon ! Félicitations. Je suis ravi pour toi.

Bruce voulait des détails. Une « coquette somme » ? Combien au juste ? Il avait déjà sa petite idée. L'agent de Mercer était un vieux filou. À tous les coups, il avait négocié les deux livres pour un chiffre à six zéros. Après des années de vaches maigres, un nouveau monde s'offrait à Mercer Mann.

— Et les droits étrangers ? s'enquit Bruce.

— C'est pour la semaine prochaine.

Le premier livre de Mercer n'avait pas quitté les États-Unis. Il n'y avait eu aucune vente à l'international.

— Les Anglais vont se l'arracher. Les Français et les Italiens vont adorer *Tessa* quand il sera traduit, c'est typiquement leur genre d'histoire. La négociation sera facile. En deux temps trois mouvements, ton livre va se retrouver en vente dans vingt pays. C'est incroyable, Mercer !

Elle se tourna vers Thomas :

— Tu vois ? Il connaît bien le métier.

Ils firent tinter à nouveau leurs verres alors que la serveuse s'approchait.

— Ça mérite du champagne, lança Bruce.

Il commanda aussitôt une bouteille sans attendre leur avis. Comment s'était passée la tournée de dédicaces ? Comment avait-elle été accueillie ? Il connaissait quasiment tous les libraires du pays et tâchait de leur rendre visite à chacun de ses déplacements. Pour Bruce, les vacances, c'était une semaine à Napa ou à Santa Fe pour faire bonne chère, arrosée de grands crus, mais aussi pour repérer les meilleures librairies indépendantes, rencontrer les propriétaires et entretenir son réseau.

Il posa des questions en particulier sur Square Books à Oxford, l'une de ses boutiques favorites, qui lui avait servi de modèle pour créer Bay Books. Aujourd'hui, Mercer vivait justement dans cette ville et enseignait l'écriture créative à Ole Miss, un contrat de deux ans, avec peut-être à la clé un poste fixe. Suite au succès de *Tessa*, elle serait titularisée, du moins Bruce en était persuadé, et il cherchait déjà à l'aider dans cette voie.

La serveuse servit le champagne et sortit son carnet pour prendre les commandes. Ils trinquèrent une troisième fois au nouveau contrat d'édition et le temps perdit toute réalité.

Thomas, que l'on avait à peine entendu, annonça :

— Mercer m'avait prévenu. Pour vous, les déjeuners c'est sacré !

Bruce esquissa un sourire.

— C'est vrai. Je fais de longues journées, je commence dès l'aube, et à midi, il faut que je sorte de la boutique. C'est mon excuse. Et après, je m'offre une sieste digestive.

Mercer était restée plutôt discrète sur son nouveau compagnon. Elle lui avait simplement annoncé qu'elle avait une relation sérieuse avec quelqu'un et que cette personne aurait toute son attention. Bruce respectait son choix. Il était réellement ravi qu'elle ait trouvé quelqu'un de stable et de plutôt beau garçon. Thomas semblait avoir une petite vingtaine d'années, il devait être un peu plus jeune qu'elle.

Sa curiosité était piquée au vif.

— Mercer m'a dit que vous êtes aussi écrivain ? commença-t-il.

Thomas sourit.

— Oui, mais un écrivain jamais publié ! Je suis l'un de ses étudiants en master.

Bruce lâcha un petit rire.

— Je vois. Coucher avec sa prof, c'est toujours bon pour les notes !

— Ne commence pas, Bruce ! s'offusqua Mercer – mais elle avait le sourire aux lèvres.

— C'est quoi votre parcours, Thomas ?

— Une licence en littérature à Grinnell. Trois ans comme rédacteur pour *The Atlantic*. Et free-lance pour deux magazines en ligne. Une trentaine de nouvelles et deux mauvais romans, parfaitement impubliables. Je traîne maintenant à Ole Miss, pour faire un master tout en songeant à mon avenir. Et depuis deux mois, je suis son porteur de bagages et ça me va très bien.

— Il assure aussi comme garde du corps, chauffeur, attaché de presse et assistant. Et il a une très belle plume.

— Il faudra que vous me montriez ça.

Mercer se tourna vers son compagnon.

— Comme tu vois, Bruce est toujours prêt à aider.

— Entendu, répondit le jeune homme. Dès que j'aurai quelque chose de décent à faire lire.

Bruce, avant le dîner, aurait bien sûr lu sur Internet tous les articles qu'avait écrits Thomas pour *The Atlantic*, comme tous ses autres textes disponibles sur le Web et se serait fait une idée de ses talents.

Les salades de crabe arrivèrent et Bruce remplit les coupes de champagne. Il remarqua que ses deux invités, pour l'instant, buvaient à peine. C'était un réflexe chez lui de surveiller les quantités d'alcool dans les verres – à table, au bar, partout. La plupart des écrivaines étaient sobres. Mais leurs homologues masculins levaient le coude sans vergogne. Certains étaient en cure de désintox et pour eux, dans ce cas, Bruce s'en tenait au thé glacé.

Il reporta son attention sur Mercer :

— Et ton prochain roman ?

— Doucement, Bruce. Pour l'instant, je profite du moment. Les cours reprennent dans deux semaines et je compte bien ne pas écrire une ligne d'ici là.

— N'attends pas trop quand même. Ce contrat pour tes deux prochains romans va commencer à te peser de plus en plus. Pas question de traîner trois ans pour ton numéro trois.

— Je sais, je sais. Mais je peux bien prendre quelques jours de pause, non ?

— Une semaine max. Ce soir, ça va être la folie à la maison ! Tu es prête ?

— Bien sûr. Toute la bande sera là ?

— Ils ne rateraient ça pour rien au monde ! Noelle est en Europe et elle te salue. Mais les autres seront présents, excités comme des puces. Ils ont tous lu ton livre et l'ont adoré.

— Comment va Andy ?

— Toujours sobre ! C'est pour ça qu'il ne sera pas de la fête. Son dernier livre était plutôt bon et s'est bien vendu. Il écrit beaucoup. Tu le croiseras sans doute en ville.

— J'ai souvent pensé à lui. C'est un type bien.

— Il va s'en sortir. Le groupe de Camino est toujours là et ils ont hâte de te revoir ce soir.

4

Dès que Thomas partit aux toilettes, Bruce se pencha vers Mercer :

— Il sait pour nous deux ?

— Comment ça, « nous deux » ?

— Tu as déjà oublié ? Notre petit week-end ? C'était parfaitement délicieux, autant que je m'en souvienne.

— Je ne sais pas de quoi tu parles, Bruce. Ça n'est jamais arrivé.

— D'accord. Message reçu. Rien sur les manuscrits ?

— Quels manuscrits ? C'est une partie de mon passé que j'essaie d'oublier.

— Parfait. Personne n'est au courant, à part toi, moi, Noelle, et bien sûr ceux qui ont payé la rançon.

— Non, rien de mon côté. (Elle but une gorgée de vin, puis se pencha à son tour vers Bruce :) Et tout cet argent, il est où ?

— Loin. Placé. Et je compte bien ne pas y toucher.

— Mais il y en a pour une fortune. Pourquoi tu continues à travailler comme une brute ?

Il esquissa un large sourire, puis avala une grande lampée.

— Ce n'est pas du travail. J'adore ce que je fais, ma vie serait vide, sinon.

— Et cela inclut aussi d'autres activités illicites ?

— Bien sûr que non ! Il y a trop de gens sur le qui-vive. Et je n'ai plus besoin de faire ça.

— Donc tu es rentré dans le rang.

— Plus le moindre écart. J'aime le monde des livres rares et j'en achète beaucoup ces temps-ci, en toute légalité. De temps en temps, on me propose des affaires plus suspectes. Il y a toujours un receleur quelque part, et je reconnais que parfois c'est tentant. Seulement c'est trop risqué.

— Pour l'instant.

— Oui, pour l'instant.

Elle secoua la tête et sourit.

— Tu es incorrigible, Bruce ! Charmeur, coureur de jupons et voleur de livres.

— C'est vrai. Mais dans tout le pays, c'est moi qui vends le plus d'exemplaires de ton livre. Rien que pour ça, tu devrais m'aimer.

— T'aimer ? Comme tu y vas.

— D'accord. Disons m'adorer pour l'éternité.

— Partons là-dessus, et changeons de sujet. Est-ce qu'il y a quelque chose que je devrais savoir avant le repas de ce soir ? Une info sensible ?

— Je ne crois pas. Tout le monde est impatient de te revoir. Il y aura quelques questions sur ta disparition soudaine il y a trois ans, mais je t'ai couverte. J'ai dit qu'il y avait eu un drame dans ta famille et que tu avais dû partir précipitamment, sans préciser où exactement. Puis que tu as enseigné pendant deux ans et que tu n'as pas eu le temps de revenir sur l'île.

— C'est la bande au complet ?

— Oui, sans Noelle, comme je te l'ai dit. Andy passera sans doute vite fait pour boire un verre d'eau et te dire bonjour. Il y aura aussi un nouveau, un écrivain qui pourrait t'intéresser : Nelson Kerr. Un ancien avocat d'un gros cabinet de San Francisco. Il a balancé un client, un chef d'entreprise sous contrat avec la Défense qui a vendu de la technologie militaire aux Iraniens, Nord-Coréens et autres affreux. Ça a fait du bruit il y a dix ans. Enfin, c'est de l'histoire ancienne.

— Il y a dix ans, j'avais d'autres chats à fouetter !

— Certes. Bref, ça a fichu par terre sa carrière, mais il a gardé une tonne de renseignements très chauds. De quoi jouer les lanceurs d'alerte pendant des années. Aujourd'hui, il se planque. Il a une petite quarantaine. Divorcé sans enfants. Discret.

— Décidément, cet endroit attire les parias.

— Depuis toujours. C'est un gars gentil, pas très loquace. Il a acheté une maison à côté du Hilton. Il voyage beaucoup.

— Et ses bouquins ?

— Il écrit sur ce qu'il connaît. Les trafics d'armes, le blanchiment d'argent. Ce sont de bons thrillers.

— Berk ! Et ça se vend ?

— Moyen. Pourtant il a du potentiel. Tu n'aimerais pas ses livres, mais tu aimeras le type, tu verras.

Thomas revint et tout le monde se mit à parler du dernier scandale du petit monde de l'édition.

5

Bruce habitait une maison victorienne à dix minutes à pied de Bay Books. Après sa sieste dans son bureau, il quitta la librairie en milieu d'après-midi et rentra chez lui pour préparer le dîner. Même au cœur de l'été, il préférait dîner dans le patio, sous deux ventilateurs antédiluviens, à côté de la fontaine. La cuisine de Louisiane était sa préférée, et pour l'occasion, il avait embauché le chef Claude, un Cajun pur jus, qui habitait l'île depuis trente ans. À l'arrivée de Bruce, le cuisinier était déjà aux fourneaux, penché au-dessus d'une marmite fumante. Ils bavardèrent un moment mais Bruce, par expérience, prit rapidement la tangente. Le chef était un vrai moulin à paroles et oubliait vite ses casseroles sur le feu.

Il faisait pas loin de 35 degrés Celsius et Bruce monta se changer. Il ôta son nœud papillon et son costume en seersucker du jour pour enfiler un bermuda et un tee-shirt, et resta pieds nus. De retour dans la cuisine, il ouvrit deux canettes de bière, en donna une à Claude, emporta l'autre sur la terrasse et entreprit de préparer la table.

Dans ces moments-là, Noelle lui manquait cruellement. Décoratrice hors pair, elle faisait venir des meubles anciens du sud de la France. Elle adorait dresser les tables. Sa collection d'assiettes anciennes, de verres délicats, de couverts ciselés, était étonnante et ne cessait de s'agrandir. Elle en vendait dans sa boutique, mais gardait les pièces les plus remarquables. Comme elle l'indiquait dans son livre, offrir une belle table, c'était honorer ses convives, et elle n'avait pas son pareil en la matière. Elle photographiait souvent ses réalisations, à la fois avant et pendant les repas, et avait fait encadrer les plus exceptionnelles pour que les invités puissent les admirer.

La table dépassait les trois mètres cinquante de long et avait trôné chez un vigneron du Languedoc pendant des décennies. Ils l'avaient trouvée ensemble, quelques années auparavant, quand ils avaient passé un mois à chiner dans la région. Avec de l'argent mal acquis plein les poches, ils avaient quasiment fait une razzia en Provence et tant acheté qu'ils avaient dû louer un entrepôt à Avignon.

Sur une desserte, dans la salle à manger, Noelle avait déposé la vaisselle. Douze assiettes du XVIIIe siècle, peintes à la main. De l'argenterie, six jeux de couverts complets. Trois douzaines de verres pour l'eau, le vin et les digestifs.

Le choix des verres à vin était épineux. Les aïeux français de Noelle n'étaient pas des soiffards comme les auteurs américains de Bruce, et les verres anciens ne pouvaient contenir, même pleins à ras bord, plus de dix centilitres. Durant un dîner animé, quelques années auparavant, les convives s'étaient plaints de devoir remplir leur verre toutes les dix minutes. Depuis, Bruce insistait pour avoir des versions plus modernes et plus généreuses : vingt-cinq centilitres pour le vin rouge, quinze pour le blanc.

Noelle, qui buvait peu, avait accepté et trouvé, en Bourgogne, un assortiment de chopines et de canons qui auraient ravi une équipe de rugby irlandaise.

À côté des assiettes, elle avait laissé un plan de table préparé trois jours avant son départ. Bruce entreprit d'installer les napperons en lin, le chemin de table, les chandeliers, puis la vaisselle et les verres. La fleuriste arriva avec ses bouquets et rectifia certains placements, en se chamaillant avec Bruce. Quand la disposition fut jugée parfaite, du moins pour l'experte ès fleurs, Bruce prit une photo et l'envoya à Noelle, qui se trouvait quelque part dans les Alpes avec son autre compagnon. C'était un cliché digne d'un magazine, une table dressée pour douze invités, même si le nombre des convives n'était jamais gravé dans le marbre tant que les plats n'étaient pas sur la table. Des égarés débarquaient régulièrement au dernier moment et se joignaient au groupe, à la plus grande joie de tous.

Bruce repartit vers le réfrigérateur pour se prendre une autre bière.

6

Le cocktail commençait à 18 heures. Mais les invités étaient des écrivains et aucun n'allait débarquer avant 19 heures. Myra Beckwith et Leigh Trane arrivèrent les premières et entrèrent sans frapper. Bruce les accueillit sur la terrasse et prépara un mojito pour Leigh et servit une Guinness à Myra.

Les dames étaient en couple depuis plus de trente ans. Autrices toutes les deux, elles avaient connu les vaches maigres jusqu'à ce qu'elles découvrent le filon du porno soft. Elles commirent une centaine de romans de ce genre, sous divers pseudonymes, et gagnèrent assez d'argent pour se la couler douce sur Camino, et vivre dans une vieille maison pittoresque à deux pas de chez Bruce. Âgées aujourd'hui de plus de soixante-dix ans, elles écrivaient peu. Leigh se voyait comme une écrivaine torturée mais son style était impénétrable et ses livres, les rares qui avaient été édités, ne s'étaient guère vendus. Elle entamait constamment un nouveau roman mais n'en terminait aucun. Leigh avait honte de ce qu'elles avaient publié jadis, mais appréciait les droits d'auteur. Myra, quant à elle, en était fière et regrettait le temps de cette splendeur passée où elle concoctait des scènes torrides entre des pirates et de jeunes vierges et autres archétypes de l'érotisme grand public.

Myra était plantureuse, avec des cheveux courts couleur lavande. Pour tenter (en vain) de cacher son embonpoint, elle portait de grandes robes amples qui auraient pu servir de draps pour un lit queen-size. Leigh, à l'inverse, était un petit gabarit, avec un visage anguleux et de longs cheveux bruns rassemblés en chignon. Les deux femmes adoraient Bruce et Noelle et les deux couples dînaient souvent ensemble.

Myra avala une lampée de bière et demanda :

— Tu as vu Mercer ?

— Oui. On a déjeuné tous les deux, avec Thomas, son garde du corps.

— Il est mignon ?

— Plutôt. Et plus jeune qu'elle. C'est l'un de ses étudiants.

— Bien joué ! Et elle t'a dit pourquoi elle avait filé sans crier gare il y a trois ans ?

— Pas vraiment. Un problème dans sa famille.

— Bon, on creusera tout ça ce soir. Elle ne va pas s'en tirer comme ça !

— Eh Myra, tempéra doucement Leigh. Tu ne vas pas lui mettre la pression dès son retour.

— Au contraire. Fouiner, c'est ce que je fais de mieux. Je veux des ragots, du croustillant. Et Andy, au fait ? Il vient ?

— Peut-être, répondit Bruce.

— Ça me ferait plaisir de le voir. Mais il était tellement plus drôle du temps où il picolait.

— Franchement Myra, s'offusqua Leigh. Ce n'est pas bien de dire ça.

— Il n'y a pas plus rasoir qu'un écrivain sobre !

— Pour lui, arrêter de boire est vital, insista Bruce. Je te l'ai déjà dit.

— Et ce Nelson Kerr ? Je le trouve tout aussi rasoir, même quand il a bu.

— Allons Myra.

— Il sera là, répondit Bruce. Il pourrait plaire à Mercer, mais elle est occupée en ce moment.

— Voilà que tu joues les entremetteurs ? plaisanta Myra alors qu'entrait J. Andrew Cobb – alias Bob Cobb pour tout le monde.

Comme tous les jours, il portait un bermuda rose, des sandales fatiguées, et une chemise à fleurs. Myra attaqua aussitôt :

— Salut Bob ! C'est gentil de t'être habillé pour l'occasion !

Elle l'embrassa rapidement tandis que Bruce allait au bar lui préparer une vodka allongée d'eau gazeuse.

Cobb avait passé six ans dans un pénitencier fédéral pour des raisons qui restaient assez floues. Il écrivait des polars qui se vendaient bien, mais qui étaient trop violents au goût de Bruce, en particulier les scènes en prison. Il enlaça Leigh.

— Bonjour mesdames, lança-t-il. C'est toujours un plaisir de vous voir.

— Alors ? Bonne journée sur la plage ? demanda Myra, toujours aussi directe.

Il avait un visage au teint cuivré, un solide bronzage qu'il entretenait chaque jour par de nombreuses heures au soleil. Il avait la réputation de reluquer les filles en bikinis, d'être un prédateur sur le retour toujours en chasse. Il fit un grand sourire à Myra.

— Toute journée passée sur la plage est par définition une bonne journée.

— Quel âge, la prise du jour ?

— Allons Myra, la reprit Leigh alors que Bruce rapportait le verre de Bob.

— Au-dessus de l'âge légal, rassure-toi, précisa Cobb en riant. Au-dessus mais pas trop !

Amy Slater était la plus jeune du groupe et gagnait plus d'argent que le reste de la bande. Elle avait décroché le jackpot avec sa série sur les vampires. Un film tiré de l'un de ses ouvrages était même dans les tuyaux à Hollywood. Elle fit son entrée sur la terrasse avec Dan, son mari, accompagné d'Andy Adam. Jay Arklerood arriva juste après, et se contenta d'un vague sourire pour saluer tout le monde. En poète maudit digne de ce nom, il évitait souvent les soirées. Myra, la reine mère, n'avait guère d'intérêt pour lui. Bruce prépara les boissons, plus un verre d'eau pour Andy, en écoutant les conversations. Comme d'habitude, Amy parlait du film, omettant les soucis qu'elle rencontrait avec le scénario. Dan restait silencieux, planté à côté d'elle. Il avait quitté son boulot et s'occupait des enfants à plein temps pour que sa moitié puisse continuer à écrire.

Le groupe s'anima quand Mercer débarqua avec son compagnon. Après les embrassades, elle présenta Thomas. La bande était ravie de la revoir et lui parla de son nouveau livre qu'ils avaient tous lu. Alors qu'ils bavardaient, Nelson Kerr arriva à son tour et se servit un verre au bar. Il rejoignit le groupe agglutiné autour de Mercer. Bruce fit les présentations.

Après quelques minutes, la conversation dévia. Andy et Bruce évoquèrent la tempête. Myra coinça Thomas et commença à le cuisiner sur son passé. Bob Cobb et Nelson avaient pêché au gros la veille et évoquaient leurs exploits. Leigh disséquait, un à un, tous les chapitres du roman de Mercer. Elle était intarissable, tellement emballée. Il y eut une nouvelle tournée de boissons. Personne ne semblait pressé de passer à table.

Le dernier convive à les rejoindre fut Nick Sutton, un étudiant qui passait ses étés sur l'île à s'occuper de la jolie maison de ses grands-parents. Comme chaque année, un rituel immuable, le couple de retraités fuyait la fournaise de la Floride et traversait le pays en camping-car. Nick travaillait à la librairie, et pendant son temps libre, il faisait du surf, du bateau, et draguait les filles. Il dévorait un polar par jour et rêvait d'écrire des best-sellers. Bruce avait lu ses nouvelles. Le gamin avait du talent. Bien qu'il eût lourdement insisté pour être invité ce soir, Nick était tout intimidé d'être là.

À 19 h 30, le chef informa Bruce qu'il était temps de dîner. Andy, à voix basse, annonça à son hôte qu'il s'en allait. Rester sobre au cocktail était déjà un défi, mais tenir pendant un repas de trois heures, alors que le vin coulait à flots, c'était mission impossible.

Bruce désigna les chaises et installa tout le monde. Il s'assit en bout de table et Mercer, l'invitée d'honneur, eut droit à l'autre extrémité, avec Thomas à sa droite. Ils étaient onze, la bande de Camino presque au complet, plus Nick Sutton. Bruce passa le bonjour de Noelle, qui regrettait de ne pouvoir être avec eux, sinon en pensée. Tous savaient qu'elle était en Europe avec son amant français. Ils avaient accepté, depuis longtemps, qu'elle et Bruce forment un couple libre. Si ces deux-là étaient heureux comme ça, c'était tant mieux.

Bruce n'aimait pas avoir des serveurs qui s'affairaient autour de la table en écoutant les conversations. Il aida donc Claude à servir le vin et l'eau, ainsi que l'entrée – une timbale de gombo bien relevé.

— Il fait trop chaud pour du gombo, grogna Myra. Je vais être en nage !

— Avec le vin frais, ça passera tout seul.

— Il y a quoi en plat principal ?

— Rien que de l'épicé.

— Alors Mercer ? demanda Bob Cobb. Comme ça, nous sommes la dernière étape de ta tournée ? J'ai adoré ton livre, au fait.

— Merci, répondit-elle. Oui, c'est la dernière.

— Tu as fait tout le pays, d'une côte à l'autre ?

— Oui. Trente-trois dates. Demain, c'est la trente-quatrième.

— Il va y avoir foule, annonça Amy. Plein de gens d'ici se souviennent de ta grand-mère. Et ils sont très fiers de toi.

— Je connaissais Tessa, intervint Bruce. Mais je pense qu'aucun d'entre vous n'habitait encore Camino quand elle est morte. C'était il y a douze ans, c'est bien ça, Mercer ?

— Quatorze.

— Nous avons emménagé ici il y a treize ans, lança Myra, pour nous éloigner du microcosme de l'édition. Et regarde où nous en sommes. Ils nous ont tous suivies !

— Je crois que j'ai été le suivant à arriver, annonça Cobb. Il y a dix ans, juste après ma libération conditionnelle.

— Lâche-nous avec ta prison, Bob ! Dans ton dernier livre, j'avais l'impression que c'était moi qui me faisais prendre dans une tournante.

— Allons Myra, maugréa Leigh.

— Tu as aimé, alors ?

— J'ai adoré, tu veux dire !

— Bref, intervint Bruce reprenant les rênes de la conversation. Je propose que l'on porte un toast. En premier lieu à notre ami Leo. Qu'il reste au large, celui-là, et nous oublie ! Et plus important encore, à notre chère amie Mercer et à son magnifique roman. Numéro cinq sur la liste des best-sellers et ça va encore monter. À la tienne !

Tout le monde trinqua.

— J'ai une question, Mercer, déclara Leigh. Ta grand-mère, la vraie Tessa, elle a réellement eu une liaison torride avec un homme plus jeune qu'elle ? Ici, à Camino ?

— C'est ma partie préférée, renchérit Myra. La première scène de séduction m'a mis le cul par terre. J'en suis encore toute chose !

— Merci Myra, répondit Mercer. Venant de toi, c'est un beau compliment.

— De rien. Bien sûr, à ta place, je me serais plus lâchée ! Beaucoup plus !

— Allons Myra.

— Mais oui, c'est vrai… Une fois que j'ai été en âge de comprendre, je me suis doutée que Tessa passait beaucoup de temps avec cet homme plus jeune quand je n'étais pas là.

— Et dans la vraie vie, c'était Porter ? s'enquit Leigh.

— Oui. Porter habitait l'île depuis longtemps. Et il y a quatorze ans, ils ont péri tous les deux pendant une tempête.

— Je me souviens de Porter, et de la tempête, annonça Bruce. C'était l'une des pires qu'on ait connue ici. Quasiment un ouragan.

— Je croyais qu'on ne devait pas parler d'ouragan ? intervint Amy.

— Pardon, tu as raison. On a eu des coups de vent, mais rien d'apocalyptique. La tempête qui a emporté Tessa et Porter était une cellule orageuse classique. Elle est venue du nord, d'un coup.

— Où était Tessa à ce moment-là ? demanda Amy. Pardon Mercer, je ne cherche pas à remuer le couteau dans la plaie. Si tu ne veux pas en parler, je comprends.

— Non, pas de problème. Tessa et Porter n'étaient pas très loin de la côte, ils faisaient juste une petite sortie en mer par un bel après-midi. On n'a jamais retrouvé Porter, ni son bateau. Le corps de Tessa a été drossé sur les rochers de la jetée nord, deux jours plus tard.

— Dieu merci, tu ne l'as pas fait mourir dans ton roman ! lança Myra. Moi, je me serais pas gênée !

— Avec toi, tout le monde meurt, répliqua Leigh. Après avoir bien forniqué.

— La mort se vend bien, Leigh, presque aussi bien que le sexe ! Ne crache pas dans la soupe. Tu es bien contente quand les droits d'auteur tombent.

— Et maintenant, Mercer ? s'enquit Bob. C'est quoi le programme pour toi ?

Elle adressa un sourire à son compagnon.

— Deux semaines de farniente, même si Thomas et Bruce me harcèlent pour que je commence un nouveau roman.

— J'ai besoin de vendre des livres, précisa Bruce.

— Moi aussi ! ajouta Leigh.

Jay, le poète maudit, s'immisça dans la conversation :

— Mon dernier s'est vendu à vingt exemplaires. Sur cette planète, personne ne s'intéresse à la poésie !

Comme de coutume, sa tentative d'humour tomba à plat et ne récolta que quelques rires polis.

Myra était à deux doigts de rétorquer « en tout cas, pas à tes trucs imbittables » !

— Je te l'ai déjà dit, Jay : écris donc des histoires bien crades sous un pseudo, déclara-t-elle. Fais-toi du fric comme Bob, et à côté, tu continues à pondre tes poèmes sous ton vrai nom. Mais personne ne les lira jamais, rêve pas !

Bruce, habitué à voir la conversation s'égarer, reprit les choses en main :

— Mercer ? On peut annoncer la bonne nouvelle ?

Elle esquissa un sourire.

— Pourquoi pas ? De toute façon, les secrets ici ne tiennent jamais longtemps.

— Mercer a décroché un contrat avec Viking ! déclara Bruce. Pour ses deux prochains romans !

Tout le monde poussa des vivats et félicita Mercer, tandis que le chef Claude débarrassait les timbales de ragoût. Il servit un chablis bien frais, et apporta le plat suivant : une assiette d'huîtres fumées. Une brise se leva, soufflant de l'est, chassant la touffeur de l'air.

À chaque aller et retour entre la cuisine et la terrasse, Claude jetait un coup d'œil à la petite télévision près de la cuisinière. Leo grandissait et poursuivait son périple sinueux sur l'océan, une route qui laissait perplexes les experts, sans but apparent.

7

Bruce aimait les longs dîners avec de grandes pauses entre les plats, le temps de boire et de bavarder. Après avoir débarrassé les huîtres avec Claude, il remplit les verres et annonça que le plat de résistance était du poisson noirci cajun, un mets savoureux qui devait être cuit au dernier moment. Il y aurait donc un peu d'attente.

Claude rejoignit ses fourneaux, où sa poêle en fonte était déjà chaude. Il sortit du réfrigérateur des filets de daurades marinés et les déposa avec précaution sur la plaque. Il les saupoudra d'un mélange de sa composition : ail, paprika, oignon, sel et épices. Des senteurs délicieuses emplirent aussitôt la pièce.

Il chantonnait, heureux d'être en cuisine, avec un verre de vin à portée de main, ravi d'entendre les rires qui fusaient de la terrasse. Les dîners de Bruce étaient toujours réussis. Bonne cuisine, bons vins, invités intéressants. Ambiance détendue et nonchalance typique du Sud.

La soirée se termina vers minuit quand Mercer et Thomas prirent congé. Bruce et Claude débarrassèrent la table et empilèrent les plats et assiettes sur le comptoir. Demain quelqu'un viendrait faire la vaisselle. Quelle que soit l'heure du coucher, Bruce se levait tôt et était à la librairie à 7 heures sonnantes. Dès que Claude fut parti, il ferma la maison, monta à l'étage, se déshabilla et se laissa tomber sur le lit. Dans la minute, il dormait d'un sommeil de plomb.

Vers 1 heure du matin, Leo prit une décision.

8

Nick Sutton avait le sommeil léger. Une fois réveillé avant l'aube, il lisait souvent une heure ou deux avant de retourner se coucher. Par curiosité, il alluma la télévision pour regarder les infos, s'attendant à ce que tout soit calme. Mais ce n'était pas le cas. Les météorologues s'inquiétaient parce que Leo avait soudain obliqué vers l'ouest et son nouveau cap le menait tout droit sur l'île de Camino. Il était classé en catégorie 3, et gagnait encore en puissance. Il se trouvait à trois cents kilomètres et fonçait sur eux à vingt kilomètres à l'heure. Nick zappa sur les autres canaux. La panique montait à chaque seconde. Il se mit à appeler ses amis pour les prévenir. Certains d'entre eux étaient déjà rivés à la chaîne météo.

À 5 heures du matin, il téléphona à Bruce pour lui annoncer la nouvelle. Bruce regarda les infos pendant dix minutes puis rappela Nick avec pour instruction de rameuter les troupes. Rendez-vous à Bay Books toute affaire cessante !

Au point du jour, l'île était en effervescence. Puisqu'elle formait une barrière naturelle avec le continent, elle allait prendre de plein fouet la tempête et protéger la terre. Cernée par l'eau, toute plate (altitude maximale sept mètres au-dessus du niveau de la mer !), elle risquait d'être totalement submergée même si, de mémoire d'homme, cela ne s'était jamais produit.

À 7 h 03, le soleil sortit de l'horizon, comme si c'était un jour comme les autres au paradis. À ce moment-là, Leo était passé en catégorie 4 et, pour la première fois, il semblait décidé à filer tout droit. Adieu virages et hésitations. À 7 h 15, le gouverneur lança l'alerte pour toute la côte au nord de Jacksonville. « Sauve qui peut ! », c'était en gros le message. Et il laissa entendre que l'ordre d'évacuation allait tomber d'un instant à l'autre. « Partez immédiatement. Laissez tout derrière vous. Fuyez ! »

Quarante mille personnes vivaient à l'année sur Camino, dont la moitié à Santa Rosa. C'était d'ailleurs la seule ville. Ses limites n'étaient pas claires et s'étiraient sur toute l'île. En ce début août, il y avait moins de touristes qu'en juin et juillet, mais on comptait quand même cinquante mille visiteurs dans les hôtels et les appartements du bord de mer. Dès les premières lueurs de l'aube, on leur avait demandé de partir. Certains avaient mis les voiles aussitôt, d'autres s'attardaient encore et regardaient les bulletins météo en prenant leur petit déjeuner. Un pont à quatre voies (le seul) reliait Camino au continent et vers 8 heures, ça commençait à bouchonner. Chaque jour, mille employés traversaient le pont pour venir travailler dans les hôtels de l'île, mais aujourd'hui, ils rebroussaient chemin. L'accès à Camino était interdit. Toute la population était encouragée à se diriger vers l'est. Pour aller où ? Peu importe. Juste loin, très loin.

Au fil des minutes, les prévisions devenaient sans équivoque : l'œil de Leo était braqué sur Santa Rosa.

À 8 h 15, le gouverneur publia officiellement l'ordre d'évacuation et deux unités de la garde nationale furent dépêchées sur place. La police commença le porte-à-porte. Légalement, un résident ne pouvait être contraint à quitter son domicile, toutefois les récalcitrants devaient laisser aux autorités les numéros de téléphone de leurs proches et étaient informés que les secours ne viendraient pas les chercher en cas de problème. Les deux hôpitaux fermèrent leurs portes et les patients dans un état grave furent transférés à Jacksonville. Les six supérettes de l'île furent prises d'assaut dès l'ouverture par des gens paniqués voulant à tout prix faire des réserves d'eau et de pâtes.

Les autorités avaient prévenu les irréductibles : il n'y aurait pas de vivres, pas d'eau pendant des jours après le passage de la tempête, et quasiment aucun moyen de se soigner.

Le mot d'ordre était placardé partout : « Évacuez l'île ! »

9

Bay Books comptait sept salariés – trois à temps plein et quatre saisonniers en renfort. Tout le monde était sur le pont et Bruce aboyait ses consignes pour que le stock de livres soit monté à l'étage. Les tables et les chaises du coffee-shop furent empilées pour faire de la place. Il envoya deux jeunes employés à mi-temps dans la boutique de Noelle pour mettre à l'abri ses précieuses pièces.

Un capitaine des pompiers passa à la librairie à 8 h 30 et dit à Bruce :

— Vous n'êtes qu'à un mètre vingt au-dessus de l'eau. Vous risquez d'être inondé.

Le port se trouvait à cinq cents mètres à l'ouest, et la plage à un kilomètre à l'est.

— Vous savez qu'il y a un ordre d'évacuation, ajouta-t-il.

— Je sais, mais je ne pars pas.

L'officier consigna son nom, son numéro de téléphone et les coordonnées de Noelle pour la contacter au besoin. À 9 heures, Bruce rassembla les membres de son équipe et leur dit de prendre leurs affaires et de quitter l'île. Tout le monde s'égailla sans tarder, sauf Nick Sutton, qui semblait plutôt excité par l'arrivée d'un gros ouragan. Il voulait voir ça et Bruce ne put lui faire entendre raison.

Les étagères dans le bureau au rez-de-chaussée contenaient des éditions originales de grande valeur. Bruce demanda à Nick d'emballer les précieux ouvrages dans des cartons et de les transporter à son domicile, quelques rues plus loin. Pendant ce temps, il se rendit chez Myra et Leigh. Il trouva les deux femmes qui chargeaient en hâte chiens et vêtements dans leur vieux break.

— Où doit-on aller, Bruce ? demanda Myra, dégoulinante de sueur et visiblement affolée.

— Prenez la I-10 et foncez vers Pensacola. Je passerai voir votre maison après la tempête.

— Tu ne pars pas ?

— Non. Impossible. Je dois garder la boutique entre autres. Ça va aller, je ne risque rien.

— Alors, on reste avec toi, répondit Myra sans grande conviction.

— Pas question. Ça risque d'être violent. Des arbres par terre, des inondations, pas de courant pendant des jours. Filez, et trouvez-vous un hôtel. Je vous appellerai dès que les communications seront rétablies.

— Tu n'es pas inquiet ? s'enquit Leigh.

— Bien sûr que si. Mais tout ira bien.

Il les aida à transporter dans la voiture toutes les bouteilles d'eau de la maison, plus une caisse d'alcool, trois sacs de provisions et cinq kilos de nourriture pour chien. Il dut quasiment faire monter de force les deux femmes dans l'habitacle, et leur souhaita bon voyage. Elles étaient en larmes quand elles partirent pour l'exode.

Il appela ensuite Amy, qui était déjà sur la route, bloquée au milieu du pont. Son mari avait une tante à Macon en Géorgie, et ce serait leur premier arrêt. Bruce promit d'aller jeter un coup d'œil chez elle quand ce serait fini et de la tenir au courant. Il voulut prendre la direction de la plage pour rejoindre le bungalow de Tessa, mais la police bloquait la circulation vers la côte est. Et Mercer ne répondait pas au téléphone.

10

Tessa avait fait construire son bungalow trente ans plus tôt. Enfant, Mercer passait tous ses étés ici, loin de ses parents et des conflits. Le vieux Larry s'occupait de la maison depuis toujours. Il ne cessait de se chamailler avec Tessa au sujet du jardin et apportait régulièrement des fruits et des légumes de son potager. Il était natif de l'île, et jamais il ne la quitterait, même si la menace aujourd'hui s'appelait Leo.

Il arriva tôt avec des panneaux de contreplaqué et des outils. Avec l'aide de Thomas, il barricada les portes et les fenêtres tandis que Mercer chargeait la voiture. Larry voulait qu'ils s'en aillent au plus vite. Le rez-de-chaussée du bungalow se trouvait à cinq mètres au-dessus du niveau de la mer et cinquante mètres de dunes le protégeaient du rivage. Il y avait peu de risques que les vagues touchent la maison, mais le vent l'inquiétait.

Tessa avait péri dans une tempête et Mercer ne comptait pas s'attarder ici. À 11 heures, elle serra Larry dans ses bras pour lui dire adieu et s'en alla, avec Thomas au volant, et son labrador entre eux deux, perché sur la console. Il leur fallut une heure pour atteindre le pont, qu'ils traversèrent en roulant au pas. Sous les piles, les eaux commençaient à moutonner, et à l'horizon, le ciel virait au noir.

11

Une fois ses livres rares rangés dans la nouvelle chambre forte à côté de sa chambre à coucher, Bruce tenta de se détendre. L'hystérie sur toutes les chaînes d'info était contagieuse. Voir l'œil vengeur de Leo s'approcher en temps réel était effrayant, et il restait braqué sur Camino ! Bruce et Nick Sutton mangèrent des sandwichs sous l'auvent en regardant la pluie tomber. La femme de ménage, terrifiée, s'était enfuie. Elle était déjà à Tallahassee quand elle l'avait appelé.

La collection personnelle de Bruce valait bien plus que le fonds complet de sa librairie, ou que ses tableaux aux murs, ou même que les meubles anciens que Noelle chinait pour ses clients fortunés. Maintenant que ses livres étaient en sécurité, une partie de ses biens était à l'abri – du feu, du vent, de l'eau, comme des pillards. Mais le gros de sa fortune était enfoui, invulnérable, dans des paradis fiscaux. Hormis Noelle, personne ne savait où.

Bay Books était dorénavant fermé et cadenassé, comme les boutiques, les restaurants, les coffee-shops. Personne, évidemment, n'allait faire du lèche-vitrines ou sortir dîner. Main Street était déserte à l'exception des flics en ciré jaune canari. Le taux de criminalité était bas sur Camino. Les voleurs habitaient sur le continent. Le véritable danger pour le centre-ville, c'était la montée des eaux et les fenêtres volant en éclats sous les bourrasques.

Cinq cents mètres plus loin, là où se dressaient les jolies maisons victoriennes depuis plus d'un siècle, l'ennemi numéro un, c'était les arbres. Certains chênes avaient trois cents ans. Toutes les demeures profitaient de leur ombre, sous leurs branches majestueuses drapées de mousses espagnoles. Véritables monuments historiques, ils faisaient la fierté du quartier, mais dans quelques heures, ils représenteraient un grand péril.

Quand Nick revint sur la terrasse avec une Heineken, Bruce se servait un nouveau verre de vin blanc et consultait la liste qu'il avait dressée.

— Ce serait peut-être pas mal si tu restais ici. C'est mon premier ouragan, je n'ai aucune expérience en la matière, mais être à deux me paraît une bonne stratégie. Le vent, l'eau, les arbres qui tombent, le black-out, ce sera plus rigolo de vivre ça ensemble.

Nick hocha la tête, quoique guère convaincu.

— On a de quoi manger ?

— Pour deux ? Une semaine, je dirais. J'ai un petit groupe électrogène. Ça assurera l'essentiel pour quelques jours. Je vais remplir les jerricanes. Tu es venu à vélo ?

— Comme d'hab.

— OK. Prends mon Tahoe et va chez tes grands-parents. Récupère toute la nourriture et l'eau que tu pourras. Et fais le plein. Vas-y ! Vite !

— Et de la bière, non ? demanda Nick, en bon étudiant qui se respecte.

— J'en ai plein la cave, et aussi du vin et des alcools en pagaille. C'est l'eau qui peut manquer. Ton grand-père a une tronçonneuse ?

— Oui. Je vais la rapporter.

— Parfait. File !

Nick s'en alla et Bruce termina la bouteille. Il tenta de dormir dans un hamac mais le vent était déjà trop fort, trop bruyant. Il y avait trois baignoires dans la maison. Il alla les remplir à ras bord. Il rentra le mobilier de jardin et ferma toutes les portes et fenêtres. Sur sa liste figuraient les noms de trente et une personnes – salariés, amis et bien sûr « ses » auteurs – dont il prit des nouvelles. Cinq étaient restées, dont Bob Cobb et Nelson Kerr. Myra et Leigh se traînaient sur la I-10. Elles sirotaient du rhum, tentaient de calmer les chiens en écoutant l'une de leurs romances torrides en livre-audio, et gloussaient comme des jouvencelles, déjà pompettes. Amy et sa petite famille avaient rallié Macon. Jay Arklerood, le poète incompris, roulait vers Miami. Andy Adam était parti à l'aube, par peur certes, mais surtout parce qu'il craignait que sa nouvelle sobriété ne résiste pas au chaos d'un ouragan. Bob Cobb était coincé dans sa garçonnière avec une femme. Quant à Nelson Kerr, il était assis sur la jetée, avec un ciré, et regardait les vagues tempêter, ravi du spectacle – pour le moment. Il n'habitait pas loin de Bob. Les deux hommes comptaient rester en contact quand Leo déferlerait.

Ses vents dépassaient les deux cent cinquante kilomètres à l'heure, ce qui le propulsait quasiment en catégorie 5, avec une puissance de destruction apocalyptique. Il avait aussi gagné en vélocité et se déplaçait dorénavant à près de trente kilomètres à l'heure. Il devait toucher l'île à 22 h 30. Vers 16 heures, les pluies étaient torrentielles avec des bourrasques déjà susceptibles de casser des branches. Des débris volaient en tous sens dans les rues. À 17 h 30, un policier vint toquer à la porte et demanda à Bruce ce qu'il faisait encore ici. Bruce expliqua qu'il avait déjà prévenu les autorités et qu'il ne bougerait pas. Il demanda des nouvelles des voisins. Au dire du policier, ils étaient tous partis.

Quand Nick revint vers 18 heures, le ciel sur Camino était très sombre. Des nuées tourbillonnaient juste au-dessus de leur tête.

Bruce démarra son petit groupe électrogène et coupa toutes les lignes électriques, à l'exception de celles du salon et de la cuisine. Inutile d'alimenter le reste de la maison. Ils avaient plein de lampes-torches et un stock de piles. Au menu du soir, ce fut steaks et frites surgelés, accompagnés d'une bouteille de pinot noir.

Quand sonnèrent 19 heures, les pointes de vent atteignaient déjà les cent trente kilomètres à l'heure, et Bruce appela une dernière fois la bande. Myra et Leigh s'étaient réfugiées dans un motel à Pensacola avec leurs cinq chiens qui leur causaient bien des soucis. Les petites bêtes effrayées ne cessaient d'aboyer. Amy était toujours à Macon. Jay avait débarqué chez un ami à Miami. Andy Adam était chez sa mère à Charlotte. Tous s'inquiétaient pour leur maison et pour Bruce. Ils étaient rivés aux télévisions et les prévisions météo étaient à chaque heure plus terrifiantes. Bruce leur assura que lui et Nick étaient en sécurité, et fin prêts. Il leur promit d'aller vérifier l'état de leur domicile dès que possible et qu'il les appellerait une fois le réseau rétabli. Bonne nuit à tous et que Dieu vous garde !

Selon le Monsieur Catastrophes naturelles de l'État de Floride, le talon d'Achille de Camino était une langue de terre longue de cinq cents mètres, qu'on appelait le sillon de Pauley. Il se trouvait à la pointe nord de l'île, à côté du Hilton, et comme quasiment tout le front de mer, l'endroit était fortement construit. Des résidences, des bungalows anciens et nouveaux, des motels pour les familles, des bars de plage, et de grands hôtels modernes. Le sillon ne s'élevait qu'à un mètre au-dessus de l'océan et il n'y avait aucune dune pour protéger les constructions. Bob Cobb comme Nelson Kerr habitaient là-bas, à Marsh Grove précisément, un lotissement huppé clos par des grilles. Bruce les appela en dernier. Bob et sa belle se barricadaient pour la nuit. Il semblait curieusement tranquille. À l'évidence, il avait bu. Nelson Kerr, quant à lui, était assis dans le noir et regrettait de ne pas avoir quitté l'île. Bruce l'invita à le rejoindre. Sa maison était plus sûre. Mais Nelson expliqua que la police bloquait toutes les routes. Arbres et poteaux électriques étaient déjà renversés sur les chaussées et la pluie inondait tout.

Vers 20 heures, le vent avait encore forci, dépassant cette fois les cent cinquante kilomètres à l'heure. Ses mugissements étaient si forts et constants que Bruce et Nick avaient les nerfs en pelote. Armés de lampes électriques, ils passaient de fenêtre en fenêtre pour vérifier qu'un arbre n'était pas tombé dans le jardin ou que la rue n'était pas submergée. Ils tentaient de se détendre dans le salon avec un bourbon, mais régulièrement une bourrasque faisait trembler la maison, ou un grand *crac !* retentissait.

Les craquements, c'était ça le plus inquiétant. Quand ils entendirent les deux premiers, ils ne savaient pas ce qui se passait. Puis ils comprirent que c'était les branches des arbres, les très grosses, qui cédaient. On aurait cru des détonations. À chaque fois, ils sursautaient, se levaient et s'approchaient avec précaution des vitres.

Bruce avait acheté la maison des Marchbanks quinze ans auparavant. La bâtisse datait de 1890, une robuste construction à l'ancienne destinée à supporter les tempêtes. Pour l'instant, il ne craignait ni pour son toit ni pour son auvent, mais des chênes vénérables sur la propriété, avec de grosses branches, pouvaient causer de sérieux dégâts.

Puis, comme si les hululements du vent et les craquements ne suffisaient pas, une curieuse vibration se fit entendre. Un grondement sourd, constant, qui montait lentement en fréquence et, toutes les minutes environ, une série de rafales déferlaient, encore plus fortes que les autres, comme des coups de semonce annonçant que le pire était à venir. Enfin les rafales disparurent et le rouleau compresseur de la tempête reprit son cours hurlant. Bruce et Nick burent une lampée de bourbon en priant pour qu'il n'y ait pas d'autres rafales de ce type. Puis une branche céda à nouveau et ils se précipitèrent aux fenêtres.

Peu après 21 heures, les lignes électriques cédèrent une à une dans des claquements de fouet. Toute l'île se retrouva plongée dans l'obscurité alors que le cyclone redoublait de puissance.

Après deux heures à être secoués par l'ouragan, les deux hommes n'en pouvaient plus. Bruce songea à faire un trait d'humour, du genre : « Finalement, il n'y a que les idiots qui sont restés. » À quoi bon ? L'œil de Leo se trouvait encore au large et les vents n'avaient pas fini de forcir. Les rues étaient transformées en torrents impétueux, l'île allait bientôt être submergée. Bay Books devait déjà avoir les pieds dans l'eau.

Pour l'heure, Bruce et Nick étaient au sec. Que faire, sinon courber le dos et attendre le matin ? À 22 h 30, l'heure d'arrivée de l'œil – du moins selon les prévisions des météorologues –, Bruce était certain que la maison allait être arrachée de ses fondations et projetée contre celle du Dr Bagwell, de l'autre côté de la rue. Planchers et plafonds vibraient, et les murs tremblaient littéralement. Sa plus grande crainte, c'était qu'une grosse branche tombe sur le salon, et éventre la bâtisse, la livrant aux vents et à la pluie diluvienne. Ils seraient alors contraints de partir. Et pour aller où ?

Il était plus de 23 heures quand, enfin, le vent et la pluie cessèrent d'un coup. Le silence tomba. Tout était immobile. Bruce et Nick sortirent et pataugèrent dans la rue. Dans le ciel, les étoiles scintillaient. L'expert, à la télévision, avait dit que le passage de l'œil durerait vingt minutes. Bruce était tenté d'aller dans le centre-ville pour voir les dégâts à la librairie, mais encore une fois, à quoi bon ? Il ne pourrait empêcher les inondations. Le nettoyage serait pour le lendemain matin. Et il était bien assuré.

Ils descendirent la rue, en pataugeant dans vingt centimètres d'eau. Ils ne virent personne, aucune lumière. Le policier disait vrai, tous les voisins étaient partis. Question de bon sens. Dans les ténèbres, il était impossible de voir où les branches et les arbres étaient tombés, mais il y avait des débris partout.

Le calme des lieux, et le bourbon, dénouait leurs nerfs mis à rude épreuve. La paix serait toutefois de courte durée. Déjà une petite brise se levait à l'ouest. Ils n'avaient essuyé que la moitié de la tempête.

12

Le règne de la terreur imposé par Leo pendant ces deux semaines connut officiellement son paroxysme à 22 h 57, heure de la côte est, quand son œil accosta la pointe nord de Camino. Fidèle à lui-même, il changea de trajectoire sur la fin, obliqua au nord et demeura en catégorie 4, avec des rafales à deux cent trente kilomètres à l'heure, manquant de peu la catégorie 5 et ses vents à deux cent cinquante kilomètres à l'heure. Peu importait. Un différentiel de vingt kilomètres à l'heure à ce niveau de puissance ne changeait pas grand-chose ; le vortex de Leo, avant comme après le passage de son œil, avait bel et bien ravagé Camino. Les vieux bungalows avaient été arrachés de leurs pilotis. Les récents avaient perdu portes, fenêtres, toits et auvents. L'onde de tempête avait atteint les quatre mètres cinquante, et avait inondé des maisons par centaines, les motels, les magasins. Main Street était sous un mètre vingt d'eau et certaines bâtisses du quartier historique étaient inondées pour la première fois de leur histoire.

Sur tout le rivage, quais et jetées avaient été emportés. À l'intérieur de l'île, des arbres renversés bloquaient les rues et les allées. Les parkings étaient jonchés de bardeaux de toits, de tôles, de débris en tous genres, et bien sûr de branches arrachées. Sur le port et dans les marinas, les bateaux avaient été drossés sur terre comme du bois flotté.

Quasiment tout le monde avait fui, mais parmi la poignée d'obstinés qui étaient restés sur la côte, quelques-uns n'avaient pas survécu. À l'aube, les premières sirènes retentirent.

13

Bruce dormit deux heures sur un canapé dans le salon. Il se réveilla le dos en compote, l'esprit embrumé. Le vent avait cessé, la maison était silencieuse, plongée dans la pénombre. La tempête était passée. Il se dirigea vers une fenêtre et aperçut les premiers rayons du soleil. Il enfila des bottes de caoutchouc et sortit. Il y avait encore quinze centimètres d'eau. Il examina sa maison depuis l'autre côté de la rue. Quelques bardeaux sur le toit avaient disparu et une gouttière au deuxième étage avait été arrachée, mais globalement la maison avait bien résisté. Les chênes avaient encore toutes leurs branches. Quelques dizaines de mètres plus à l'ouest, l'eau avait tout inondé, jusque chez les Keegan où le flot s'était arrêté à leur porte.

Bruce plongea la main dans sa poche et en sortit un cigare. C'était le bon moment, non ? Il coupa la tête, l'alluma, et resta longtemps à fumer au milieu de Sixth Street, admirant le ciel qui s'éclairait. C'était le matin. Les derniers nuages s'effilochaient, le soleil s'élevait à l'horizon. La journée s'annonçait chaude et humide et il n'y avait pas d'électricité pour lancer les climatiseurs. Pas un bruit, aucun humain en vue. Il descendit la rue vers le sud, jusqu'à Ash Street, laissant l'eau derrière lui. L'asphalte réapparut sous ses pieds. Une porte s'ouvrit. C'était Chester Finley qui sortait sur son perron pour lui dire bonjour.

— Ça a un peu soufflé hier soir, pas vrai ? lança-t-il avec un sourire.

Il avait une bouteille d'eau à la main.

— À peine ! Tout va bien chez vous ? demanda Bruce.

— Oui. Mais chez les Dodson, ça a tabassé. Heureusement qu'ils n'étaient pas là.

— Des gens pleins de bon sens ! Je suis dans le coin, si vous avez besoin d'un coup de main.

Bruce tourna au coin de la rue et eut un temps d'arrêt en découvrant la demeure des Dodson, une jolie construction victorienne comme la sienne. Une énorme branche s'était détachée d'un chêne et avait coupé la bâtisse en deux, au sens propre. Il poursuivit son chemin jusqu'à l'ancienne maison des Vicker, datant de 1867, rachetée par Myra et Leigh voilà treize années. Les deux femmes avaient peint la façade en rose, et les huisseries en bleu. L'habitation n'avait pas trop mal résisté. Une branche avait fracassé une fenêtre en tombant et l'eau avait sûrement fait quelques dommages à l'intérieur. Avec Nick et la tronçonneuse, ils viendraient faire le ménage. Ce serait sans doute leur premier travail de la journée.

Au moment de retourner sur Sixth Street, il entendit la pulsation d'un hélicoptère au loin. Il s'arrêta et écouta le bruit grandir. Bientôt, il aperçut un Seahawk de la Navy survolant les décombres à basse altitude. Les secours arrivaient. L'hélicoptère s'éloigna et, quelques minutes plus tard, un autre appareil bourdonna dans le ciel. Il était plus petit, et peint aux couleurs vives d'une chaîne d'info en continu.

14

Mercer et Thomas buvaient un café au lit en attendant les premières nouvelles. Ils s'étaient arrêtés dans un motel près de Dothan, en Alabama. La direction n'acceptait pas les chiens mais les avait autorisés à s'installer une fois la nuit tombée. Les routes étaient surchargées et ils avaient dû rouler longtemps vers l'ouest avant de trouver une chambre libre. Les chaînes locales avaient cessé d'émettre peu avant 22 heures quand les vents étaient devenus trop violents, mais à 6 heures, elles avaient repris du service. Peu après le lever du jour, un hélicoptère avait survolé la côte de Camino et un journaliste, tout excité, tentait de décrire le chaos qu'il découvrait au sol. Un grand immeuble d'habitation avait été éventré. Une partie d'un autre s'était effondrée. Les toits avaient disparu. Certains bungalows avaient été aplatis comme des crêpes. Les parkings étaient redevenus des terrains vagues encombrés de détritus en tous genres. Mercer ne put apercevoir la maison de Tessa, mais il était probable qu'elle ait souffert. Dans les terres, des milliers d'arbres étaient couchés, les rues bloquées par les branches et les troncs. Le clocher d'une église avait été renversé.

À Santa Rosa, les rues étaient inondées sous plus de cinquante centimètres d'eau. Les sauveteurs en bateau sillonnaient le centre-ville. Un homme faisait des signes frénétiques à l'hélicoptère. L'image passa à un journaliste sur le terrain qui narra ses efforts héroïques pour rester dehors avec son cameraman sous le déluge. Selon les autorités, disait-il, l'île demeurerait sans électricité pendant au moins une semaine. La garde nationale était déjà sur place. Camino avait été évacuée, mais on venait de trouver une victime sur le sillon de Pauley – ce ne serait pas la seule. Le pont était fermé pour évaluer les dommages éventuels.

À l'évidence, l'île était saccagée et le resterait pendant des semaines, voire des mois. Mercer et Thomas n'avaient aucune envie de retourner sur Camino pour voir cette désolation. De toute façon, on ne les laisserait jamais aller jusqu'au bungalow de Tessa. Larry, qui était sur place, du moins elle l'espérait, s'occuperait de son mieux de la maison. Et à quoi bon traîner dans un motel, alors que l'appartement de Mercer n'était qu'à six heures de route ?

Quand Thomas partit chercher de quoi grignoter et nourrir le chien, Mercer entra dans la cabine de douche. Bien sûr, elle s'inquiétait pour Larry mais elle était heureuse de n'être pas restée sur l'île, heureuse que sa tournée de dédicaces soit terminée – même si la dernière étape ne s'était pas achevée aussi joyeusement qu'elle l'avait espéré. Elle allait enfin rentrer chez elle ! Avec Thomas, elle était sur les routes depuis deux mois.

II

LA SCÈNE DE CRIME

1

N'ayant jamais manié de tronçonneuse, Bruce passa aussitôt l'outil à Nick qui était un peu moins novice en la matière. Après dix minutes d'efforts pour parvenir à démarrer le maudit engin, Nick se déchaîna dans le jardin, coupant toutes les branches à sa portée, même les plus fines. Bruce suivait derrière, à distance respectable, pour ramasser les débris. Il entassait les branchages quand un policier de Santa Rosa surgit de nulle part. Bruce fit signe à Nick de couper le moteur. Il s'exécuta à contrecœur. Au loin, une autre tronçonneuse vrombissait.

Le policier se présenta, et après quelques minutes à parler de la tempête, il annonça :

— Il y a des victimes, malheureusement. La plupart à la pointe nord.

Bruce hocha la tête en se demandant pourquoi le flic lui racontait ça.

— Votre ami Nelson Kerr a été touché, poursuivit l'agent. À la tête. Une blessure fatale.

— Nelson ? Nelson est mort ?

Il n'en revenait pas.

— Oui, je suis désolé. Il avait laissé votre nom et votre numéro aux autorités.

— Qu'est-ce qui s'est passé ?

— On ne sait pas trop. Je n'étais pas sur place. Mon chef m'a demandé de venir vous chercher. Pour identifier le corps.

Bruce regarda Nick qui, sous le choc, ne pouvait articuler un mot.

— Oui. Bien entendu. Allons-y.

— Emportez donc votre tronçonneuse, suggéra le policier à Nick. Ça peut être utile.

Un Gator John Deere était garé devant la maison, un petit véhicule tout-terrain à deux places, peint en jaune et vert. Bruce s'installa à l'avant et Nick grimpa dans la benne. Ils démarrèrent et prirent la direction de l'ouest, en zigzaguant entre les débris qui jonchaient la rue. Passé le centre-ville, ils découvrirent un paysage dévasté.

Les dégâts étaient impressionnants. Arbres, poteaux électriques, mobiliers de jardin, planches et morceaux de toits encombraient les rues, sans compter d'énormes flaques d'eau. Des dizaines de maisons avaient été endommagées par des chutes de branches. Quelques rares habitants étaient dehors, et ceux qui nettoyaient avaient l'air hagard. Sur Atlantic Avenue, la grande artère qui menait à la plage, les gardes nationaux s'activaient armés de tronçonneuses, de haches et de pioches. La rue était à peine praticable, mais le policier parvint à se faufiler au milieu de ce chaos.

— C'est le sillon de Pauley qui a le plus souffert. Le Hilton a été sérieusement touché. On a déjà retrouvé deux corps sur le parking.

— On sait combien il y a de victimes ? s'enquit Bruce.

— Trois pour l'instant. Votre ami et les deux au Hilton. Il y en a certainement d'autres.

Il quitta l'avenue pour rejoindre une rue étroite qui traversait l'île du nord au sud. Ils sinuèrent entre de grosses branches et des immondices, puis bifurquèrent à nouveau, cette fois à l'est, et se retrouvèrent bientôt bloqués sur Fernando Street, la route du bord de mer qu'une escouade de soldats s'employaient à dégager. Le policier, avec Bruce et Nick, les aida à pousser sur le bas-côté une voiture renversée. Cent mètres plus loin, l'océan était calme, le soleil était déjà haut et la journée s'annonçait caniculaire.

Nelson Kerr habitait une maison à deux niveaux, dans un lotissement à proximité du Hilton. Les constructions avaient bien souffert, la plupart des fenêtres et des toits avaient été soufflés. Quand ils se garèrent devant chez Nelson, Bob Cobb les attendait dans l'allée. Bob serra Bruce dans ses bras. Il avait les yeux injectés de sang et ses longs cheveux gris étaient en bataille.

— Quelle nuit ! J'aurais dû partir avec les gens sains d'esprit.

— Où est Nelson ? demanda Bruce.

— Derrière.

Nelson gisait sur un muret de brique qui délimitait son patio. Mort, cela ne faisait aucun doute. Il était en jean, tee-shirt, avec des baskets aux pieds. Un autre policier, un sergent, montait la garde, un peu perdu à l'évidence. Il serra la main de Bruce et dit :

— C'est bien votre ami ?

Bruce, malgré ses jambes chancelantes, s'approcha. La tête de Nelson pendait du mur. Il avait une grosse entaille au-dessus de l'oreille. En dessous de lui, on distinguait une grosse branche tombée de l'un des lilas des Indes. D'autres branches et débris parsemaient l'endroit.

Bruce recula d'un pas.

— C'est bien lui.

Nick s'approcha à son tour.

— Oui, c'est Nelson.

— OK. Vous voulez bien garder le corps, le temps que j'aille chercher de l'aide ?

— Quel genre d'aide ? s'enquit Bruce.

— Je ne sais pas trop. Un médecin légiste pour prononcer le décès. En attendant, restez avec lui, s'il vous plaît.

— Pas de problème. Comme vous voudrez.

— Il a laissé votre nom et votre adresse. Il a donné aussi les coordonnées de personnes en Californie. M. et Mme Kerr. Je suppose qu'il s'agit de ses parents.

— Sans doute. Je ne les connais pas.

— Il va falloir les appeler…, annonça le sergent en regardant Bruce avec insistance.

— C'est votre boulot, répliqua-t-il. Mais je croyais que les lignes téléphoniques étaient coupées ?

— Nous avons un téléphone satellite au QG de Main Beach. Je vais aller là-bas et m'en charger. À moins que vous ne vouliez le faire ?

— Sans façon. Je n'ai jamais rencontré ces gens et ce n'est pas de mon ressort.

— D'accord. Dans ce cas, attendez-moi ici.

— Pas de problème.

Bob intervint :

— On peut jeter un coup d'œil dans la maison ?

— Je suppose. On revient le plus vite possible.

Ils accompagnèrent les deux policiers qui montèrent dans le Gator et s'en allèrent.

— Les gens d'ici ont eu un peu plus de chance, reprit Bob. Les vagues se sont arrêtées à leur perron. J'habite deux rues plus loin et j'ai un mètre cinquante d'eau dans ma maison. Je suis resté assis dans les escaliers à attendre que le jour se lève. C'est pas agréable, je t'assure.

— Je suis désolé, Bob, répondit Bruce.

— Mais je ne dirais pas que Nelson a eu de la chance, nuança Nick.

— C'est vrai.

Ils repartirent vers le patio et contemplèrent le mort.

— Qu'est-ce qu'il fichait dehors en pleine tempête ? lâcha Bob. C'était vraiment idiot !

— Il avait un chien, non ? s'enquit Bruce. Il est peut-être sorti ?

— Oui, il avait un chien, confirma Bob. Boomer. Un petit corniaud noir qui lui arrivait au genou. Il faut le retrouver. (Il ouvrit la porte côté jardin.) Mieux vaut ne toucher à rien à l'intérieur.

Ils pénétrèrent dans la maison à la recherche du chien. Le sol de la cuisine était trempé.

— Si le clebs était là, on le saurait, non ? fit remarquer Nick.

— C'est vrai, répondit Bruce. Je vais vérifier à l'étage. Et vous, faites un tour en bas.

Cinq minutes plus tard, ils avaient inspecté toutes les pièces. Pas de trace du chien. Ils se retrouvèrent dans la cuisine, où la chaleur et l'humidité grimpaient en flèche. Ils sortirent et observèrent à nouveau Nelson.

— On devrait le couvrir, avança Bruce.

— Bonne idée, approuva Bob, encore sous le choc.

Nick dénicha deux grandes serviettes blanches dans la salle de bains et les étendit sur la dépouille. Bruce se sentit faiblir.

— Il faut que je m'assoie, les gars.

Nelson avait glissé quatre chaises métalliques sous une table, calée dans un coin du patio, et elles n'avaient pas été emportées par le vent. Ils les redressèrent, ôtèrent les débris, et s'installèrent à l'ombre, à cinq mètres du corps. Nick trouva trois canettes de bière tiède dans le réfrigérateur et ils trinquèrent en l'honneur de leur ami défunt.

— Vous vous connaissiez bien, n'est-ce pas ? demanda Bruce.

— Assez oui, répondit Bob. Ça fait longtemps qu'il habite ici. Deux ans, je crois.

— Quelque chose comme ça. Son troisième roman était sorti depuis peu et se vendait bien. Il était divorcé depuis quelques années. Sans enfants. Et voulait quitter la Californie.

Ils sirotèrent leurs bières en observant les serviettes blanches.

— Ça ne tient pas debout, lança Nick. Pourquoi cet animal serait-il sorti en pleine nuit au beau milieu d'un ouragan ?

— Peut-être que ce con de chien voulait pisser ? avança Bob. Nelson l'a laissé sortir pour qu'il se soulage vite fait, le clebs a paniqué dans la tempête et s'est sauvé. Et Nelson est sorti en catastrophe pour tenter de le récupérer. La branche s'est cassée et lui est tombée dessus. Il ne doit pas être le seul idiot à avoir reçu cette nuit un truc sur le carafon. Il s'est trouvé au mauvais endroit, au mauvais moment.

— Il venait de terminer un nouveau roman, annonça Bruce. Je me demande où est le manuscrit.

— Hé, ça vaut de l'or, ça ! Tu l'as lu ? demanda Nick.

— Non, mais je lui avais promis de le faire. Il avait fini le premier jet. Autant que je sache, il ne l'avait pas encore envoyé à New York.

— Il doit être dans son ordinateur, non ?

— Probable.

— Qu'est-ce qui se passe dans ce cas ? s'enquit Nick.

Les deux hommes réfléchirent un moment.

— Nelson était bien avocat ? poursuivit le jeune homme.

— Oui, il a travaillé dans un grand cabinet à San Francisco, répondit Bruce. Il a dû rédiger un testament dans lequel il désigne un exécuteur qui gérera ses affaires. Ça va être un beau bazar.

— S'il est là depuis plus de deux ans, il doit être considéré officiellement comme un résident de la Floride. C'est sûr, même. Il a des plaques d'ici sur sa voiture. Son avocat doit donc être quelqu'un du coin.

— Je n'en sais rien. Il a – avait – des amis partout.

Nick entra dans la maison et referma la porte derrière lui.

— On risque d'attendre des heures, se lamenta Bob. Ces pauvres flics ne savent plus où donner de la tête en ce moment.

— On a croisé la garde nationale en chemin, répondit Bruce. C'est donc que les secours sont arrivés.

— Et chez toi ? Des dégâts ?

— J'ai eu de la chance. Il y a des tas de branches à terre, mais pas de casse. Rien à voir avec ce qui s'est passé ici.

Bob lâcha un soupir :

— J'aurais dû partir. Maintenant, je dois arracher la moquette et le Placo trempés et sortir à la pelle toute cette boue. Une semaine sans électricité. Des températures de trente degrés. Ça promet ! Tu as de quoi manger, chez toi ?

— Ça va. J'ai un petit groupe électrogène. Donc la bière est fraîche. Reste donc avec moi et Nick. On a des vivres et, quand les réserves seront vides, on ira piller quelques magasins. Ce sera amusant.

— Merci pour la proposition. C'est sympa.

Nick passa la tête à la porte et lança :

— Venez voir, les gars.

Ils retrouvèrent Nick dans le salon. Il éclairait un mur avec une lampe électrique.

— Où t'as trouvé ça ? s'enquit Bob.

— Elle était sur le canapé. Regardez ces taches à côté de la bibliothèque. Cela pourrait être du sang. Il y en a d'autres sur les livres, là, juste à droite.

Bruce prit la lampe et examina le mur. Il y avait huit ou dix traces, comme des éclaboussures d'un liquide – peut-être du sang. Peut-être pas. Mais ni Nelson, ni sa femme de ménage – s'il en avait une – n'auraient laissé ces salissures sur ce mur. Bob les inspecta à son tour et secoua la tête.

— Ce n'est pas tout, poursuivit Nick en se rendant dans la salle de bains. (Il éclaira le lavabo :) Vous voyez ces taches roses à côté du robinet ? On dirait des traces de sang que quelqu'un a voulu nettoyer.

— Tu lis beaucoup de romans policiers, non ? demanda Bob.

— Des centaines. J'adore ça.

— Dans ce cas, où est l'essuie-main ou la serviette pleine de sang ? renchérit Bruce.

— Emporté. Il n'y avait pas de courant, mais il restait de la pression dans le ballon d'eau chaude, du moins pendant un certain temps. Impossible de mettre la serviette dans le lave-linge puisqu'il ne fonctionnait pas. Et il est vide. Le tueur n'allait pas laisser ça derrière lui, alors il l'a emporté avec lui.

— Le tueur ? répéta Bruce.

— Ouvrez les yeux. Ce qui s'est passé ici, c'est peut-être du sérieux.

— Sérieux, ça l'est déjà assez comme ça, répliqua Bob.

— Bien sûr.

— Donc, reprit Bruce, tu penses que quelqu'un est venu ici en plein ouragan de catégorie 4, a agressé Nelson dans le salon, l'a frappé à la tête, a traîné son corps dehors puis a nettoyé le sang et s'est fait la malle. Ça te paraît crédible ?

— L'improbable se produit parfois, répliqua Nick. En fait, il n'y aurait pas meilleur moment pour tuer quelqu'un et maquiller le crime en accident.

— J'adhère ! s'exclama Bob. Mais où est le sang par terre ?

Les trois hommes regardèrent à leurs pieds. Ils se tenaient sur un tapis de bain humide et taché.

— Il fait trop sombre pour voir quoi que ce soit mais peut-être que nous nous trouvons au beau milieu d'une scène de crime.

— Je n'y suis pour rien, juré, craché par terre ! répliqua Bob.

— Allons regarder sa tête de plus près, proposa Bruce.

Les trois hommes échangèrent un regard puis sortirent lentement sur la terrasse. Nick passa devant et s'approcha du cadavre. Il écarta la serviette qui cachait le crâne et se pencha. L'entaille béante au-dessus de l'oreille gauche n'était pas belle à voir, et malgré leur inexpérience en la matière, elle semblait suffisamment sérieuse pour avoir causé la mort. En tenant toujours la serviette pour ne pas toucher le corps à mains nues, Nick voulut soulever la tête de Nelson, mais son cou était tout raide.

Nick se redressa et annonça :

— Bon, on n'a pas le choix. Il faut faire rouler le corps par terre pour voir son visage et l'autre côté du crâne.

— Je ne suis pas très chaud. Les flics vont savoir qu'on l'a bougé.

— Je suis d'accord, renchérit Bob. Je ne veux pas le toucher.

— On le remettra en place, ni vu ni connu, insista Nick. Mais il faut qu'on l'examine sous toutes les coutures.

— Pourquoi ? s'enquit Bruce. C'est quoi ta théorie ?

— Le tueur l'a assommé dans la maison, puis l'a fini ici.

— En pleine tempête ? Sous une pluie diluvienne ?

— Exactement. Le gars se fichait d'être mouillé. Réfléchissez ! C'était le meilleur moment pour le tuer.

— Et avec quoi ? intervint Bob.

— Avec quelque chose qu'il aura trouvé dans la maison. Il ne s'est pas pointé à la porte avec un pistolet ou un couteau. Nelson l'a fait entrer, peut-être parce qu'il le connaissait, bien sûr il ne savait pas ce que l'autre avait en tête. Le gars était dehors en plein ouragan, Nelson n'allait pas lui fermer la porte au nez. Le type a attrapé un tisonnier ou une batte de baseball, ou je ne sais quoi… un truc qu'il était sûr de trouver ici et il s'en est servi.

— Tu lis trop de polars, intervint Bob.

— Et toi, tu radotes, la sénilité te guette ! répliqua Nick.

Ils se tenaient tous les trois devant la dépouille du pauvre Nelson. Bruce recula et s'assit à l'ombre. Nick et Bob l'imitèrent. Le soleil tapait fort, la température montait. Tout autour les secours s'activaient. Des hélicoptères bourdonnaient dans le ciel, des tronçonneuses pétaradaient au loin.

Les flics étaient partis depuis une heure déjà.

2

Sans un mot, Nick se leva, s'approcha du cadavre et retira les deux serviettes blanches. Il attrapa la jambe de Nelson et le fit basculer du muret. Le corps tomba au sol, sur le dos. Bruce et Bob s'avancèrent aussitôt.

L'œil droit était enflé et fermé et il y avait une autre entaille, juste au-dessus de l'orbite.

— C'est bien ce que je pensais, articula Nick. Allez me chercher la lampe, s'il vous plaît.

Bruce la retrouva sur la table de la cuisine et la lui apporta. Nick se pencha au-dessus de la tête, tout près, comme s'il tentait de repérer des poux. Il découvrit une bosse au sommet du crâne, cachée par les cheveux, et poursuivit son exploration. Quand il eut terminé, il s'adossa contre le muret et déclara :

— La branche l'aurait touché trois fois ? C'est possible ça ?

Il regarda Bruce qui resta silencieux.

— Ça va ! lança Bob. Remettons-le en place avant que les flics ne rappliquent !

— Non ! Il faut leur montrer ça ! répliqua le jeune homme. On a affaire à un meurtre ! La police va enquêter. Du moins je l'espère.

— D'accord, mais couvrons-le au moins, intervint Bruce. Je ne veux pas le voir dans cet état.

Nick replaça les serviettes sur Nelson.

Bob qui, dans une autre vie, avait connu la prison, commençait à s'inquiéter :

— On a forcément laissé des empreintes dans la baraque. On devrait aller les effacer.

— Surtout pas ! répondit Nick. Les flics nous ont dit qu'on pouvait y entrer. S'il y a nos empreintes à l'intérieur, c'est normal. Ça ne signifie pas qu'on a quelque chose à voir avec ce crime. Et si on se met à passer le chiffon partout, on risque de faire disparaître les traces du tueur.

— Il a raison, intervint Bruce. Tu crois qu'il a laissé l'arme derrière lui ?

Nick, devenu l'enquêteur en chef, réfléchit un moment.

— Je ne pense pas, conclut-il. Il a dû s'enfuir avec et cela lui a été facile de s'en débarrasser dans le chaos qui régnait dehors. Mais on va quand même jeter un coup d'œil pour en avoir le cœur net.

— Pas question. Je ne touche plus à rien, déclara Bob. Je rentre chez moi. J'ai toute ma moquette à arracher.

— T'inquiète, on t'aidera, annonça Bruce.

— Tu ne peux pas t'en aller, précisa Nick. C'est toi qui as découvert le corps. Les flics vont vouloir te parler et ils nous ont demandé de ne pas bouger.

— C'est vrai, concéda Bruce. Pour l'instant on est coincés ici.

— Moi, j'y retourne et je vais fouiller, annonça Nick. Quelqu'un veut une bière chaude ?

Les deux hommes hochèrent la tête. Nick leur rapporta deux canettes et repartit dans la cuisine pour l'inspecter avec précaution. À l'aide d'un torchon, il ouvrit les placards et les tiroirs. Dans le salon, il remarqua que les accessoires pour la cheminée étaient au complet. Avec la lampe électrique, sans toucher aux ustensiles en fer forgé, il inspecta le tisonnier, les pinces, la pelle et la brosse. Seul le tisonnier pouvait être un prétendant au titre. Les pinces étaient trop peu maniables, la pelle et la brosse pas assez lourdes pour donner un coup mortel, du moins à ses yeux de néophyte. Avec son téléphone, il prit en photo les taches sur les murs.

Sur la terrasse, Bruce n'en revenait pas :

— Pourquoi quelqu'un aurait tué Nelson ?

— Aucune idée, répondit Bob. (Après un long silence, il ajouta :) Tu crois à cette histoire de meurtre ?

— Je ne sais pas. Peut-être qu'on se monte le bourrichon ? Calmons-nous, et attendons les flics. Laissons-les gérer ça.

— Je suis d'accord. Mais pour l'instant, ils sont complètement débordés. C'est vrai qu'on est tous sous le choc. Je ne suis pas sûr qu'on puisse avoir les idées claires après ce qui vient de nous tomber sur la tête. Je n'ai pas pu fermer l'œil de la nuit, et j'ai eu le trouillomètre à zéro, je peux te le dire !

À l'étage, Nick entra dans la grande chambre à coucher, qui était plongée dans la pénombre. Il ouvrit les volets et examina la pièce sans toucher à rien. Le lit était défait. Des vêtements jonchaient le sol. À l'évidence, Nelson rangeait au rez-de-chaussée, mais pas à l'étage. Nick explora l'autre chambre et ne trouva rien – pas de traces de sang, pas d'objets ayant pu servir d'arme. Rien non plus dans les deux salles de bains attenantes.

Dehors, Bob s'interrogeait :

— Il a peut-être été tué par plusieurs branches. C'est possible, non ? Regarde autour de toi. Il y en a partout. Perso, je ne crois pas à cette histoire de meurtre.

— Et le sang sur le mur ?

— Tu es sûr que c'est du sang ?

— Non. Je ne suis sûr de rien. Sauf que notre pote Nelson est ici, raide mort.

— On devrait le déplacer, il est en train de cuire au soleil.

— Il s'en fout, aujourd'hui. Et je ne veux pas le toucher encore une fois.

Ils burent leur bière chaude en regardant Nelson. Les ombres rapetissaient ; ils allaient bientôt se retrouver en plein cagnard.

Dans le garage, la BMW était toujours là, rutilante. Une collection impressionnante de cannes à pêche couvrait tout un mur. Dans un coin, il y avait un sac de golf. Sur des racks et un petit établi, Nelson avait rangé ses outils et autres équipements pour la maison – des ampoules de rechange, des bombes insecticides, des pièges à guêpes. Tout était à sa place. Pour tout dire, son garage était bien mieux rangé que sa chambre à coucher. Une caisse à outils trônait à côté, fermée. Nick fut tenté d'aller voir s'il ne manquait pas un marteau, mais il se retint. Les flics se chargeraient de l'inspecter.

Dans le patio, Bob déclarait :

— Il a croisé quand même des sales types dans le passé. Il a écrit sur des gars vraiment malveillants…

— Tu as lu ses livres ?

— Presque tous, oui. Ils étaient bons. Il a été viré de sa boîte d'avocats, c'est ça ?

— C'est ce qu'il disait. Il était associé dans un gros cabinet de San Francisco, ça payait bien mais il voulait en partir, du moins c'est ce qu'il m'a raconté. Il a découvert qu'un de ses clients vendait des logiciels militaires à l'Iran et à la Corée du Nord. Alors il a joué les lanceurs d'alerte. Les fédéraux l'ont bien payé, mais dans le métier, il était grillé. Alors, il a pris l'argent, en a perdu un paquet dans son divorce, et est venu s'installer ici, histoire de prendre un nouveau départ. Mais apparemment quelqu'un lui en voulait encore.

— Tu crois donc à cette histoire de meurtre ?

— En tout cas, c'est très suspect. (Bruce avala une gorgée de bière.) Regarde ça, Nelson est ici, en train de rôtir au soleil, et sa famille ne se doute de rien. Ce n'est pas normal. Ils doivent se faire un sang d'encre à l'heure qu'il est.

— La police va les prévenir, maintenant que nous avons identifié le corps.

— J'espère, mais les flics sont totalement débordés. Si tu n'avais pas de nouvelles de ton frère à un moment pareil, tu t'inquiéterais, non ?

— Pas du tout !

— Allez Bob !

Ils burent à nouveau, incapables de quitter le cadavre des yeux. Un autre hélicoptère se fit entendre dans le ciel.

— Je me demande ce que fiche notre petit Sherlock Holmes à l'intérieur, s'interrogea Bob.

Nick examinait le fer 7 avec le faisceau de sa lampe. Les clubs étaient des Ping, du haut de gamme. Nick, en golfeur confirmé, reconnut tout de suite le jeu. Les clubs étaient rangés dans le sac dans un ordre parfait. Les wedges étaient en bas. Les fers, du 4 au 9, au milieu. Puis les bois et le driver en haut, tous avec leurs capuchons estampillés de la marque. Nick se rappela le roman de Scott Turow, *Dommage personnel*, dans lequel la tête d'un fer 2 avait été aiguisée pour éliminer le méchant de l'histoire, d'un coup bien ajusté sur le crâne.

Le fer 7 n'avait été ni effilé ni modifié, mais il y avait quelque chose dessus. Un liquide qui avait séché, avec peut-être quelques brins de gazon. En tenant la lampe d'une main, Nick prit des gros plans des clubs. D'un coup, il s'aperçut qu'il dégoulinait de sueur et avait le souffle court. Il quitta le garage et retourna sur la terrasse où Bruce et Cobb étaient toujours assis, le regard rivé sur le corps.

Nick retira les deux serviettes et annonça :

— Je prends des photos de tout.

— Pourquoi ? s'étonna Bruce.

— On ne sait jamais.

3

À midi, près de deux heures et demie après le départ des flics, ils entendirent de l'agitation dans la rue. Une ambulance était arrivée et deux secouristes sortaient un brancard. Un policier du centre-ville que Bruce connaissait bien les retrouva dans l'allée.

— Salut Nat ! lança Bruce en lui serrant la main.

Il était ravi de voir un visage familier et un uniforme.

— Salut Bruce. Qu'est-ce que vous fichez ici ?

— Je garde le corps. Le gars s'appelle Nelson Kerr, c'était un ami. Il a donné mes coordonnées comme contact.

— Nelson ? Je le connais, répondit Nat, sonné. Il est mort ?

— Malheureusement.

— Allons voir ça.

Bruce présenta Bob et Nick et ils se rendirent dans le patio, les infirmiers sur les talons. Nat se pencha sur le cadavre et retira une serviette. Il grimaça en découvrant le visage de Nelson.

— Apparemment, pour une raison quelconque, il serait sorti pendant l'ouragan et se serait pris une branche sur la tête, ou un truc du genre. Bob l'a trouvé couché sur le muret.

— Qui l'a déplacé ?

— Nous. On n'était pas convaincus qu'une branche lui ait fait ça. Il y a trois impacts sur la tête, au moins. Le cas est peut-être plus compliqué qu'il n'y paraît.

Nat se releva, ôta sa casquette et se tourna vers Bruce.

— Comment ça ?

— On a trouvé des taches sur le mur dans le salon. C'est peut-être du sang séché. Et il y a des traces dans le lavabo qui pourraient aussi être du sang.

— On a affaire à un homicide, déclara Nick. Quelqu'un a frappé Nelson, un coup sur la tête, l'a traîné dehors, puis l'a terminé ici, et a maquillé son crime pour faire croire à un accident à cause de la tempête.

— Un meurtre en plein ouragan ?

— Oui, monsieur l'agent. C'est le meilleur moment pour tuer quelqu'un.

— Qui êtes-vous, au juste ?

— Je m'appelle Nick Sutton. Je travaille à la librairie.

— Il se prend pour Sherlock Holmes, lâcha Bob, mais il tient peut-être quelque chose.

Nat n'avait pas le matériel pour ce genre d'investigation. Il se mit à marcher de long en large, en se grattant la tête.

— Très bien, déclara-t-il finalement. Montrez-moi ce sang.

Nick l'entraîna dans la maison tandis que Bruce se tournait vers les secouristes :

— Alors, comment ça se passe sur l'île ?

— C'est l'apocalypse. La garde nationale dégage les routes. Ils ont trouvé trois corps sous un bungalow, juste au bout de la route. Il y a sept morts pour l'instant. Heureusement, la majeure partie des habitants avaient quitté Camino.

Le second infirmier poursuivit :

— L'eau s'est retirée un peu partout, mais il reste encore cinquante centimètres dans le centre.

— Je suis le propriétaire de Bay Books sur Main Street. Je suppose que la rue a été inondée.

— C'est monté jusqu'à un mètre cinquante.

Bruce secoua la tête, étouffant un grognement.

— Bon, cela aurait pu être pire, marmonna-t-il.

Nat revint avec Nick sur la terrasse et sortit sa radio. Il s'éloigna pour parler en privé.

— Le téléphone fonctionne ? demanda Bruce au premier infirmier.

— Toutes les antennes sont par terre. Ça va prendre des jours pour réparer tout ça. Vous pensez vraiment qu'il a été assassiné ?

Nick intervint :

— Soit c'est ça. Soit cette seule et unique branche l'a frappé trois fois sur la tête, et en trois endroits différents.

— Quelle branche ?

Bruce désigna la supposée coupable, toujours sur le muret. Les secouristes l'observèrent en silence.

— Bien, j'ai parlé au lieutenant, annonça Nat d'un air décidé. Il dit de ne pas toucher au corps. Il va essayer de trouver notre spécialiste des homicides.

— J'ignorais qu'on en avait un, s'étonna Bruce. On a déjà eu un meurtre sur Camino ?

— Il s'agit de Hoppy Durden, répondit Nat. Il s'occupe aussi des braquages de banques.

— Parce qu'on a eu des attaques de banques ? Première nouvelle.

— C'est vrai qu'il n'est pas débordé.

— Nat, vous pourriez prévenir la police d'État, leur demander qu'elle nous envoie leurs enquêteurs ?

— Bruce, vous ne mesurez pas la situation. Pour l'instant, personne ne peut venir sur l'île. Le pont est fermé et toutes les routes sont coupées. On a un mal de chien à évacuer les blessés.

— Je comprends, mais le pont va rouvrir bientôt, pour laisser entrer la voirie, et puis les habitants.

— Ne vous souciez pas de ça. On sait ce qu'on a à faire.

Sa radio crépita et il s'éloigna de nouveau. Les secouristes furent appelés pour une autre urgence et Bruce, Nick et Bob se retrouvèrent encore seuls à regarder la dépouille de Nelson gisant sous le soleil. Heureusement, Nat l'avait couvert à nouveau avec les serviettes.

Le policier revint dans le patio, annonça qu'on avait besoin de ses services ailleurs, et ordonna au trio de rester avec le corps. Et de ne toucher à rien. Il allait tenter de retrouver Hoppy Durden, mais il serait sûrement déjà occupé. À l'évidence, tous les agents étaient sur le terrain et s'affairaient en tous sens, chacun dans son coin, sans aucune coordination.

Contre toute attente, Hoppy Durden arriva un quart d'heure plus tard. Bruce connaissait son nom mais ne l'avait jamais rencontré. Durden n'était pas du genre à flâner dans une librairie. C'était un grand type joufflu, avec une grosse bedaine saillant de son pantalon et une chemise trempée de sueur qui lui collait à la peau. Une fois les présentations faites, Bruce lui résuma la situation. Durden examina les blessures de Nelson comme s'il avait déjà eu affaire à des dizaines de morts violentes, puis suivit Nick dans la maison, qui au fil des heures s'était transformée en sauna. Quand ils en sortirent, Durden suait à grosses gouttes.

— Oui, ça ressemble fort à une scène de crime ! déclara-t-il.

Il avait du mal à cacher sa joie. Grâce à cette affaire de meurtre, il n'aurait plus à arpenter les rues avec une tronçonneuse pour aider au déblayage.

Il alla chercher son appareil photo et commença à mitrailler Nelson. Puis il sortit de sa voiture un gros rouleau de rubalise et en tendit des longueurs – autour du patio, de l'allée, de la pelouse côté rue, jusqu'aux massifs de fleurs. Tout le périmètre fut ainsi barricadé, zébré de grandes bandes de plastique jaunes. Bruce était perplexe. Pourquoi dresser une telle barrière puisqu'il n'y avait personne alentour ? Des dizaines de questions, et plus encore de suggestions, lui brûlaient les lèvres. Pourtant, mieux valait se taire. Par radio, Durden ne cessait de demander des renforts mais personne n'arrivait. Avec son téléphone, il filma les dépositions de Bruce, Bob et Nick, et leur demanda de ne plus entrer dans la maison. Tandis qu'il vaquait à ses affaires, Durden pensa soudainement à leur offrir des bouteilles d'eau fraîche, provenant de sa glacière. Les trois hommes les vidèrent d'un trait.

Finalement, Bob fut autorisé à quitter les lieux et s'en alla nettoyer son domicile inondé. Bruce et Nick lui promirent de venir l'aider dès qu'ils en auraient terminé ici.

Les deux infirmiers revinrent avec leur brancard à roulettes et chargèrent Nelson. Durden expliqua qu'on allait emporter la dépouille à l'hôpital de la ville où il y avait une petite morgue au sous-sol.

— Je pensais que l'hôpital avait été évacué, s'étonna Bruce.

— C'est le cas. Mais ils ont un groupe électrogène.

— Et pour l'autopsie ?

Après une demi-heure en compagnie de Hoppy Durden, Bruce s'inquiétait déjà pour l'enquête.

— À supposer qu'on en fasse une, j'imagine que le médecin légiste de l'État s'en chargera.

— Bien sûr qu'il faut une autopsie ! Si c'est un meurtre, on doit connaître la cause de la mort, n'est-ce pas ?

Hoppy Durden se frotta le menton et finit par hocher la tête.

Bruce continua à prodiguer ses conseils mais en veillant à ne pas se montrer trop directif.

— Et si vous l'emmeniez directement au laboratoire de la police criminelle à Jacksonville ? Qu'en pensez-vous ? C'est là qu'ils pratiquent les autopsies, non ?

— Oui. Je connais le légiste là-bas. Vous avez peut-être raison. Je peux faire jouer mes relations, quitter l'île sans trop de difficultés, et rouler jusqu'à Jacksonville.

— Et il faut prévenir sa famille en Californie.

— Vous pourriez vous en charger ? Je dois aller retrouver mes collègues.

— Désolé, mais c'est de votre ressort.

— C'est vrai.

Hoppy Durden suivit le chariot que les infirmiers poussaient vers l'ambulance. Bruce et Nick les regardèrent hisser Nelson à l'intérieur, et le véhicule l'emporta.

III

LES PILLARDS

1

Larry habitait dans les terres, à deux kilomètres du rivage et à cinq kilomètres au sud du bungalow de Mercer. Après avoir coupé toute la matinée les branches tombées devant sa maison de brique, il prit son pick-up pour explorer les environs. Mais c'était peine perdue. Les arbres bloquaient toutes les rues. Impossible de passer. Il rentra chez lui, remplit un sac avec de la nourriture, de l'eau, et partit à pied faire un tour d'inspection des propriétés dont il avait la charge depuis longtemps. Cinq au total. Toutes des maisons de vacances situées sur la plage. Jamais il n'avait vu des dégâts pareils sur Camino. Des arbres s'étaient écroulés sur les toits, les pelouses, les voitures. Il faudrait des jours pour les tronçonner et les morceaux resteraient des semaines sur les bas-côtés. Des lotissements entiers se retrouvaient coupés du monde. Il lui fallut deux heures de marche pour rejoindre Fernando Street, la route qui longeait le rivage. La situation était moins apocalyptique ici, parce qu'il y avait peu d'arbres sur cette zone et aussi parce que les dunes avaient rempli leur rôle de brise-lames, mais le vent avait malmené les habitations.

Il ne vit quasiment personne, signe que la population avait bel et bien quitté l'île. Des hélicoptères et de petits avions bourdonnaient dans le ciel comme des insectes menaçants. Les secours arrivaient donc. Il croisa une escouade de la garde nationale qui dégageait la rue. Il s'arrêta pour discuter avec un sergent. D'après ses informations, c'était la pointe nord qui avait subi le gros de la tempête. Le Hilton était éventré. On dénombrait pour l'instant huit morts, mais le chiffre n'arrêtait pas de monter. Les blessés étaient emportés à Jacksonville. Le pont était de nouveau ouvert pour permettre aux secours de venir sur place – il restait interdit aux résidents pour plusieurs jours.

Arrivé au bungalow de Mercer, il trouva la pelouse jonchée de branchages, de restes de planches et de bardeaux. À l'intérieur, l'eau n'avait pas fait de dégâts. Le toit avait tenu bon. Il se rendit sur la terrasse, face à l'océan, pour inspecter la maison. Ses planches de contreplaqué avaient fait leur office. Portes et fenêtres étaient intactes. Il les laisserait ainsi barricadées quelque temps. La passerelle qui sinuait entre les dunes avait résisté, mais tout au bout, le ponton et l'escalier avaient disparu. À droite et à gauche, les jetées avaient été emportées. Il s'assit sur les planches, les pieds au-dessus du sable et regarda les secours à l'œuvre en buvant une bouteille d'eau. À un kilomètre de là, un Seahawk de la Navy tournait en rond dans le ciel tandis qu'un autre hélicoptère tentait d'atterrir sur la plage. Un bâtiment de débarquement amphibie approchait du rivage. C'était l'intérêt de se trouver tout près d'une base navale.

Quand il eut terminé sa bouteille, il retourna au bungalow tout en scrutant le toit. Quelques bardeaux étaient partis, mais rien de grave. Trois maisons plus loin, la terrasse de bois avait été soufflée et toutes les fenêtres brisées.

Après avoir fermé le bungalow, il retourna sur Fernando Street pour rentrer chez lui. Puisqu'il n'y avait plus de réseau, il ne pouvait prévenir personne. Il vivait seul et avait des vivres pour deux semaines. Il avait eu de la chance. Sa maison était intacte. Toutefois, sans électricité, les conditions allaient se dégrader. Dans un jour ou deux, il allait regretter de n'être pas dans un bon petit motel climatisé à trois cents kilomètres de là.

La prochaine fois, il quitterait Camino comme tous ceux qui avaient deux sous de jugeote.

2

Les velléités de nettoyage de Bob durèrent moins d'une heure. Après avoir arraché la moquette du rez-de-chaussée et sorti les tapis détrempés, les trois hommes étaient en nage, et hors d'haleine.

— Vous savez quoi, les gars, lâcha Bob, je vais attendre le passage de l'expert de l'assurance. Ce sera plus raisonnable, non ?

— Absolument ! s'empressa de répondre Bruce. Et il enverra une équipe pour faire le ménage.

— C'est dans le contrat. Je paie six mille dollars par an pour être couvert en cas d'inondation.

— Prenons toute la nourriture et l'alcool qu'on peut, proposa Nick, et partons d'ici. Emportons tout ça chez Bruce et installons notre camp de base.

— Mais ma voiture est restée sous un mètre cinquante d'eau. Elle ne va pas démarrer. Je le sais, j'ai déjà essayé.

— D'accord. Essayons la BM de Nelson, elle était au sec. Et il n'en aura plus besoin. J'ai les clés dans la poche.

— Tu as pris ses clés ?

— Évidemment. Elles étaient sur le comptoir de la cuisine. J'ai pris aussi les clés de sa maison.

— Et si les flics reviennent pour enquêter ? s'enquit Bruce.

— Ça m'étonnerait qu'ils se pointent cette semaine. Et ils pourront toujours entrer chez Nelson, avec ou sans clés.

— Tu veux voler sa voiture ? bredouilla Bob.

— Non. L'emprunter. Santa Rosa est à plus de cinq kilomètres, et la route est un vrai champ de mines. Dehors, c'est le chaos, Bob. C'est chacun pour soi, maintenant ! Alors, je dis : vidons le congélo de Nelson, et ses réserves. Pourquoi laisser tout ça pourrir ?

— Perso, ça me va, annonça Bruce. Prenons la bouffe, et aussi sa voiture. On la ramènera quand les routes seront dégagées. Les flics ont d'autres chats à fouetter.

— Mais s'ils nous arrêtent ? insista Bob.

— Pourquoi ils feraient ça ? Ils ne peuvent se douter que nous conduisons la voiture d'un mort.

— D'accord. D'accord.

Bob monta dans sa chambre, vida deux bacs de plastique contenant de vieux vêtements. Les trois hommes les remplirent avec quatre steaks déjà en train de décongeler, un poulet, de la charcuterie, du fromage, huit canettes de bière, trois bouteilles de bourbon et deux de vodka. Bob ferma sa maison et le trio s'en alla, emportant son butin à dos d'homme.

— Si on croise la police, ils vont tirer à vue ! se lamenta Bob.

— Tu vois des flics dans le coin ?

— Non. Il n'y a personne.

Ils arrivèrent chez Nelson quelques minutes plus tard, haletants et encore plus épuisés. Ils entrèrent par la porte de derrière pour ne pas être vus, même s'il n'y avait plus âme qui vive dans la rue. Bruce se rendit dans le garage et tenta d'ouvrir la porte électrique mais celle-ci refusa de bouger. Après quelques minutes de recherche, il trouva le système de déverrouillage pour l'actionner manuellement. Avec l'aide de Nick, il put enfin relever le battant d'acier. Puis, ils remplirent rapidement le coffre avec des conserves, des paquets de pâtes, du bacon, des œufs et du fromage trouvés dans le réfrigérateur. Le congélateur était vide à l'exception de deux steaks et deux pizzas sans gluten. Ils prirent tout, puis dévalisèrent le bar. Nelson aimait le bon whisky – eux aussi. Ils emportèrent également toutes les autres bouteilles. Coup de chance, ils dénichèrent un pack d'eau gazeuse.

Puisque Bruce connaissait bien les flics du coin, il fut désigné comme chauffeur. Nick souleva les rubalises qui protégeaient la scène de crime et Bruce sortit la voiture du garage. Une fois dans la rue, avec leur butin, les trois hommes prirent la direction du centre-ville, certains qu'ils allaient être arrêtés et jetés en prison. Le trajet, d'ordinaire d'un quart d'heure, dura deux heures, un parcours semé d'embûches : des arbres renversés à tous les carrefours, une myriade de barrages de police où il fallait à chaque fois négocier son droit de passage, et autant de points de contrôle parfaitement inutiles et chronophages. Ils aperçurent quelques résidents tentant de nettoyer le pas de leur porte. Ils avaient tous l'air hagards, épuisés. Ils croisèrent quelques voitures. Pas beaucoup. La police et les soldats étaient débordés, sur les nerfs, suspicieux, et guère coopératifs. Ils étaient passés en mode « secours d'urgence » et n'avaient pas le temps de parler avec les curieux. Un flic magnanime, toutefois, leur indiqua un chemin par une route de traverse qui longeait un marais.

Enfin, ils se garèrent dans l'allée de Bruce et filèrent dans la cuisine boire de l'eau. Le petit groupe électrogène vrombissait sur la terrasse. Bruce l'arrêta. Il n'avait que vingt litres d'essence. Toutes les lignes étaient coupées sauf celle du réfrigérateur et du congélateur, et celles qui permettaient la climatisation et l'éclairage de la cuisine et du salon. Le reste de la maison était un véritable sauna.

Ils déchargèrent la BMW, rangèrent les vivres et les boissons, et s'ouvrirent trois canettes de bière bien fraîches. Puis ils s'installèrent dans le salon pour se reposer. Bob, qui avait passé une nuit blanche, s'endormit aussitôt dans son fauteuil. Nick l'imita sur le canapé. Bruce avait sommeil, mais ses pensées ne cessaient de tourner dans sa tête. Il redémarra le groupe électrogène et régla le thermostat sur 27 degrés Celsius. Demain, il faudrait trouver de l'essence, toute affaire cessante.

Il quitta ses compagnons dans les bras de Morphée et se mit en route. Bay Books se trouvait à cinq cents mètres à pied. Malgré la fatigue, il devait faire cet effort. L'eau avait reflué. Elle inondait encore les alentours immédiats du port. Deux voitures de police étaient garées sur Main Street. Un barrage bloquait la rue, même s'il n'y avait pas un véhicule en vue.

Bruce reconnut l'un des deux agents de faction. Il leur serra la main. Ils lui donnèrent les dernières nouvelles : les télécoms tentaient d'installer une antenne-relais de fortune. Il y aurait peut-être du réseau le lendemain. Dix morts au compteur. Plus une douzaine de disparus, mais peut-être ces gens étaient-ils simplement partis avec les autres ? Peut-être se trouvaient-ils quelque part dans un motel ? Une tornade était passée sur le continent, à une vingtaine de kilomètres à l'ouest, causant des dégâts, mais sans faire de victimes. On ne savait pas quand les habitants seraient autorisés à revenir sur l'île. Rétablir l'électricité était la priorité numéro un, et cela prendrait des jours. Des équipes arrivaient de toutes parts pour donner un coup de main, il en venait même d'Orlando. On allait apporter des groupes électrogènes. Tous les magasins devaient rester fermés jusqu'à nouvel ordre. Hormis le supermarché Kroger, qui disposait de son propre groupe. D'autres unités de la garde nationale étaient en route.

Bruce ouvrit la porte de la librairie, le cœur battant. La veille, avec ses employés, ils avaient monté à l'étage dix mille livres pour les mettre au sec, ainsi que les tapis et le gros des rayons et des présentoirs. Au rez-de-chaussée, le plancher de pin était détrempé et sans doute bon pour la déchetterie. À en juger par les taches sur le mur derrière la caisse enregistreuse, l'eau était montée jusqu'à un mètre trente exactement.

Pas grave. Il avait des assurances et plein d'argent. Tout pouvait être réparé ; et, en un rien de temps, il rouvrirait la boutique. Oui, cela aurait pu être pire. Il monta l'escalier et sortit sur le balcon où il avait bu tant de cappuccinos ou de bons crus avec ses amis et auteurs de passage. C'est là qu'il avait fait la connaissance de Nelson, il n'y avait pas si longtemps.

La folie de ces dernières vingt-quatre heures lui embrumait l'esprit. Comment avoir les idées claires ? Pendant la tempête, son cerveau s'était focalisé entièrement sur sa survie. Une fois l'ouragan passé, il était entré dans une phase d'angoisse où il s'était inquiété pour sa maison, pour sa librairie. Et maintenant, après avoir découvert le pauvre Nelson, l'hébétement complet le menaçait. L'éventualité qu'il s'agisse d'un meurtre lui donnait le vertige.

Il s'efforça de prendre de grandes inspirations en songeant aux parents de Nelson. À l'heure qu'il était, la police leur avait annoncé sa mort. Et maintenant, sa famille tentait désespérément de contacter quelqu'un sur l'île pour avoir des détails. Il devait les joindre, se disait-il, ou au moins essayer. Encore une fois, il songea à s'enfuir, en compagnie de Bob et Nick. Avec sa voiture, pas celle de Nelson. Ils pourraient rouler deux heures, vers le sud par exemple, jusqu'à avoir du réseau et trouver un motel. Bruce pourrait alors appeler la famille de Nelson et donner des nouvelles à Mercer, Myra et Leigh, et aux autres. Mais une fois quittée Camino, il ne pourrait plus y revenir.

Et le chien de Nelson ? Où était-il ? Combien de bêtes s'étaient-elles ainsi égarées pendant la tempête ?

Respirer lentement n'était guère efficace. Il avait toujours les nerfs en pelote. Il gravit l'escalier qui menait à son petit appartement au deuxième étage. Il y trouva une bouteille d'un bon malt. L'air étant étouffant, il redescendit sur le balcon et se versa une bonne rasade. Après quelques gorgées, il commença à se détendre. Enfin, les pensées arrivaient une à une. L'une après l'autre.

La police criminelle demanderait sans doute une autopsie en bonne et due forme. La tempête avait fait d'autres morts et le laboratoire devait être submergé, mais pour une affaire de meurtre, ils trouveraient le temps de faire les choses comme il le fallait. Si l'autopsie confirmait la théorie de Nick, quelle serait alors la prochaine étape ? Il ne fallait pas compter sur Hoppy Durden pour mener l'enquête. Qui allait informer les parents que leur fils avait peut-être été assassiné ? Il était tout à fait possible que Hoppy et ses supérieurs se cantonnent à la thèse de l'idiot qui sort de chez lui en plein cyclone de catégorie 4 et se prend une branche sur la tête. Plutôt que de se retrouver avec un crime sur les bras – et qui s'annonçait insoluble –, mieux valait déclarer qu'il s'agissait d'un accident : Nelson était nouveau sur l'île, un homme secret qui n'avait pas beaucoup d'amis… Comme tous les écrivains, c'était un type un peu bizarre. Il était sorti, un débris lui avait fracassé le crâne. C'était juste la faute à pas de chance.

Bruce termina son verre, rapporta sa bouteille à l'intérieur et quitta Bay Books. Il prit la direction de la boutique de Noelle pour évaluer les dommages.

3

Il y avait assez de charbon de bois pour le barbecue et Bruce lança un beau foyer. En premier, il fit cuire les steaks de Nelson pour le dîner, puis les saucisses, les hot-dogs, les côtes de porc et tout ce qu'il y avait dans le congélateur qui ne tournait qu'au quart de sa puissance. Quand les braises furent parfaites, il y déposa deux poulets entiers.

Le trio mangea sur la terrasse, devant le soleil couchant, avec une bonne bouteille de syrah. Quand ils eurent terminé, Bruce débarrassa la table et remplit les verres.

Bob se leva brusquement et fit craquer ses doigts.

— Bon, les gars, j'ai un truc à vous raconter… un truc qui me tracasse. Et je ne sais pas si je dois le dire ou non aux flics. Je voudrais votre avis. (Il se mit à marcher de long en large, mal à l'aise.) Voilà : une femme était avec moi hier soir. Elle m'a dit qu'elle s'appelait Ingrid. On s'est rencontrés vendredi au bar du Hilton. Une bombe, dans les quarante ans, avec un corps d'athlète. Elle disait qu'elle était ceinture noire de quelque chose, et qu'elle passait son temps à la salle de gym. Elle était descendue à l'hôtel pour quelques jours. Je l'ai ramenée chez moi et j'ai passé la nuit avec elle. Je n'ai pas été déçu ! Elle était incroyable au lit. Musclée comme c'est pas permis et d'une énergie affolante ! Elle a traîné tout le samedi avec moi. On a déjeuné avec Nelson le midi et il la dévorait des yeux. Elle est restée la nuit encore. Elle était insatiable ! Mon cœur a failli lâcher. J'ai cinquante-quatre ans et je ne suis pas si en forme que ça. Je pratique beaucoup mais je n'ai plus l'endurance d'autrefois. J'ai failli l'emmener dimanche soir à ton dîner, Bruce, pour qu'elle rencontre Mercer – et pour frimer, c'est vrai, mais je me suis ravisé. Hier, quand elle a appris que la tempête se dirigeait vers nous, son premier réflexe a été de s'en aller. Puis elle s'est ravisée et a décidé de rester avec moi, ce qui m'allait très bien. Si j'allais braver l'ouragan ici, elle pouvait le faire aussi. Mais quand ça a commencé à tabasser, elle a paniqué, vraiment paniqué, et a voulu rentrer à l'hôtel. Je m'inquiétais pour les inondations parce que ma rue est en contrebas. Et quand je lui ai dit qu'on risquait d'avoir les pieds dans l'eau, elle est devenue hystérique et s'en est prise à moi. On s'est bagarrés, rien de physique (elle m'aurait brisé le cou si elle l'avait voulu !) mais on s'est gueulé dessus, avec injures et tout le tralala. Et elle s'est tirée, la nuit venait juste de tomber. Elle s'est enfuie de la maison en pleine tempête, alors que je lui hurlais de ne pas faire ça. Elle ne voulait absolument rien entendre. Elle était devenue complètement folle. Je l'ai laissée filer. Merde, je la connaissais à peine, c'était juste une fille ramassée au bar. Rien de sérieux. Si elle voulait affronter des vents capables de retourner des voitures comme des crêpes, c'était son problème. Je la revois disparaître au bout de la rue, penchée sous les bourrasques, tâchant de ne pas perdre l'équilibre. C'est la dernière image que je garde d'elle.

Bob se rassit et avala une gorgée de vin. Les deux autres restèrent silencieux.

— Et c'est tout ? demanda finalement Bruce.

— Non. Quelques minutes plus tard, Nelson m'appelle. Juste avant que le réseau soit coupé. Il m'annonce que la fille est chez lui et qu'elle a un comportement vraiment bizarre. Il me demande ce qui se passe. Je lui réponds que je n'en sais rien. Il me dit qu'il va s'occuper d'elle et il raccroche.

Il y eut un autre silence, que Bruce rompit à nouveau.

— C'est tout cette fois ?

— Oui.

Pendant un long moment, personne ne pipa mot. Bob s'était calmé mais il avait la respiration lourde, et gardait la tête baissée.

— Je ne sais pas quoi faire, marmonna-t-il d'un ton abattu.

— En tout cas, il faut le dire à la police.

— Sans doute. Mais je ne veux pas être mêlé à ça. Après avoir vu ce Durden, je n'ai pas trop confiance dans les flics du coin. À tous les coups, on va me suspecter et c'est bien la dernière chose que je veux.

— Pourquoi tu serais suspect ?

— Parce que j'ai un casier.

— Allons, c'est de l'histoire ancienne. Ça n'a rien à voir.

— Tout peut arriver, crois-moi.

— Tu connais le nom de famille de cette fille ? s'enquit Nick.

— Murphy. Ingrid Murphy. Originaire d'Atlanta. Enfin, je doute que ce soit son vrai nom.

— Il doit être dans le registre du Hilton, avança Bruce.

— Peut-être. Mais pour l'instant, l'hôtel est dans un sale état. À mon avis, ils vont le murer.

— De toute façon, ça m'étonnerait qu'elle ait pris une chambre là-bas, lança Nick.

Bruce et Bob le regardèrent, perplexes.

— Puisque c'est la dernière personne à avoir vu Nelson vivant, ce doit être elle la tueuse, poursuivit-il. Logique, non ? Franchement, une même branche n'a pas pu frapper Nelson trois fois à la tête. Donc quelqu'un, avec un objet contondant, lui a fracassé le crâne. Et au vu de sa condition physique, comme nous l'a si bien décrit Bob, cette fille en avait la capacité.

— Et quel serait le mobile ? s'enquit Bruce.

— Il n'y en a aucun. (Nick se tourna vers Bob.) Comment a-t-elle rencontré Nelson ?

— Le midi, au resto, comme je l'ai dit.

— Et ce déjeuner, c'était son idée ?

Bob se gratta le menton pensivement.

— Oui, en un sens, répondit-il finalement. Elle prétendait être une grande amatrice de littérature, aimer mes livres et tout, alors naturellement, je lui ai parlé des autres écrivains de Camino. Et quand je lui ai dit que Nelson était un ami, elle a paru excitée comme une puce. Elle m'a cité tous ses bouquins de mémoire, elle semblait les avoir lus dix fois.

— Curieux, non ? renchérit Nick. C'est pas vraiment le profil d'une miss bodybuildée.

— C'est ce que je me suis dit.

— Ton Ingrid venait juste de rencontrer Nelson, poursuivit Nick, et elle le tue. Ce n'est pas un hasard ! Elle est venue sur l'île précisément pour ça. Pour l'argent, parce qu'évidemment elle était payée pour ce job. Où avez-vous déjeuné ?

— Au Shack, sous le pont.

— Et je parie qu'il n'y a pas de caméras là-bas, déclara Nick.

— C'est sûr. Herman ne ferme même pas la porte la nuit, confirma Bruce.

— Et qui a proposé le Shack ? insista Nick.

— Je vois que Sherlock mène toujours l'enquête ! grogna Bob.

— C'est elle, n'est-ce pas ?

Bob se gratta à nouveau le menton, fouillant ses souvenirs.

— Oui, c'était son idée. Elle avait lu des critiques sur le resto et elle voulait l'essayer. Ça semblait plausible, il y a beaucoup de critiques sur le Shack. Son nom est partout, dans les guides touristiques, les magazines. C'est bon, Sherlock, donne-nous ta théorie. On est tout ouïe.

— Elle t'a piégé, Bob. Elle s'est débrouillée pour que tu la remarques au bar du Hilton. C'est ton terrain de chasse de prédilection, tout le monde le sait. Elle t'a pris dans ses filets et – surprise ! – tu l'as conduite à Nelson, sa cible ! Son coup de chance, c'est que Leo nous soit tombé dessus. C'étaient les conditions idéales. Un meurtre en plein ouragan. C'est une pro. Elle est téméraire et déterminée. Elle a attendu que la tempête passe et, à l'aube, elle est partie. On ne la retrouvera sans doute jamais. Je te parie cent dollars – argent que je n'ai pas – qu'elle n'est jamais descendue au Hilton.

— Autre chose ? bredouilla Bruce, impressionné.

— Oh, de simples spéculations… je parie qu'elle avait une équipe avec elle. Et qu'elle a loué un appartement sur l'île pour une semaine ou deux. Elle avait plein de soutiens et ils savaient comment quitter l'île quand Leo serait passé. Par quel moyen ? Aucune idée.

— Et l'arme du crime ? demanda Bob.

— On ne le saura jamais, mais c'est peut-être l'un des clubs de golf de Nelson. J'ai inspecté son matériel ce matin quand vous étiez sur la terrasse. Il y avait des taches et des débris sur le fer 7. C'est peut-être du sang. Je n'en sais rien. J'ai préféré ne pas y toucher. Avec une bonne impulsion, un fer 7, ou n'importe quel fer en l'occurrence, peut faire de sérieux dégâts sur un crâne.

Bruce se tourna vers Bob.

— Et elle serait assez costaude pour déplacer le corps de Nelson ?

— À l'aise ! répliqua Bob. Je fais mes quatre-vingt-dix kilos et elle m'a retourné dans tous les sens sur le lit. Bien sûr, je me laissais faire. Et Nelson pèse, enfin pesait, quinze kilos de moins.

— Mais il n'y avait pas d'électricité, reprit Bruce. Comment a-t-elle trouvé les clubs dans le noir ?

— Il y avait des lampes électriques chez Nelson. On s'en est servi d'une ce matin. Peut-être connaissait-elle les lieux ? Peut-être qu'un complice est venu faire du repérage ?

— Ça fait beaucoup de « peut-être », répliqua Bob. Tu as une sacrée imagination, gamin.

— D'accord. Et ta théorie, c'est quoi ?

— Je n'ai aucune théorie, mais j'ai du mal à avoir les idées claires en ce moment. On ne sait même pas si c'est un meurtre ou un accident ! Moi je dis : attendons l'autopsie.

Ils restèrent silencieux dans la pénombre, écoutant les bruits qui résonnaient au loin sur leur île meurtrie. Un groupe électrogène pétaradait un peu plus bas dans la rue. Un hélicoptère fendait la nuit en direction de la plage. Une sirène hurlait. Mais aucun son d'une nuit tranquille d'été : pas d'éclats de rire dans les maisons voisines, pas de musique montant dans l'air, pas d'aboiements de chien, ni de voitures passant dans la rue, ni de crevettier donnant un coup de corne pour annoncer son retour au port.

Bruce écrasa d'une tape un moustique sur son cou.

— C'est bon. Rentrons dans la maison.

Il redémarra le groupe électrogène, ferma les portes-fenêtres et les trois hommes s'installèrent dans le salon où il faisait un peu moins chaud. Toutes les lumières étaient éteintes, hormis une petite lampe à côté de la télévision. Bruce l'installa sur une table à jeux.

— Un poker ?

Il servit une tournée d'un single malt provenant des réserves de Nelson et ils trinquèrent à leur ancien ami. L'alcool, mêlé à la fatigue, écourta la partie. Bob s'allongea sur un canapé, Nick sur un autre. Bruce s'installa dans un fauteuil et s'endormit vite, bercé par le ronronnement du groupe électrogène.

4

Au menu du petit déjeuner, café et sandwich au fromage. Ils allaient bientôt être à court d'essence et ils discutèrent de ce problème en mangeant. Il y avait un demi-plein dans la BMW de Nelson et Bob proposa de siphonner le réservoir avec un bout de tuyau d'arrosage. Bruce et Nick n'ayant aucune expérience en la matière, Bob eut la charge de l'opération et parvint à récupérer quarante litres de super sans s'empoisonner.

Ensuite, leur priorité était de ramener la voiture de Nelson. Bruce ferma la maison, enclencha l'alarme avec la télécommande et partit à bord de son Chevrolet Tahoe. Bob et Nick le suivaient dans la BMW. Il leur fallut une heure pour arriver à destination, tant la route était encombrée de débris en tous genres. Comme ils s'y attendaient, il n'y avait personne chez Nelson – ni techniciens de la police scientifique cherchant des indices, ni voisins déblayant l'allée. Personne n'avait touché à la rubalise jaune. Bruce la souleva pour que Bob puisse remettre la BMW à sa place. Les trois hommes se retrouvèrent dans le garage et regardèrent les clubs de golf, sans échanger un mot. Ils refermèrent la porte roulante et se rendirent dans la cuisine pour discuter : que faire des clés de Nelson ? S'ils les laissaient ici, un intrus pourrait les trouver et voler la voiture, même s'il y avait peu de risques que quelqu'un entre pour cambrioler la maison. En revanche, s'ils les gardaient, la police ne serait pas au courant et elle avait de toute façon les moyens d'entrer chez Nelson. Nick les glissa donc dans sa poche.

Une fois tout le monde installé dans le Tahoe, Bruce lança :

— J'ai une proposition à vous faire. Bien sûr, on peut rester ici et attendre. Mais pour tout dire, j'en ai ma claque de ce chaos. Faisons nos valises, fonçons au pont et improvisons. Si nous parvenons à quitter l'île, on pourra filer à Jacksonville, passer au labo de la criminelle, fureter un peu et, qui sait, apprendre quelque chose ? Ensuite, on poursuivra notre route pour trouver un bon petit hôtel avec de l'eau chaude et du réseau pour nos téléphones. Qu'est-ce que vous en dites ?

— Parfait, répondit Bob.

— Allons-y ! lança Nick.

Ils firent une halte dans l'impasse de Bob et attendirent que celui-ci récupère des sous-vêtements et de quoi se raser. Ils slalomèrent à nouveau entre les débris et rejoignirent Fernando Street où les deux voies étaient praticables. Les bas-côtés, les trottoirs et les pistes cyclables étaient jonchés de détritus et d'objets en tous genres rassemblés par des petits bulldozers. Des dizaines d'ouvriers travaillaient d'arrache-pied. Il leur fallut une heure pour rallier la maison des grands-parents de Nick. À son grand soulagement, elle était quasiment indemne. Elle se trouvait à un kilomètre de la plage et les branches en tombant avaient épargné le toit. Le jeune homme dénicha un sac-poubelle et le remplit de denrées périssables provenant du congélateur et du réfrigérateur. La viande et les fromages étaient déjà à jeter. Heureusement, ses grands-parents étant absents, il n'y avait pas beaucoup de nourriture dans la maison. Ne sachant pas cuisiner, Nick se nourrissait uniquement de charcuterie sous vide et de pizzas à emporter. Il fourra dans un sac à dos quelques affaires propres, verrouilla la porte, prit une photo de la façade pour l'envoyer plus tard à ses grands-parents. Il balança le sac-poubelle sur le perron des voisins et remonta à l'arrière du Tahoe.

— Où sont tes grands-parents ? s'enquit Bob alors qu'ils repartaient.

— Dans l'Idaho, du moins la dernière fois que j'ai eu des nouvelles. Il faut que je les appelle. Ils doivent s'inquiéter à mort.

— Comme beaucoup de gens, concéda Bruce.

Une demi-heure plus tard, ils se garaient devant chez Bruce. Tout le monde s'activa. Bob éteignit le groupe pendant que Nick rangeait la nourriture dans deux grandes glacières. Bruce grimpa à l'étage pour récupérer quelques vêtements. Il rêvait d'une douche bien chaude. Ils se préparèrent des sandwichs et chargèrent le Tahoe de vivres, d'eau, de bières, et de vins. Ne sachant au juste combien de temps durerait leur voyage, ils voulaient être parés à toute éventualité.

Le pont grouillait de policiers et de soldats de la garde nationale, et scintillait sous des myriades de gyrophares. La circulation avait été restreinte sur une voie, et sous la houlette des autorités, une file de voitures et de pick-up quittaient l'île. Sur les autres voies, des colonnes de camions de ravitaillement, de véhicules d'intervention et de la voirie arrivaient sans discontinuer. Bruce se gara et marcha vers les groupes en uniforme qui géraient le trafic. Il repéra un policier qu'il connaissait et l'entraîna à l'écart.

— On comptait partir un jour ou deux, commença-t-il, mais on ne veut pas se retrouver coincés de l'autre côté. Comment on peut revenir sur l'île ?

Le policier alluma une cigarette.

— Le pont sera rouvert demain matin, mais on déconseille fortement aux résidents de revenir. L'électricité risque d'être coupée pendant une semaine.

— Génial. Combien de morts ?

— Toujours onze, comme à midi.

Bruce secoua la tête.

— On va aller vers Jacksonville. Ils ont de l'électricité là-bas ?

— Hier, ils étaient dans le noir. Je suppose qu'ils ont rétabli quelques lignes aujourd'hui.

— Où est-ce le moins pire ? Le nord ou le sud ?

— Le sud. Leo a remonté au nord et douche aujourd'hui Atlanta. À votre place, j'irais au sud, au moins jusqu'à Orlando. Surtout si vous voulez trouver une chambre.

Ils traversèrent le pont sans encombre, mais une fois sur le continent, ils se retrouvèrent dans les bouchons. Des milliers de pins avaient été couchés comme des blés, et les équipes de la voirie s'efforçaient de dégager les routes. Les feux tricolores avaient été arrachés et des agents devaient faire manuellement la circulation. Ils avançaient au pas, en écoutant les nouvelles à la radio, et grignotaient pour passer le temps. Pour rejoindre l'I-95, il fallait d'ordinaire trente minutes. Cette fois cela leur prit deux heures, l'échangeur était complètement saturé.

D'après les infos, c'était le black-out dans tout le sud de la Géorgie. À l'approche d'Atlanta, Leo s'était de nouveau arrêté et il y avait des inondations de Savannah à Columbus.

Ils se traînaient sur la rocade de Jacksonville quand leurs téléphones revinrent à la vie. Du réseau, enfin ! Bruce appela Noelle en Suisse pour lui donner des nouvelles. Nick contacta ses parents à Knoxville et laissa un message à ses grands-parents, sans savoir où ils en étaient de leurs pérégrinations dans le pays. Bob annonça à l'une de ses filles au Texas que tout allait bien. Il était sain et sauf, et content de quitter Camino. Bruce eut Mercer, qui était coincée chez elle à Oxford et regardait les JT non-stop. Ne voulant pas s'éterniser au téléphone, il ne parla pas de Nelson. Il lui en dirait davantage ce soir. Il appela également Myra et Leigh, qui se trouvaient toujours à Pensacola, et trois de ses employés pour savoir où ils étaient et quand ils comptaient revenir.

Nick joignit le labo de la police criminelle pour vérifier qu'ils étaient ouverts. Bob en était sûr. Quoi qu'il se passât, la morgue devait rester réfrigérée, non ? Le service fonctionnait en mode éco, mais dans quelques heures, ils avaient bon espoir que le courant soit rétabli à pleine puissance. Il tenta de tirer les vers du nez à la standardiste, pour avoir des infos sur Nelson Kerr, mais il échoua.

Comme le GPS sur le téléphone de Bob annonçait de gros embouteillages à l'ouest, ils prirent la I-10. Et en effet, la circulation se fit plus fluide après une trentaine de kilomètres à l'est de Jacksonville. Nick appelait tous les motels aux environs de Tallahassee mais ils étaient complets. Il n'y avait rien avant Pensacola, lui disait-on. Bob téléphona de nouveau à sa fille et lui demanda de chercher en ligne un hébergement pour eux, le long de la I-10.

Pendant ce temps, Bruce tenta à son tour sa chance au labo, sans plus de succès. Il contacta plusieurs responsables sur Camino dont il avait les numéros, mais personne n'était là.

La fille de Bob rappela avec de bonnes nouvelles. Elle leur avait réservé trois chambres près de Destin. Un petit hôtel sur la plage. Lorsqu'ils arrivèrent à destination, ils avaient roulé pendant onze heures. À la réception, Bruce paya et le gardien leur annonça qu'ils ne pourraient rester que deux nuits. Ils se rendirent vite dans leurs quartiers prendre une douche.

Une fois seul – pour la première fois depuis une éternité lui semblait-il –, Bruce se mit à chercher sur Internet les coordonnées de M. et Mme Howard Kerr dans la baie de San Francisco. Il y en avait quatre dans l'annuaire. Nelson ayant quarante-trois ans, ses parents devaient avoir entre soixante-cinq et soixante-quinze ans. Le premier Howard Kerr qu'il eut en ligne n'avait jamais connu de Nelson. Le second, en revanche, le connaissait très bien. C'est un père brisé qui lui répondit, encore sous le choc d'avoir perdu son fils et de ne toujours pas savoir ce qu'il s'était passé. Bruce combla les trous autant que faire se peut, sans toutefois mentionner l'éventualité d'une affaire criminelle. Si la chose était avérée, il les rappellerait. Après quelques minutes, M. Kerr passa sur haut-parleur pour que sa femme puisse se joindre à eux. Bruce, avec précaution, expliqua qu'il y avait des éléments mystérieux dans la mort de leur fils et que les autorités voulaient pratiquer une autopsie.

Les parents étaient réticents, mais Bruce leur expliqua que la police, si elle le jugeait nécessaire, pouvait ordonner cette autopsie sans leur demander leur avis.

Pourquoi une autopsie ? s'inquiétaient-ils. Pourquoi la police intervenait-elle ?

Bruce hésita et leur dit qu'il ne connaissait pas tous les détails de l'affaire mais qu'il s'efforçait d'avoir des informations. Il en saurait davantage le lendemain et, avec un peu de chance, il pourrait tout leur expliquer. Mme Kerr fondit en larmes et quitta la conversation.

Après un quart d'heure pénible, Bruce put couper l'appel en leur promettant de les rappeler. Quand il eut raccroché, Bruce tenta de reprendre ses esprits, et d'oublier le chagrin des parents. Il enfila un tee-shirt et un bermuda propres et alla rejoindre ses amis pour dîner.

5

Mercer rappela tard dans la nuit. Le nombre des victimes était toujours de onze et les JT brossaient un portrait apocalyptique de Camino. Elle n'avait pas réussi à joindre Larry et s'inquiétait pour son bungalow. Bruce lui annonça qu'il était passé devant dans la matinée mais qu'il n'avait pu s'arrêter. Autant qu'il avait pu en juger, la maison semblait ne pas avoir subi de gros dégâts. Bien sûr, il n'avait pu voir que la façade côté terre, alors que le vent et l'eau étaient venus de l'océan. Bruce lui annonça la mort de Nelson. Mercer ne l'avait rencontré qu'une fois, mais cela lui fit quand même un choc. Les conditions de sa mort étaient troubles et la police menait l'enquête.

Selon lui, il faudrait des semaines avant que Camino retrouve son aspect d'antan. Il n'y avait aucune urgence à rouvrir Bay Books. Les clients étaient partis. Quant aux touristes, on ne les reverrait pas avant l'année prochaine. Il lui conseilla d'attendre sept ou huit jours avant de revenir sur l'île. Dès que possible, il irait inspecter le bungalow et tâcherait de voir Larry. Tant que l'électricité n'était pas rétablie, elle ne pourrait pas faire grand-chose.

6

Le Grand Surf Hotel se dressait à la pointe sud de l'île, au plus loin de l'épicentre du chaos. Quand il était sorti de terre trente ans plus tôt, c'était l'hôtel le plus grand et le plus luxueux de Camino. Rapidement, il était devenu le point de ralliement de tous les touristes. Les locaux y fêtaient mariages et autres célébrations. Leo ne lui avait pas infligé de gros dégâts. Le troisième jour après Leo, à l'aube, son enseigne s'illumina. Le Grand Surf rouvrait ses portes ! Les propriétaires réservèrent toutes les chambres pour les sauveteurs et les techniciens de maintenance, tandis que les services de secours établissaient leur PC sur le parking. Des caisses de vivres furent apportées dans les cuisines et les brigades se mirent à préparer les repas.

Grâce aux efforts des dizaines d'ouvriers qui travaillaient H24, l'électricité se propagea lentement du Grand Surf vers Santa Rosa, au nord. Une antenne-relais fut installée et il y eut çà et là un peu de réseau – prémices d'un retour à la normale au cœur d'un paysage dévasté.

Le chef de la police de Santa Rosa était un ancien combattant nommé Carl Logan. Accompagné de Hoppy Durden et de l'unique technicien de police scientifique de Camino (employé à mi-temps), Logan se rendit chez Nelson et trouva portes closes. Ils enfoncèrent celle du patio, enfilèrent des gants de latex et des surchaussures, puis pénétrèrent dans la cuisine. Durden raconta à Logan le scénario possible imaginé par le gamin qui travaillait à Bay Books, en lui montrant les taches sur le mur et les traces sur le lavabo de la salle de bains. Ils prirent tout en photo, avec des appareils bien meilleurs cette fois, et filmèrent aussi la scène de crime.

Ils ressortirent sur la terrasse et Logan décida d'appeler la police d'État.

Toujours aucune nouvelle de la médico-légale et de l'autopsie.

7

Après avoir passé la matinée au bord de la piscine, Bruce, Bob et Nick commencèrent à s'ennuyer ferme et à s'inquiéter pour leur maison. Impossible de se détendre alors qu'il régnait un tel chaos sur leur île. Ils appelèrent amis, grands-parents, assureurs et employés. À plusieurs reprises, Bruce tenta d'avoir Hoppy Durden au téléphone, mais le réseau était trop instable. Savoir que l'électricité était en passe d'être rétablie sur Camino leur mettait du baume au cœur. Les noms des victimes n'avaient pas été communiqués. À midi, le pont fut officiellement rouvert aux habitants, mais les autorités conseillaient fortement à la population d'attendre quelques jours de plus avant de revenir sur l'île. La température approchait les 40 degrés Celsius et l'eau était rare. Ils ne pourraient réparer quoi que ce soit tant que toutes les voies ne seraient pas dégagées.

Après le déjeuner, les trois hommes remballèrent leurs affaires, firent le plein et mirent cap à l'est. Soulagés d'avoir enfin du réseau, ils passèrent tout le trajet sur leurs téléphones. Bruce harcela les gens du labo de la police criminelle, en vain. Nick trouva deux chambres à Lake City, à une heure à l'ouest de Jacksonville. La circulation était dense et leur progression était très ralentie. En fin de journée, Bruce parvint à avoir Logan en ligne et apprit avec soulagement que les autorités allaient mener des investigations, du moins un minimum. Ils attendaient la venue d'une équipe de la police d'État. Au moins, Hoppy Durden était hors jeu.

Pour le dîner, ils avalèrent une pizza sur une aire de repos, puis reprirent la route sur la I-10 encombrée. Et enfin, ils arrivèrent à Lake City.

À 6 heures, le lendemain – J+4 après Leo –, ils reprenaient la route dans l'espoir d'éviter les bouchons du matin. Ils mirent une heure pour rejoindre Jacksonville, trouvèrent une place sur un parking à proximité du labo et attendirent. À 8 h 30, ils entrèrent dans le hall et Bruce annonça à la réception qu'il avait rendez-vous avec Dorothy Grimes, la directrice adjointe. Bien sûr, c'était faux, mais il l'avait eue au téléphone hier après-midi et, vu les circonstances, il n'était plus à un mensonge près. Évidemment, on lui répondit que Mme Grimes était occupée. Les trois hommes s'installèrent sur les chaises, prirent des cafés aux distributeurs, et ouvrirent des journaux, montrant ostensiblement qu'ils n'étaient pas près de partir. Une heure s'écoula et Bruce alla trouver la standardiste pour réitérer sa demande d'un ton beaucoup moins amical.

— Sur son planning, Mme Grimes n'a aucun rendez-vous avec vous, monsieur, répondit la femme.

— Nous nous sommes parlé hier et sommes convenus que je passerais ce matin. Il s'agit d'un de mes amis qui est mort dans l'ouragan. Son corps est quelque part dans ce bâtiment. Il doit y avoir une autopsie et il se trouve que j'ai des informations importantes à communiquer. Vous avez bien un moyen de la prévenir. C'est très urgent.

— Je vais voir ce que je peux faire.

— Merci bien.

Bruce retourna à son siège et l'employée à son téléphone. Une demi-heure plus tard, une femme corpulente d'une soixantaine d'années sortit de l'ascenseur et se planta, l'air revêche, devant Bruce.

— Je suis Dorothy Grimes. Qu'est-ce qui se passe ?

Bruce se leva avec un sourire las et lui serra la main du bout des doigts.

— Bruce Cable. J'étais sur l'île de Camino. Nous avons survécu à la tempête mais pas notre ami. Vous voulez bien m'accorder un peu de votre temps ? Cinq minutes, pas plus. Juste par compassion humaine ?

Elle tourna la tête et observa ses deux compagnons en tee-shirts, bermudas, sandales et baskets. Les trois hommes étaient mal rasés, avaient les cheveux hirsutes et les yeux gonflés. Les pauvres gars venaient de subir un ouragan monstrueux.

— C'est bon, suivez-moi.

Nick et Bob restèrent dans le hall tandis que Bruce disparaissait dans l'ascenseur.

Deux étages plus haut, Bruce suivit Dorothy Grimes dans son bureau. Elle referma la porte et prévint :

— Vous avez cinq minutes.

— Merci. Il faut que je parle à votre supérieur, le Dr Landrum. C'est très urgent.

— Il va falloir me parler d'abord.

— Très bien. Mon ami Nelson Kerr est mort pendant le cyclone. Il n'a pas de famille ici et il m'a désigné comme personne de confiance à prévenir en cas de souci. Son corps a été amené ici pour autopsie. Au début, la police a cru qu'il était mort à cause de la chute d'une branche. Mais nous ne sommes pas de cet avis. Nous devons connaître les résultats de cette autopsie. Je vous en prie. Donnez-moi une ou deux minutes avec le directeur.

— Il ne peut vous donner des détails de l'autopsie. C'est totalement contraire au protocole.

— Je comprends. Mais les parents de Nelson habitent Fremont, à côté de San Francisco. Ils ont besoin de savoir, ils sont perdus. Je suis leur seul contact ici. Il faut que je les tienne au courant pour leur fils.

Elle resta pensive un instant.

— Vous croyez donc que sa mort est suspecte ?

— Absolument. Et l'autopsie nous en dira plus. Je vous en supplie.

Elle prit une longue inspiration puis désigna une chaise d'un mouvement du menton.

— Asseyez-vous.

Bruce s'exécuta et elle sortit de la pièce. Un quart d'heure plus tard, elle réapparut :

— Suivez-moi !

Le bureau du Dr Landrum était deux fois plus grand et occupait tout l'angle du bâtiment. Il l'accueillit sur le seuil, avec un grand sourire et une poignée de main vigoureuse. Licence à Florida State. Diplômé de médecine légale à Miami. Il avait plus de soixante-dix ans et une longue carrière dans le service public. Il désigna des chaises et tous les trois s'installèrent autour du bureau. Dorothy Grimes sortit un carnet de notes, telle une secrétaire consciencieuse.

— Alors comme ça, vous avez bravé l'ouragan ? demanda Landrum.

— Exact. Mais ce n'est ni intelligent, ni recommandé. Vous connaissez Camino ?

— Oh oui ! Vous avez des plages magnifiques et c'est la porte à côté, pour nous.

— Vous aimez Santa Rosa ?

— Bien sûr. Il y a de bons restaurants.

— Et la librairie ?

— Évidemment. J'y suis allé plusieurs fois.

— J'en suis le propriétaire. J'ai ouvert Bay Books il y a vingt-trois ans. Vous m'avez forcément croisé là-bas.

— Peut-être. Il y a des dégâts chez vous ?

— On a pris l'eau, mais rien de grave. Nelson Kerr était un ami, l'un de mes auteurs. Et il faut que je donne des infos à ses parents. Il a emménagé sur l'île voilà deux ans. Il n'a aucune famille ici.

— Je comprends. Votre chef de la police a appelé et nous allons envoyer une équipe d'enquêteurs là-bas, dès que le pont sera rouvert. Camino a été dévasté à ce qu'on m'a dit. Apparemment, vous pensez qu'il ne s'agit pas d'un accident.

— Tout dépend des résultats de l'autopsie. Elle a été pratiquée ?

— Oui. Hier. Je n'ai pas le droit de vous en parler, tant que je ne me suis pas entretenu avec nos services.

— Je comprends. Je vous demande juste une faveur, une toute petite entorse au protocole. Personne n'en saura rien. Docteur Landrum, il se trouve que j'ai des informations sur ce meurtre, s'il s'agit bien d'un meurtre, et je ne peux en parler qu'aux responsables de l'enquête. Il y a peut-être un témoin – un suspect potentiel, pour tout dire. Et j'ai aussi un mobile.

Landrum lança un regard à Dorothy Grimes, mais elle prenait fébrilement des notes sur son calepin.

— Vous jurez de garder le secret ? demanda-t-il à Bruce.

— Tout ce que vous voulez. Il faut que je puisse dire quelque chose à sa famille.

Le directeur du laboratoire poussa un soupir, remonta ses lunettes sur son nez, empila quelques papiers.

— En termes profanes, le sujet est décédé suite à de multiples coups sur la tête. Quatre pour être exact, dont deux ont pu lui être fatals. Son crâne est fracturé, et on a trouvé une hémorragie importante autour du cerveau. Il a été frappé sous l'occipital avec un objet effilé qui a conduit à la rupture de la moelle épinière. Ce seul coup a pu le tuer.

Bruce ferma les yeux.

— Alors il a bel et bien été assassiné…

— C'est ce qu'il semble. Cependant, il est encore trop tôt pour l'affirmer. Il est toujours possible que votre ami soit sorti en pleine tempête et ait été heurté à plusieurs reprises par des projections de débris.

— Possible mais peu vraisemblable.

— Certes. Je vous présente mes condoléances, monsieur Cable.

— Merci. Je ne dirai rien, promis.

— Je compte effectivement sur votre discrétion. Et de votre côté, vous avez des informations ?

— Effectivement. Un ami à moi, qui est également un ami de Nelson, sait quelque chose. Il faut que nous puissions nous entretenir avec les enquêteurs, le plus tôt possible.

— Vous retournez sur Camino ?

— Oui, mais rien ne presse. L'ami en question est dans le hall en bas.

— Il a le temps de nous parler ?

— Du temps, en ce moment, nous en avons à revendre.

8

Durant l'heure suivante, la situation évolua notablement. Bruce, Bob et Nick furent escortés dans une salle de réunion où on leur servit du café et des beignets. Bob était furieux contre Bruce :

— Tu aurais pu me demander mon avis ! Je n'étais peut-être pas d'accord pour parler aux flics.

— Tu n'as pas le choix, Bob. Tu es un témoin clé, que tu le veuilles ou non.

Nick lâcha un grognement sarcastique.

— Tu connais l'assassin et tu as passé le week-end avec elle avant le meurtre ! Tu seras le premier appelé à la barre.

— Qu'est-ce que tu en sais ?

— J'en sais davantage que tu ne le penses. Des procès, il y en a des tas dans tous les romans policiers.

— Eh bien, moi, j'en ai connu un pour de vrai, et j'ai entendu le jury me déclarer coupable !

— Tu n'as rien fait de mal Bob, du calme, intervint Bruce. Tu ne veux pas retrouver celle qui lui a fait ça ?

— Pas sûr. Si c'est une pro, ceux qui l'ont engagée ne sont pas des tendres. Il vaut peut-être mieux ne pas s'en mêler.

— C'est trop tard. Tu es dedans jusqu'au cou.

— Merci de me remonter le moral !

La porte s'ouvrit. Un policier en civil entra d'un pas décidé. Il se présenta et distribua ses cartes de visite : CAPITAINE WESLEY BUTLER, POLICE DE L'ÉTAT DE FLORIDE. Il se servit un café puis les rejoignit à la table. Sans sortir son stylo, il demanda :

— Alors ? Qui est qui au juste ?

— Je suis Bruce Cable, ami de Nelson Kerr. Comme Bob Cobb, qui est écrivain et habite Camino.

— Et moi, je suis Nick Sutton, étudiant en master à Wake Forest, et l'été larbin à la librairie Bay Books. Et je suis aussi un ami de Nelson.

— D'accord. Je viens de lire le rapport d'autopsie. Apparemment, votre copain s'est fait tabasser. J'ai parlé au chef de police sur l'île et il m'a décrit la scène de crime. Nous allons nous rendre sur place dès que possible. Demain matin, j'espère. C'est un joli bazar là-bas.

Les trois hommes hochèrent la tête.

— Mais la scène de crime est intacte, n'est-ce pas ?

— Oui, à notre connaissance, répondit Bruce. Il n'y a plus personne dans le quartier. Pour info, nous sommes entrés dans la maison à plusieurs reprises. C'est ainsi que Nick a repéré les traces sur le mur et dans la salle de bains du rez-de-chaussée. Et moi, je suis monté à l'étage.

— Pourquoi ?

— D'abord, on cherchait le chien de Nelson. Que l'on n'a pas retrouvé, d'ailleurs. On ne se doutait de rien avant que Nick découvre les taches de sang.

— Ensuite le gamin a trouvé sur Nelson plusieurs blessures à la tête, poursuivit Bob, et là ça nous a vraiment paru bizarre.

— Et encore pour info, ajouta Bruce, on a emprunté la voiture de Nelson il y a deux jours pour retourner chez moi. On a vidé aussi son frigo et son bar. On s'est dit qu'il n'y verrait pas d'inconvénients.

— Une vraie petite bande de pillards, ironisa Butler avec un sourire.

— Nous plaidons coupables. Mais les règles changent après une tempête. Quand c'est une question de survie.

— D'accord. Vous pensez donc qu'il y a vos empreintes dans la maison ?

— C'est certain.

Nick précisa :

— À un moment, on a songé nettoyer ce qu'on avait touché mais on s'est ravisés parce qu'on risquait d'effacer d'autres traces.

— Sage décision. Je ne crois pas avoir eu à enquêter sur un meurtre perpétré en plein ouragan.

— C'est mon premier et le dernier, répliqua Bruce.

Butler but une gorgée de café.

— Le Dr Landrum m'a dit que vous avez encore d'autres infos ?

— C'est exact.

— Très bien. Racontez-moi ça. Nous prendrons vos dépositions en bonne et due forme plus tard. Je débarque sur cette affaire et ne maîtrise rien. Dites-moi donc ce qui s'est passé selon vous.

Bruce et Nick regardèrent Bob, qui s'éclaircit la gorge, mal à l'aise.

— Il se trouve qu'il y a une femme, qui dit s'appeler Ingrid…

9

Quand Bob en fut à la moitié de son récit, Butler commença à prendre des notes. Il y avait trop de rebondissements. À aucun moment, il ne l'interrompit mais, à l'évidence, nombre de détails l'intriguaient.

— Quand l'avez-vous rencontrée ? demanda-t-il une fois que Bob eut terminé.

— Nous sommes quel jour ?

— Vendredi 9 août.

— La tempête nous a touchés lundi dans la nuit. Le 5, donc.

Bob consulta le calendrier sur son téléphone.

— J'ai fait sa connaissance il y a une semaine. Le vendredi 2.

— Au bar du Hilton ?

— Celui à côté de la piscine. Il y a deux bars à l'extérieur.

— Et vous traînez souvent là-bas ?

— Exactement. C'est un bon spot.

— Elle avait un accent ?

— Pas vraiment. Rien de remarquable. Et pourtant, en tant qu'écrivain, je remarque ce genre de choses d'ordinaire.

— Aucun accent du tout ?

— Non. De l'américain moyen. Peut-être du Kansas ou de la Californie. Mais ni du Bronx ni du Texas. En tout cas aucun accent étranger.

— Combien de temps vous avez passé avec elle ?

— Beaucoup trop, à l'évidence. On s'est rencontrés vendredi après-midi, on a bu quelques verres et on est allés chez moi. C'est à cinq minutes du Hilton, à peine. On a grignoté un reste de salade de homard. Puis on est allés au lit et elle est restée la nuit. Le samedi matin on a pris le café et c'est là que le nom de Nelson est sorti. Elle a vu l'un de ses livres dans ma bibliothèque et a dit qu'elle était une grande fan. Pour moi, elle n'avait pas le profil d'une lectrice ou alors juste des romans à l'eau de rose. J'ai trouvé ça bizarre qu'elle aime les bouquins de Nelson, mais je n'ai rien dit. Et au fil de la conversation, elle m'a confié qu'elle serait ravie de le rencontrer. Elle a proposé le Shack, un resto au pied du pont où l'on mange vraiment bien.

— Oui, je connais.

— Alors j'ai appelé Nelson et on s'est retrouvés là-bas pour déjeuner le samedi. Ils se sont bien entendus et on a passé un moment agréable ensemble. Plus tard dans l'après-midi, elle et moi avons traîné sur la plage, puis dîné au resto. Ensuite, on est retournés chez moi. Elle a voulu remettre le couvert le dimanche matin, mais j'avais besoin de souffler un peu. Elle a dit qu'elle retournait à l'hôtel.

— Vous pensez qu'elle a couché avec Nelson Kerr ?

— Possible. Je n'en sais rien. Et je m'en fichais. Je ne comptais pas l'épouser. Deux fois, ça m'a suffi !

— Vous l'avez revue ce jour-là ?

Bob but son café, se gratta le menton un moment, fouillant sa mémoire.

— Oui. On s'est retrouvés sur la plage près du Hilton et on a profité du soleil. Le soir, j'ai dîné chez Bruce, mais je ne l'ai pas emmenée. Nelson était invité aussi. Puis l'ouragan a changé de route et le ciel nous est tombé sur la tête.

— Décrivez-la-moi.

— Près d'un mètre quatre-vingts, soixante kilos, et un corps de rêve. Dans les quarante ans, je dirais, elle aime les bikinis strings et sur la plage elle attire plus les regards que les minettes de dix-huit balais. Elle raconte qu'elle passe sa vie dans les salles de gym et qu'elle est ceinture noire. Je veux bien la croire ! Elle n'a pas un brin de graisse. Des yeux marron, de longs cheveux teints en blond, pas de tatouages, pas de cicatrices ni marques de naissance, alors que je l'ai vue sous toutes les coutures !

— Vous n'avez pas de photos, par hasard ? Pas de selfie non plus ?

— Non, j'aime pas ça et je ne me balade pas en mitraillant à tout va. Idem pour elle.

— Une idée d'où l'on pourrait la voir sur des caméras de vidéosurveillance ?

— J'y ai longtemps réfléchi. Évidemment, il y a des caméras partout au Hilton, y compris dans les deux bars extérieurs et autour de la piscine. Il doit y avoir des images, si elles ont résisté à l'ouragan. Mais pour l'instant, le Hilton est en ruine. L'hôtel s'est pris la vague de plein fouet et le rez-de-chaussée s'est retrouvé sous deux mètres cinquante d'eau. Il ne reste rien. Pergolas, terrasses, restaurants, patios, tout a été emporté. Quasiment toutes les fenêtres ont été soufflées. Les caméras extérieures ont dû être arrachées par le vent. Le bâtiment tient à peine debout.

— Et au Shack ?

— C'est une éventualité. Je ne sais pas s'il a résisté, il est au bord de l'eau, mais sur la côte opposée.

Butler relut ses notes en buvant son café. Il regarda Bruce, puis Bob.

— Vous pensez que cette fille avait un contrat sur M. Kerr ?

— Ça, c'est à vous de le dire, répondit Bob dans un grognement.

Bruce désigna Nick du menton.

— Il a une théorie intéressante.

— Monsieur Sutton, c'est bien ça ? s'enquit Butler.

— Oui. Nick Sutton. Étudiant à Wake. L'été, je garde la maison de mes grands-parents à Camino et je travaille à Bay Books où Bruce me paye au lance-pierre.

— Pour ce que tu fais, tu es surpayé, répliqua Bruce.

— Bref, je connais le milieu du crime parce que je lis cinq ou six romans policiers par semaine. En ma qualité d'employé, j'ai vingt pour cent de ristourne sur les livres, y compris les poches. Chez Barnes & Noble, j'aurais eu quarante pour cent. Tout mon salaire de misère passe dans ma bibliothèque.

— Et c'est quoi votre théorie ?

— C'est une professionnelle, engagée pour éliminer Nelson à cause de quelque chose qu'il a écrit, ou compte écrire. Nelson a eu un passé mouvementé, comme on dit. Elle a dû arriver sur l'île avec quelqu'un, sûrement un homme, et ils ont loué un appartement à proximité de chez Nelson pour en faire leur planque. Elle était au courant que Bob et Nelson se connaissaient. C'est pas compliqué à savoir. Elle a fait du gringue à Bob et, grâce à lui, elle a pu approcher Nelson, sa cible. L'ouragan leur a laissé l'opportunité de passer à l'action, une occasion en or. Elle n'a pas raté le coche, et tout de suite après, elle et son compère ont quitté l'île. Elle est peut-être encore sur Camino, mais ça m'étonnerait.

— Pas mal, lâcha Butler avec un sourire moqueur. Quelle imagination.

— Merci. Je lis beaucoup.

— Et l'arme du crime ? Une idée ?

— Les clubs de golf dans le garage. À votre place, je commencerais par là.

— Les clubs de golf ?

— Elle a dû utiliser ce qu'il y avait dans la maison. Elle n'allait pas débarquer chez lui avec une batte de baseball !

— Intéressant, répondit Butler continuant à le faire marcher. Je suppose que vous regardez aussi beaucoup de films.

— Non. Pas vraiment. Je suis trop occupé par mes livres.

Bruce s'éclaircit la gorge et intervint.

— Capitaine Butler, je dois appeler les parents de Nelson Kerr et leur dire quelque chose. Qu'est-ce que je fais ? J'évoque la possibilité d'un meurtre ?

— Ils savent déjà que leur fils est mort, n'est-ce pas ?

— Oui. Et qu'une autopsie est en cours.

— À votre place, je leur dirais que leur fils est décédé suite à un traumatisme crânien, que les circonstances du décès paraissent suspectes et que la police d'État a ouvert une enquête.

— Entendu. Et comment vont-ils pouvoir récupérer le corps, le rapatrier en Californie ? Je n'ai jamais eu à gérer quelque chose comme ça. Je n'y connais rien.

— Comme tout le monde dans votre cas. Allez voir une société de pompes funèbres. Ils sauront faire.

10

Butler les raccompagna sur le parking et s'alluma une cigarette. Il n'avait pas l'air pressé. Au moment de se dire au revoir, Bruce se souvint d'un détail.

— Nelson venait de terminer son roman, du moins le premier jet. Il devait me le faire lire. Il n'avait rien signé et sa maison d'édition à New York ne l'a pas lu. Je suis quasiment certain que le texte est encore dans son ordinateur. Et ce fichier est d'une grande valeur. Je pense à la succession.

Butler hocha la tête.

— Nous allons le mettre à l'abri.

De retour dans le Tahoe, Nick déclara :

— Ce Butler ne m'inspire pas confiance. Il est arrogant, fourbe et pas très futé. Durden et lui font la paire !

— C'est vrai qu'il n'a pas trop accroché à ta version ! lâcha Bob en riant.

— Il me prend pour un crétin. Je connais bien ce genre de gars – du moins dans les polars. Des vieux de la vieille qui croient pouvoir trouver le nom du tueur rien qu'en jetant un coup d'œil sur les lieux du crime ! Ça s'appelle l'effet tunnel. Ces types ont des œillères, ils se font une idée préconçue et foncent dans la mauvaise direction. Ils ignorent les faits qui n'abondent pas dans leur sens et se focalisent sur ceux en faveur de leur théorie. Ça arrive tout le temps. C'est un classique dans la vraie vie. C'est comme ça qu'on a une erreur judiciaire et qu'un pauvre bougre se retrouve condamné alors que l'assassin court toujours.

— Je ne pense pas que ce Butler soit si mauvais, tempéra Bruce.

— C'est quand même pas une lumière, renchérit Bob. Nick a raison, pour une fois.

— Il est près de midi ! annonça le jeune homme. Je suis le seul à avoir les crocs ?

— Je suis toujours partant quand il s'agit de manger. Et de boire ! répondit Bruce. Il nous reste des bières ?

— Des tonnes ! annonça Nick sur la banquette arrière. On va où ?

— J'en ai ma claque de conduire. Comme de vous deux. Il est temps de rentrer et de mettre fin à ce voyage.

— Alléluia ! lança Bob.

Nick ouvrit l'une des glacières, et distribua canettes et sandwichs. Ils mangèrent avec plaisir tout en s'éloignant sur la rocade de Jacksonville. Une demi-heure plus tard, ils quittaient la I-95 pour rejoindre la quatre-voies qui menait au pont de Camino. Ils croisèrent un convoi de poids lourds débordant de déchets roulant vers la décharge du comté et dépassèrent un champ plein de caravanes de secours envoyées par la FEMA. La circulation était dense, mais pas bloquée. Malheureusement, après dix kilomètres, le flot ralentit considérablement, et ils durent rouler au pas. Il y avait des voitures, mais aussi des semi-remorques transportant pelleteuses, bulldozers et chargeuses.

En progressant à une vitesse d'escargot, ils buvaient de la bière et écoutaient des tubes des années quatre-vingt, la seule musique sur laquelle ils purent se mettre d'accord.

— Bon, les gars, lança Nick. Vous voulez connaître ma nouvelle théorie ?

Bruce se pencha pour baisser le son de l'autoradio. Il était curieux de connaître ce que l'esprit de Nick, suralimenté aux polars, avait encore échafaudé.

— De toute façon, on va y avoir droit, que l'on soit d'accord ou non ! soupira Bob.

— Le véritable assassin, reprit Nick, c'est celui qui a payé. Les trois premiers romans de Nelson parlaient de trafic d'armes et de drogues, de blanchiment d'argent, d'escrocs en col blanc et d'entreprises douteuses sous contrat avec l'armée. C'est bien ça, Bruce ?

— En gros, oui.

— À l'évidence, Nelson potassait ses sujets. Très bien, supposons qu'il ait mis en pétard des gars avec ses bouquins. Dans ce cas, pourquoi lui feraient-ils la peau maintenant ? Les livres ont été publiés et pour la plupart se sont bien vendus. Ce n'est que de la fiction, des romans. Pas de quoi en faire un plat.

— Où tu veux en venir ?

— Ce qui est dit est dit. Personne ne va l'effacer. Et Nelson n'est pas le premier à écrire des histoires sur des trafiquants d'armes. C'est son nouveau livre, celui qu'il n'a pas terminé, qui l'a tué. Voilà où je veux en venir ! Quelqu'un a intérêt à ce qu'il ne soit pas publié.

Bruce et Bob acquiescèrent en silence.

— Peut-être qu'ils connaissaient le sujet de son nouveau roman ? poursuivit Nick. Ce ne devait pas être très compliqué de le découvrir, puisque Nelson faisait toujours beaucoup de recherches préliminaires. La nouvelle a dû se propager. Ils ont appris qu'il allait écrire sur leurs affaires ou leurs méfaits. Ou alors, ils ont trouvé le moyen de récupérer le texte, l'ont lu, et ont pris peur.

— Nelson craignait le piratage et travaillait hors ligne, précisa Bruce. Son ordinateur était protégé. Je connais des tas d'écrivains qui se sont fait voler leurs textes. Nelson était un obsédé de la sécurité.

— Comment il sauvegardait son travail ? s'enquit Bob. Sur le cloud ?

— Je ne sais pas. Ça m'étonnerait.

— Et pour communiquer ? renchérit Nick.

— Il avait un ordinateur portable pour ses e-mails. Mais, même dans ses messages, il restait très vague. Ça frôlait la paranoïa. Et, bien sûr, rien sur les réseaux sociaux. Il changeait son numéro de téléphone tous les deux ou trois mois.

— N'empêche qu'il restait un amateur. Il y a toujours quelqu'un de plus futé que soi. Les Russes et les Chinois parviennent à pirater la CIA, alors notre ami Nelson, c'était du gâteau. Il avait peut-être envoyé son manuscrit à son agent ?

— Son agent est mort l'année dernière et il en cherchait un autre. On en a parlé des soirées entières. Le mois dernier, il m'a annoncé qu'il avait presque fini son roman et que personne ne l'avait lu. Il voulait que j'y jette un coup d'œil et que je lui fasse des remarques. Son texte doit toujours être dans son ordinateur, j'en mets ma main à couper. Je ne vois pas où il pourrait être, sinon.

— Et donc, après l'avoir tué, annonça Bob, elle aurait pris le disque dur ?

— Je ne sais pas. Peut-être, répondit Nick. Mais si le disque a disparu, alors une bonne partie du mystère sera levée.

— Tu aurais dû le dire plus tôt, intervint Bruce. On aurait vérifié tant qu'on était sur place.

— On ne voulait toucher à rien. Et j'ai l'impression que Butler nous a dans le collimateur.

— Enfin ! lâcha Bob. J'ai la même impression ! Qu'est-ce qu'il va faire quand il trouvera nos empreintes ?

— On a de bons alibis, répondit Bruce.

Ils restèrent un moment silencieux, roulant tantôt à quinze kilomètres à l'heure, tantôt totalement à l'arrêt. Le téléphone de Bruce sonna. Il décrocha, écouta, marmonna quelque chose à propos de chiens renifleurs puis secoua la tête en grommelant.

— Vous n'allez pas le croire ! lâcha-t-il après avoir raccroché. Les flics ont bloqué la route de ce côté du pont et fouillent les voitures avec des chiens. Qu'est-ce qui leur prend ? Pourquoi ?

Bob, l'ex-détenu, ne portait pas la police dans son cœur.

— Parce que c'est en leur pouvoir !

Bruce avait du mal à contenir sa colère.

— Ces gens veulent juste rentrer chez eux et nettoyer leur maison. Pourquoi reviendraient-ils sur l'île avec des explosifs ? Les flics sont devenus totalement incontrôlables.

— C'est pareil pour le reste, poursuivit Bob. Pourquoi ils envoient des SWAT pour arrêter un pauvre gus qui a fait des chèques en bois ? Parce qu'ils peuvent le faire. Et que ça en jette. Ces crétins se prennent pour des Navy Seals et ils veulent montrer qu'eux aussi en ont de grosses. Suffit de voir leur attirail militaire. Pourquoi le moindre poste de police d'un trou paumé a un blindé d'assaut aujourd'hui ? Parce que le Pentagone ne sait plus quoi en faire et qu'ils les refourguent à tour de bras. Pourquoi ils envoient des brigades canines écumer les fêtes foraines de campagne ? Parce qu'ils ont ces cons de chiens sur les bras et qu'il faut bien qu'ils les utilisent ! Ne me lance pas sur le sujet, s'il te plaît.

— Tu es déjà pas mal parti, railla Nick sur la banquette arrière.

— Pourquoi au moindre petit accrochage sur la route, ils rappliquent avec trois voitures de patrouille et quatre camions de pompiers ? Parce que ces abrutis s'ennuient à mourir. Ils n'ont rien à foutre alors ils justifient leur salaire en dévalant les avenues toutes sirènes hurlantes. Les gros durs en action. Bloquer la circulation, emmerder le monde, c'est leur kif ! Ça les fait carrément bander. C'est eux les rois. Des chiens renifleurs ! C'est n'importe quoi. Demain, on y sera encore.

Après un silence, Bruce demanda :

— C'est bon, Bob ? Ça va mieux ?

— Pas vraiment. Les flics m'ont bien pourri la vie, alors oui, j'ai une dent contre eux. Pour que j'aille mieux, il faudrait qu'on puisse recommencer à rouler. Et qui a eu l'idée de ce road trip pourri ?

— C'est à cause de Nick.

— Allez-y, mettez-moi tout sur le dos ! lança le jeune homme. Ne vous gênez pas, je ne suis que le petit stagiaire.

Bruce prit son téléphone.

— J'ai repoussé ce moment au max, mais il faut vraiment appeler le père de Nelson pour lui dire que son fils a sans doute été assassiné. Quelqu'un veut s'en charger ?

— Je passe mon tour, répondit Nick.

— C'est toi qu'il a désigné comme personne à contacter, renchérit Bob. C'est à toi de le faire.

Le Tahoe se retrouva arrêté dans une grande courbe. Devant, sur des kilomètres, tout était bloqué. Bruce chercha le numéro du père et l'appela.

11

M. Kerr n'arrivant plus à parler, une jeune femme répondit.

— Je suis Polly, la sœur de Nelson. Je vous remercie de tout ce que vous faites pour nous.

Elle paraissait calme au téléphone, posée et lucide.

— Je n'ai pas fait grand-chose, tempéra Bruce. Je suis vraiment désolé. Je vous présente toutes mes condoléances. Nelson était un ami.

— Où est-il, en ce moment ?

— Pour autant que je le sache, à la morgue du laboratoire de la police criminelle de Floride. On vient juste d'en partir et on tente de retourner sur Camino. C'est un beau bazar ici.

— Qu'est-il arrivé à Nelson ? Vous le savez ?

Bruce hésita. Il ne voulait pas parler de la cause de sa mort.

— Nous avons rencontré un responsable à la police de la Floride. Ils ont ouvert une enquête et vont envoyer une équipe chez Nelson demain, pour passer son domicile au peigne fin.

— Pourquoi ?

— Pour rassembler des indices et déterminer si un crime a été commis.

— Vous voulez dire que mon frère a été assassiné ?

— Rien n'est encore avéré.

Elle marqua un silence. Bruce crut l'entendre serrer les dents pour tenter de contenir son émotion. Il imaginait le cauchemar que sa famille vivait, être ainsi dans le flou, à quatre mille kilomètres de là, réduite à regarder l'apocalypse sur les chaînes d'info.

— Très bien, articula-t-elle. J'ai un avion dans une heure et je serai à Jacksonville demain matin à 8 heures. Enfin, si tout se passe bien. La compagnie aérienne dit qu'il pourrait y avoir du retard à cause de tout ça. Après, je compte louer une voiture. Vous pensez que je pourrai accéder à l'île ?

— Sans doute. Le pont est ouvert. Nous essayons en ce moment même de passer.

— Je suppose qu'il n'y a plus de chambres, là-bas ?

— Exact. La plupart des hôtels ont été endommagés. Mais j'ai une grande maison et de la place à revendre. On y campe en ce moment avec deux amis. Il n'y a pas d'électricité, le courant sera peut-être rétabli demain. Nous avons de la nourriture, de l'eau et on s'en sort. Venez donc vous joindre à nous.

— C'est très généreux de votre part, monsieur Cable.

— Appelez-moi Bruce. Et ce n'est pas une question de générosité, mais de survie.

— Merci. C'est vrai que c'est pas facile et…

Sa voix vacilla.

— Je n'ose imaginer ce que vous endurez. Je suis désolé, vraiment.

— Il y a quelque chose que nous puissions faire ici ?

— Vous avez contacté une entreprise de pompes funèbres ?

— Non, pas encore.

— Pas de problème, nous l'avons fait. Envoyez-moi votre numéro de portable par SMS et je vous donnerai les coordonnées de cet établissement, c'est une maison sérieuse ici, à Jacksonville. J'ai eu son directeur en ligne, il y a une heure. Dès que vous aurez signé avec lui, il récupérera le corps et ils se chargeront du transport en Californie.

Il avait l'impression de parler de l'envoi d'un colis.

— Je vous remercie, dit-elle à nouveau. Je m'en occupe tout de suite. Vous serez chez vous demain matin ?

— Bien sûr. J'attendrai votre arrivée. Nous irons ensuite chez Nelson voir ce qui se passe.

IV

LA SUCCESSION

1

Après un solide déjeuner composé de poulet froid, de barres énergétiques et de beurre de cacahuètes sur des crackers, Nick remplit son sac à dos et se rendit à vélo chez ses grands-parents, à trois kilomètres de là. À son arrivée, il appela Bruce pour lui annoncer que cette partie de l'île avait de nouveau l'électricité. Des voisins étaient revenus et des groupes se formaient pour nettoyer les trottoirs et tendre des bâches sur les toits éventrés. Les grands axes étaient praticables, des voitures y passaient de temps en temps, mais les petites rues étaient toujours encombrées de débris. D'après un policier, la moitié sud de Camino avait de nouveau le courant. Le centre-ville serait raccordé dans l'après-midi. Pour la pointe nord en revanche, il faudrait attendre encore une semaine.

Bob en avait assez de bivouaquer. Il voulait rentrer chez lui, mais sans voiture, ni électricité là-bas, il se retrouverait coincé dans une étuve. Il traîna donc avec Bruce et l'aida à déblayer le jardin. Puis il donna un coup de main à un voisin pour couper des branches et ôter les gouttières qui menaçaient de tomber. C'était le 10 août et la météo prévoyait un pic à 37 degrés Celsius.

À 9 h 20, Bruce reçut un SMS de Polly McCann. Elle venait d'atterrir à Jacksonville et cherchait une voiture de location.

— Ça va lui prendre des heures, dit-il à Bob. La pauvre.

Lassés de manier pelles et râteaux, ils prirent le chemin de chez Nelson pour voir si la police d'État était arrivée. Pendant près d'une heure, ils traversèrent l'île en contemplant les destructions et les travaux de nettoyage. Ils passèrent chez Mercer, firent le tour du bungalow. Bruce filma et lui envoya la vidéo. Amy vivait à deux kilomètres dans les terres, dans un lotissement de luxe avec gardes et grilles à l'entrée. Le portail s'était envolé et ils purent pénétrer dans l'enclave autrefois sécurisée. Partout, des arbres renversés, mais la maison d'Amy était quasiment indemne. Il filma à nouveau et lui transféra les images. L'hôpital avait rouvert, le parking était plein.

Deux grands vans étaient garés devant la maison de Nelson, l'un dans l'allée, l'autre sur le trottoir. Pour être sûr que la population sache qu'une opération sérieuse était en cours, les flancs des véhicules arboraient en grosses lettres : POLICE DE L'ÉTAT DE FLORIDE – BRIGADE CRIMINELLE. Dans la rue, il y avait également deux voitures banalisées. Quelques voisins, sur leur perron, regardaient la scène bouche bée.

Bruce et Bob restèrent sagement derrière les rubalises et finirent par attirer l'attention du capitaine Wesley Butler. Il s'approcha d'eux, leur serra la main et s'alluma une cigarette.

Après les convenances d'usage, Bruce entra dans le vif du sujet :

— Alors ? Vous avez découvert quelque chose ?

— Je n'ai pas le droit de vous en parler.

— Ben voyons ! marmonna Bob.

Bruce brûlait de demander : « Et le disque dur ? Vous l'avez retrouvé ? » Mais Butler ne lui lâcherait rien.

— Où est votre jeune ami ? s'enquit le policier, le Monsieur Je-sais-tout ?

— On l'a viré de l'enquête, répliqua Bruce. Pour info, la sœur de M. Kerr arrive aujourd'hui. Elle vient de Californie. Elle va vouloir entrer dans la maison, récupérer peut-être quelques affaires. Comment ça va se passer ?

Butler secouait déjà la tête.

— Ça ne va pas être possible. Personne ne peut entrer tant que nous n'avons pas terminé nos investigations, et on en a pour la journée. Une bonne façon d'occuper son samedi, pas vrai ?

Cela fait cinq jours que Nelson est mort, songea Bruce. Fallait vous réveiller avant ! Mais c'était injuste. La tempête avait désorganisé tous les services. Butler les salua et retourna à ses affaires. Deux techniciens en combinaisons blanches sortirent un tapis et le chargèrent dans un van.

Quid du disque dur ? Ni lui ni la famille de Nelson ne sauraient rien. Pas avant des jours, voire des semaines. À cause de cette maudite bande de plastique jaune, ils ne pouvaient plus approcher !

Au moment de partir, un voisin vint vers eux et leur demanda :

— Qu'est-ce qui se passe ici ?

— Apparemment, il y a eu un crime, répondit Bruce en désignant les inscriptions peintes sur les fourgons. Nelson est mort pendant la tempête.

— Nelson ? bredouilla l'homme.

— Malheureusement. Fracture du crâne.

— Qu'est-ce que cherche la police ?

— Allez donc le leur demander.

Ils se rendirent ensuite chez Bob et passèrent une heure à faire le ménage et à sortir les débris sur le trottoir. C'était un travail déprimant, rendu plus pénible encore par la touffeur de l'air. L'expert de l'assurance avait promis de passer en fin de journée. On disait qu'au sud, à côté du Grand Surf Hotel, le Curly's Oyster Bar avait rouvert ses portes. Les deux hommes décidèrent d'aller vérifier ça sur place.

2

Polly McCann toqua à la porte de Bruce peu après 14 heures. Évidemment, la sonnette ne fonctionnait plus, l'électricité n'ayant pas encore été rétablie dans le centre de Santa Rosa. Elle avait une petite cinquantaine d'années. Une pure Californienne – mince, élégante, avec une coupe de cheveux à la garçonne et des lunettes de marque. Malgré son long vol de nuit, elle semblait fraîche et dispose. Bruce lui proposa une bouteille d'eau et ils s'installèrent dans le salon pour faire connaissance.

Elle enseignait les sciences physiques dans une université publique du comté. Son mari occupait la chaire de mathématiques à l'université de Californie à Santa Barbara. Ses parents étaient octogénaires et en mauvaise santé. Ils étaient anéantis par la mort de leur fils, incapables de gérer quoi que ce soit. Polly s'occupait des affaires de ses parents depuis des années. L'ex-femme de Nelson s'était remariée et avait divorcé à nouveau. Elle était donc hors jeu. Leur séparation, dix ans plus tôt, avait fait des dégâts et les deux ex-époux se détestaient mutuellement. Par chance, ils n'avaient pas eu d'enfants.

— Nelson ne parlait pas beaucoup de son divorce, renchérit Bruce. J'ai senti qu'il valait mieux ne pas poser de question.

— Ce mariage était une mauvaise idée dès le début. Nelson était sorti premier de la fac de droit de Stanford et avait décroché une bonne place dans un grand cabinet de San Francisco. C'était un travail éreintant, quatre-vingt-dix heures par semaine, une pression d'enfer. Plein de gens craquaient. Et allez savoir pourquoi, Nelson a décidé de se compliquer encore la vie en épousant Sally, une cinglée qui buvait trop, ne bossait pas assez et ne pensait qu'au fric. J'ai essayé de le mettre en garde parce que je ne supportais pas cette fille. Il n'a rien voulu entendre. Comme ils se disputaient constamment, il passait de plus en plus d'heures au bureau. Il est devenu associé de la boîte à trente et un ans et se faisait près d'un million de dollars par an. Puis il s'est aperçu qu'un de ses clients vendait illégalement des logiciels militaires à des régimes autoritaires et Nelson a voulu tirer la sonnette d'alarme. Il m'en a parlé. Il savait que sa carrière serait fichue. Dans le milieu, on n'apprécie pas qu'un avocat dénonce un client, mais il s'est dit que les fédéraux compenseraient les dommages. De plus, il en avait assez des manigances de ce gros cabinet. Alors il a fait ce qui lui semblait juste. Il a pris la récompense de cinq millions de dollars et a démissionné ! Mais le timing n'était pas bon. Il aurait dû divorcer avant de jouer les lanceurs d'alerte. Sa femme a pris un avocat et ils ont trouvé la preuve qu'il avait une liaison avec une collègue. Nelson a perdu gros, il a fait une dépression et il a dû aller en maison de repos pendant six mois. Puis il a commencé à écrire. C'est la version qu'il vous a donnée ?

— Oui, dans les grandes lignes. Il ne m'a jamais dit combien il avait touché du gouvernement. Mais il m'a raconté que son ex avait de bons avocats et qu'il avait perdu le divorce. À l'évidence, il en avait bavé.

— Vous étiez proches, tous les deux ?

— Au fait, vous avez peut-être faim ?

Bruce aurait été heureux de partager ses crackers et son beurre de cacahuètes, mais en même temps ce n'était pas le régime favori d'une Californienne bon teint. Ce genre de femme était forcément une adepte de légumes crus et de protéines en poudre.

Elle esquissa un sourire.

— Pour tout dire, je suis affamée !

— Alors passons à la cuisine, même s'il y fait presque aussi chaud que dehors.

Il farfouilla dans l'office et trouva une boîte de soupe à la tomate.

— Parfait, dit-elle.

— Et en entrée, je peux vous offrir du beurre de cacahuètes et des crackers.

— J'adore ça ! s'exclama-t-elle à la grande surprise de Bruce.

Il mit la soupe à chauffer et ouvrit le pot de pâte d'arachide.

— Est-ce que nous étions proches, Nelson et moi ? reprit Bruce. Je ne sais pas, mais je le considérais comme un ami. Nous avions à peu près le même âge, et des intérêts communs. Il est venu dîner plusieurs fois à la maison, et je suis allé aussi chez lui. On est aussi sortis souvent au restaurant. Ma femme lui a présenté l'une de ses copines mais leur histoire n'a pas tenu un mois. On ne peut pas dire qu'il était un dragueur effréné. On passait beaucoup de temps ensemble à la librairie, à boire des cafés, à parler des livres et des écrivains. Je trouvais qu'il ne produisait pas assez vite pour un auteur de genre et je lui mettais la pression, comme je le fais avec la plupart de mes auteurs.

— Vos auteurs ?

— Oui. On est une petite bande sur l'île et je suis le chef de la troupe. Je les pousse à écrire pour pouvoir vendre davantage.

— En parlant de vente, comment s'en sortait Nelson ?

— Son dernier livre s'est vendu à cent mille exemplaires, éditions papier et numérique confondues, et les chiffres ne cessaient de grossir. Je voulais qu'il sorte un livre par an. Sa carrière était sur une bonne voie, sauf que Nelson n'était pas un acharné du boulot. Je lui en ai fait le reproche une fois et il m'a dit qu'il était encore épuisé par son ancien travail. Une excuse fallacieuse, évidemment.

— Vous avez lu ses textes avant qu'il ne les envoie à New York ?

— Non. Avec certains écrivains, je le fais, mais la plupart évitent parce que je ne mâche pas mes mots. Pourtant, cette fois, Nelson voulait que je lise son dernier livre. Il avait terminé le premier jet et peaufinait le second.

Bruce préféra ne pas parler du disque dur. Plus tard, peut-être. Il y avait suffisamment de choses à régler comme ça.

Il versa la soupe dans un bol et la lui apporta.

— Merci, répondit-elle dans un sourire.

— Quel vin s'accorde le mieux avec la soupe à votre avis ? Rouge ? Blanc ?

— Je vais faire l'impasse sur le vin. (Elle remua la soupe, souffla sur la cuillère et goûta :) Délicieux. Tous mes compliments au chef.

— À votre service.

— Mon frère a donc été assassiné ?

Bruce prit une longue inspiration, se dirigea vers le réfrigérateur pour prendre une bière, puis se ravisa. Il en avait déjà bu deux. Il s'adossa à la porte de l'appareil, bras croisés.

— Je ne peux être catégorique, mais certains faits sont indiscutables. D'abord, Nelson est mort.

Il décrivit l'état de Nelson lorsqu'ils avaient trouvé son corps. Et résuma les conclusions de l'autopsie sur la cause du décès.

Elle l'écoutait en silence, sans ciller, sans toucher à sa soupe.

— Deuxièmement, il y a une femme dans le tableau. Une dénommée Ingrid.

Bruce prit une nouvelle inspiration et raconta l'histoire de Bob *in extenso*, méthodiquement, en n'omettant aucun détail. Polly baissa les yeux et ne reprit pas sa cuillère.

— Et troisièmement, la police est sur place en ce moment même. On ne peut entrer dans la maison tant qu'ils n'ont pas terminé leur fouille.

— Ça ressemble bien à un meurtre, articula Polly sans rien laisser paraître.

— Oui, un meurtre. Un suspect vous vient à l'esprit ? Un ennemi dans son passé dont il n'aurait parlé à personne ici ?

— Cette Ingrid semble faire une bonne suspecte, non ?

— Certes. Mais pourquoi ? Elle venait de le rencontrer. Aucun mobile. Elle a fait ça pour l'argent.

Elle secoua la tête et repoussa son bol. La soupe était froide et c'était sa dernière boîte de Campbell's Tomato. Quel gâchis ! Mais les magasins avaient rouvert et il allait pouvoir refaire le plein. Ce n'est qu'en cas de catastrophe qu'on apprécie le fondamental.

— Non, je ne vois personne, répondit-elle. Autant que je le sache, son seul ennemi était son ex-femme, mais elle a eu son fric donc elle en a terminé avec lui. Et vous, vous avez une piste ?

— Oui. Pour info, j'ai passé ces cinq derniers jours avec Andrew Cobb – Bob pour les intimes. C'est un ancien détenu qui verse aujourd'hui dans le roman carcéral, et c'est haut en couleur ! Il fait la sieste dehors dans un hamac, après s'être empiffré d'huîtres et de bière. Vous le rencontrerez bientôt. Et j'ai ici aussi un étudiant. Il s'appelle Nick Sutton, il travaille pour moi à la librairie. Il lit quasiment tous les polars qui sortent. À nous trois, on a envisagé tous les scénarios possibles.

— Et votre préféré, c'est lequel ?

— C'est peut-être un peu tiré par les cheveux, mais il faut bien commencer quelque part. Ingrid est une pro. On ne la retrouvera sûrement jamais. Le commanditaire est quelqu'un qui ne veut pas que le nouveau roman de Nelson sorte.

— C'est effectivement tiré par les cheveux.

— Certes. Et pour l'instant, nous n'avons rien d'autre.

Elle plissa les yeux, pensive.

— Vous connaissez le sujet de ce nouveau roman ? demanda-t-elle finalement.

— Pas du tout. Et vous ?

Elle secoua la tête.

— Je trouvais ses bouquins difficiles à lire et nous n'en avons jamais discuté. Pour tout dire, on ne se parlait pas beaucoup depuis qu'il avait déménagé ici. Nelson était solitaire, et encore plus après ses déboires.

— Il avait peur d'être piraté. Il était carrément paranoïaque. C'est déjà arrivé à des écrivains et musiciens. Leurs œuvres ont été volées. Alors Nelson écrivait hors ligne. J'ignore comment, mais des gens ont dû découvrir le thème de son prochain livre.

— Oh oui, Nelson était parano ! Il se servait rarement des e-mails. Il pensait même que ses téléphones étaient sur écoute. On correspondait par la poste.

— Comme au bon vieux temps ! J'ai l'impression qu'il surveillait tout le temps ses arrières.

— C'est le cas. Il n'était pas comme ça avant de jouer les lanceurs d'alerte.

— Et vous dites qu'il a craqué ?

— Oui, suite au divorce qui lui est tombé sur la tête après son départ du cabinet. Dépression nerveuse, trouble dépressif, peu importe le nom. On l'a fait interner dans une clinique haut de gamme pendant six mois et il s'est bien rétabli. Quoiqu'il soit toujours en thérapie.

Pour la première fois, ses yeux se mirent à briller. Elle ôta ses lunettes et battit des paupières.

— Il y a un mois, j'ai reçu un colis de Nelson. Dans une lettre, il disait qu'il avait mis son dernier roman sur une clé USB. Il voulait que je la garde par sécurité. Il m'a demandé de ne pas lire ce qu'il y avait dedans. Pas avant d'avoir son feu vert. Il m'a donné aussi son nouveau numéro de téléphone. Par courrier, je lui ai demandé pourquoi il avait encore changé de numéro, mais il ne m'a pas répondu. Il ne m'expliquait jamais rien.

— Et cette clé, où est-elle ?

— Dans ma poche.

— Laissons-la où elle est. Et vous n'avez pas lu son roman ?

— Pas un mot. Et vous ? Ça ne vous tente pas ?

Bruce contempla la soupe Campbell figée dans le bol.

— Vous n'en voulez plus ?

Elle avait avalé deux cuillerées et deux crackers.

— Je suis désolée. Je n'ai plus faim.

— Retournons au salon, il y fait quand même plus frais.

De retour dans la pièce, Bruce referma la porte de communication avec la cuisine. Derrière les portes-fenêtres, sur la terrasse, les jambes de Bob dépassaient du hamac et pendaient dans le vide.

— Je préfère ne pas le lire, pas pour l'instant, expliqua Bruce. Parce que je veux pouvoir dire non, en toute sérénité, quand les flics me demanderont si je l'ai lu.

— La police va découvrir l'existence de cette clé ?

— Je ne sais pas. Mais je suis certain qu'ils ont récupéré ses ordinateurs et eu les mandats pour faire une perquisition chez lui. Si j'étais joueur, je parierais que le disque dur de l'ordinateur a été volé après le meurtre.

— Je devrais leur donner cette clé, vous croyez ?

— Non. Pas pour l'instant. On la leur confiera plus tard, ou jamais.

— Je suis perdue. Selon votre théorie, Nelson aurait été assassiné à cause de ce roman qui se trouve dans ma poche, c'est bien ça ?

— C'est juste une hypothèse, plutôt branlante pour le moment, je vous l'accorde.

— Mais c'est la seule que vous ayez ?

— Oui. Une tueuse à gages l'a liquidé. Et il y a forcément une bonne raison.

— Donc, quelqu'un doit lire ce truc pour espérer résoudre cette affaire. Quelqu'un. Vous ? Moi ? La police ?

Les pieds nus de Bob amorcèrent une descente vers le sol. Puis le reste du corps suivit. Il demeura un moment à quatre pattes sur le carrelage. Il se releva, hébété. Il s'étira, se frotta les yeux comme un ours sortant d'hibernation, puis marcha lentement vers la porte.

— Bob a terminé sa sieste ! déclara Bruce. C'est un membre de l'équipe. Il faut le tenir au courant.

— Et pour la clé ?

— Aussi, oui. Il a fait de la prison et ne porte pas les flics dans son cœur, ni les procureurs. Son avis peut être intéressant.

Bob Cobb entra dans le salon et se présenta.

3

Les lumières clignotèrent, s'éteignirent, puis revinrent à la vie. Bruce et Bob retinrent leur souffle. Quand il sembla que l'électricité fût revenue pour de bon, ils se tapèrent dans les mains, avec un grand sourire idiot. Bruce régla aussitôt les thermostats de la climatisation et alla éteindre le groupe électrogène dont le vrombissement continuel lui tapait sur les nerfs. Retour à la civilisation ! Avec douches chaudes, eau fraîche, vêtements propres, télévision, et tout le reste. Terminé le camping ! Néanmoins, ils mesurèrent leurs manifestations de joie par égard pour Polly qui venait de perdre son frère.

Bob confirma qu'il valait mieux ne pas parler de cette clé USB avant d'avoir des nouvelles du capitaine

Butler, si tant est qu'il daigne les appeler. Le policier avait promis de le faire dès la fin des investigations.

— La police n'est-elle pas obligée de recevoir les familles quand il y a une enquête ? s'enquit Polly. Je n'y connais rien, c'est une première pour moi.

— Pour moi aussi, renchérit Bruce. Je n'ai pas eu la malchance de passer par là.

— J'avais un copain en prison, annonça Bob. Il y avait eu un meurtre dans sa famille. C'était horrible bien sûr, et pour arranger le tout les flics ne voulaient rien leur dire. Ils ont dû prendre un avocat pour grappiller quelques infos.

— Si je pouvais éviter les frais d'un avocat..., lâcha-t-elle. Je dois déjà signer un chèque au gars des pompes funèbres.

— Ce sera inutile, intervint Bruce, de son ton le plus rassurant possible. Je connais bien le chef de la police ici, c'est un chic type. J'irai lui parler.

— Merci.

— Vous voulez peut-être vous reposer ? Votre chambre est à l'étage et doit être bien fraîche maintenant.

— Merci Bruce. Ce serait avec plaisir.

Elle alla chercher son sac dans la voiture de location. Bruce l'accompagna jusqu'à la chambre d'amis, referma la porte derrière elle pour lui laisser de l'intimité et redescendit au salon.

— Je l'aime bien, annonça Bob.

— Elle est bien trop vieille pour toi. Elle a quasiment ton âge.

— Ingrid avait la quarantaine. Je ne suis pas psychorigide.

— Tu es resté bloqué sur les jeunes divorcées en bikini.

— Pourvu que non ! Pourquoi ai-je remis sur le tapis le nom de cette tueuse ? Avec le recul, je m'aperçois qu'il y avait un truc bizarre chez elle. Tout le temps qu'on était ensemble, son esprit était ailleurs, comme si elle calculait son prochain coup, son prochain mouvement. En fait, elle n'était pas là. Pas vraiment. Bien sûr, je m'en foutais puisque avec elle la baise était top ! Ça aurait dû m'alerter. Et maintenant, je m'en veux.

— Ne te prends pas la tête. Personne n'aurait pu prévoir. Tu as juste pris du bon temps avec une jolie fille.

— Ça c'est sûr, n'empêche que ça me tracasse.

— Laisse tomber.

— J'essaie. Il me faut une douche. Ma dernière date de Lake City, je crois. Dans une baignoire sabot. Avec un flacon de shampooing vide. J'ai l'impression que je ne me suis pas lavé depuis un mois !

— La salle de bains est en haut, à droite. La chambre de Polly est juste en face, alors fais-toi discret. Tu peux crécher ici encore quelques jours. Tu es le bienvenu.

— Merci, mais je vais filer dans le Maine. Je veux de la fraîcheur et aussi me tirer d'ici. L'assurance commence déjà à chipoter et je n'ai pas l'énergie de me battre avec eux pour le moment. Combien de temps va-t-elle rester ?

— Elle vient d'arriver. Aucune idée. Elle compte organiser des funérailles samedi en Californie. Et je réfléchis déjà à une façon d'éviter ça.

— Ça risque d'être horrible. J'ai arrêté d'aller aux enterrements il y a des années. C'est une perte de temps et d'argent. Et bien des tourments pour rien.

Après le départ de Bob, Bruce rangea la cuisine et partit pour une nouvelle aventure : faire des courses à la supérette du coin.

4

Le soir, Bruce et Polly quittèrent la maison à bord du Tahoe et mirent cap au nord. Passé le centre-ville, l'île était plongée dans le noir, toujours privée d'électricité.

Polly était saisie par l'ampleur des destructions. Elle n'avait jamais vu, aux premières loges, les dégâts causés par un ouragan. Bruce pas davantage. Mais après cinq jours au milieu du chaos, il s'était habitué à voir les poteaux électriques renversés, les rues bloquées, les voitures retournées sur le toit, les piles de meubles et de moquettes trempées devant les maisons, sans parler des montagnes de débris et d'immondices. Ils dépassèrent une petite église où une dizaine de caravanes de la FEMA étaient alignées en rang d'oignons. Les gens attendaient patiemment en file indienne pour avoir des rations alimentaires distribuées par des bénévoles. Dans un jardin public, un village de tentes avait poussé. Des parents étaient assis sur des chaises de camping autour d'un brasero tandis que les enfants jouaient au foot. Sur le terrain de baseball limitrophe, la garde nationale distribuait des bouteilles d'eau et du pain.

La rue que Bruce cherchait se trouvait dans un parc de mobile homes datant de l'après-guerre, tous endommagés et inhabitables. Dans la plupart des allées, des caravanes de secours avaient été installées à côté des voitures et des pick-up. Certaines étaient reliées au tout-à-l'égout, d'autres pas. À voir l'état des maisons, les caravanes de la FEMA risquaient d'être là longtemps.

Wanda Clary avait été la première employée de Bruce à l'ouverture de Bay Books, vingt-trois ans plus tôt. Unique rescapée du précédent propriétaire de la librairie, Wanda avait jugé dès le premier jour qu'elle en savait plus long sur la vente des livres que son nouveau patron. C'était la pure vérité et elle avait voulu, à tort, prendre les commandes. Très vite, ils s'étaient disputés, et très souvent. Bruce songea à plusieurs reprises à la licencier, mais elle était loyale, ponctuelle et acceptait le salaire de misère qu'il pouvait offrir à ses débuts. Comme il l'apprit rapidement, dans le commerce de détail, la main-d'œuvre fiable était une denrée rare. Avec le temps, chacun finit par trouver sa place et Wanda garda son travail, quoiqu'elle restât constamment sur la sellette. Avant son AVC, elle était brusque avec Bruce, comme avec les clients, et carrément déplaisante avec ses collègues. Mais après son attaque, sa personnalité changea du tout au tout et Wanda devint une gentille mamie. Les clients l'adoraient et les ventes grimpèrent en flèche. Bruce la paya davantage et une véritable amitié naquit entre eux. Le second AVC faillit lui être fatal et elle avait dû prendre sa retraite. Son mari mourut peu après, et Wanda, qui approchait des quatre-vingts ans, avait à peine de quoi vivre avec sa pension depuis ces dix dernières années.

Elle était assise sur une chaise de jardin à côté d'une caravane de la FEMA et bavardait avec une voisine. Surprise de voir Bruce, elle se leva péniblement, en s'aidant de sa canne, et serra son ancien patron dans ses bras. Il présenta Polly comme une amie de Californie. Wanda présenta à son tour sa voisine, une dame à peine moins âgée, et les invita à s'asseoir sur des chaises de cuisine qui avaient été sorties dans l'allée. La majeure partie de ses meubles était empilée sur le trottoir attendant d'être emportée à la déchetterie.

Il y avait eu deux mètres cinquante d'eau dans sa maison et ça avait duré trois jours. Tout était détruit, chez elle, comme chez ses voisins. À l'instar de la plupart des résidents, Wanda n'avait pas d'assurance inondation, et l'avenir pour eux tous s'annonçait compliqué. La caravane était prêtée gracieusement par l'État pour trois mois, avec une rallonge éventuelle. C'était absurde. Qu'est-ce que les fédéraux allaient faire de ces caravanes quand ils les auraient récupérées ? Attendre le prochain ouragan de catégorie 4 ?

Wanda et sa voisine avaient survécu à la tempête en trouvant refuge sur les hauteurs, et pourtant elles parvenaient à garder leur sens de l'humour en évoquant leur mésaventure. Le spectacle avait été effrayant, de ceux qui hantent la mémoire toute une vie. Les deux vieilles femmes espéraient pouvoir être évacuées la prochaine fois. Bruce leur raconta quelques anecdotes sur le passage de Leo et passa sous silence la mort de

Nelson Kerr. Wanda ne le connaissait sans doute pas, même si elle continuait à lire quasiment tous les livres qui sortaient à la librairie.

Polly écoutait cet échange entre rescapés, stupéfaite. Vingt-quatre heures plus tôt, elle était encore dans son cocon de San Francisco. Et elle était maintenant assise parmi les décombres, comme dans une zone de guerre, avec des gens encore sous le choc qui avaient vécu un cauchemar, avaient tout perdu, et pour qui avoir un lit sec dans une minuscule caravane sans lumière était le summum du luxe. Pendant un moment, elle en oublia presque la mort de son frère.

De l'autre côté de la rue, un moteur s'ébroua, puis une ampoule s'alluma.

— C'est Gilbert. Son fils lui a apporté un petit groupe électrogène hier et il ne peut s'empêcher de faire le beau, il dit qu'il va pouvoir s'installer une clim portative pour avoir de l'air frais.

— Tu as parlé à ton fils ? s'enquit Bruce.

— Oui. Enfin ! On n'a pas eu de téléphone avant jeudi. Phil a appelé de Saint Louis. Il m'a demandé si j'avais besoin de quelque chose. Non, rien, j'ai dit. À part une nouvelle maison, une voiture, des meubles, un peu de nourriture pour vivre. Et une bouteille d'eau. Il va voir ce qu'il peut faire, autrement dit rien du tout.

Pour changer de sujet et prendre congé, Bruce annonça :

— J'ai de la nourriture et de l'eau pour toi.

Il se leva et se dirigea vers le Tahoe. Polly le suivit. Ils déchargèrent quatre packs d'eau et trois caisses de courses qu'ils emportèrent dans la caravane. Bruce jeta un coup d'œil à l'intérieur. Comment pouvait-on vivre dans un endroit aussi exigu ?

Wanda était en larmes. Bruce dut lui tenir la main pendant quelques minutes. Il lui promit de revenir, et la convainquit de l'appeler si elle avait besoin de quoi que ce soit. Quand ils partirent, une petite foule s'était rassemblée autour de Gilbert. De la musique montait d'une radio.

5

À la pointe sud de Camino, il y avait foule au Curly's Oyster Bar – des locaux voulant oublier leurs ennuis grâce à la bonne chère et aux boissons fraîches, et des ouvriers de maintenance, coincés sur l'île, tuant le temps un samedi soir. Bruce et Polly attendirent une demi-heure pour avoir une table en terrasse. Évidemment, elle ne mangeait pas de friture et n'avait jamais croisé de sa vie une huître crue. Ils optèrent pour des crevettes et attendirent leurs bières. Elle aurait préféré du vin blanc mais Bruce lui avait déconseillé la piquette que le Curly servait. La musique du jukebox était douce et pas trop envahissante. Les gens autour d'eux parlaient à voix basse, comme s'ils sortaient d'un mauvais rêve, hébétés. Tout était à reconstruire et l'ampleur de la tâche sapait la bonne humeur.

Bruce demanda :

— Alors comme ça, vous êtes l'exécuteur testamentaire de Nelson ?

— Exact. Il a rédigé un nouveau testament l'année dernière et m'a nommée à cette fonction. Et on dit « exécutrice » – n'ayons pas peur des genres.

— Qui l'a rédigé ?

— Un cabinet de Jacksonville.

— Vous leur avez parlé ?

— Non. Pourquoi cet intérêt soudain pour la succession de Nelson ?

— Simple curiosité. Je suppose qu'il avait quelques biens.

Elle poussa un soupir, retira ses lunettes et se frotta les yeux.

— Qu'est-ce que vous savez au juste des affaires de mon frère ?

— Pas grand-chose. Uniquement ce dont il m'a parlé : sa carrière d'avocat, son divorce, et sa période lanceur d'alerte. Il a lâché un jour qu'il avait acheté sa maison un million de dollars. Hormis ça, je n'ai aucune idée de ce qu'il a sur son compte en banque.

— Et ses contrats d'écrivain ?

— Rien. Il ne m'en a jamais parlé et je n'ai pas posé de questions. Comme vous le savez, Nelson n'était pas du genre loquace.

Elle chaussa à nouveau ses lunettes alors que deux pintes de bière étaient apparues sur leur table.

— Il a quitté le cabinet à l'âge de trente et un ans, commença-t-elle. Il y a douze ans. À l'époque, il gagnait beaucoup, mais l'argent lui filait entre les doigts. Et ce qu'il ne dépensait pas, sa femme le faisait pour lui. Ils ne pensaient pas à économiser car l'avenir s'annonçait doré. Comme je l'ai dit, les fédéraux lui ont donné cinq millions en échange de ses révélations, mais il s'attendait à plus. La moitié a été récupérée par les impôts. On en paie beaucoup en Californie.

— Voilà une autre bonne raison de vivre en Floride. Aucun impôt sur le revenu !

— Peut-être, mais l'endroit est un peu trop républicain pour moi. Bref, entre lui et Sally, c'était la guerre ouverte, et juste après que l'argent a été versé, elle a demandé le divorce. Après avoir payé les honoraires et le reste, il avait encore environ un million. Et une bonne partie est passée dans les psys. Puis il s'est mis à écrire et a gagné un peu de sous. Enfin je suppose. Encore une fois, Nelson parlait peu d'argent.

— Qui va hériter ?

— Un tiers pour moi, les deux tiers pour nos parents. C'est un testament tout simple. Je suis aussi l'administratrice de son œuvre littéraire, même si je ne vois pas trop ce que ça veut dire.

— Ça signifie que vous aurez la gestion des droits sur ses romans, éditions grand format, poche, numérique, ici aux États-Unis, mais aussi à l'étranger, plus les droits TV et cinéma. Et vous aurez la charge de publier son nouveau roman à titre posthume, si on ne vous tue pas avant.

— Charmant !

— Et quand un auteur meurt prématurément, ça booste les ventes. Il n'y a pas meilleure pub.

— Vous essayez d'être drôle ?

— Oui.

— Raté.

— Désolé.

La serveuse déposa les crevettes devant eux et s'éclipsa. Ils en décortiquèrent quelques-unes en silence, puis ralentirent le rythme pour avaler une gorgée de bière.

— Alors ? demanda-t-elle. C'est quoi le programme, demain ?

— Notre ami de la police d'État a appelé. Il veut que l'on passe au poste et qu'on lui raconte en détail ce que nous savons et lui, de son côté, nous dira ce qu'ils ont découvert. Ça peut être intéressant.

— Qu'est-ce qu'on fait pour la clé USB ?

— Ils risquent de nous demander ce que nous savons sur son dernier roman, en particulier si le disque dur de son ordinateur a disparu. Et, encore une fois, je veux pouvoir lui répondre « rien du tout ».

— J'ai l'impression qu'il va me falloir un avocat.

— Il faudra en prendre un tôt ou tard pour s'occuper de la succession, ici, en Floride.

— Vous en connaissez des bons ?

— Oui, un ou deux, mais cela risque d'être difficile de les joindre en ce moment.

— D'accord, vous ne savez rien et moi non plus. Je vous suis. Pour le moment.

— Tout ira bien. Ces flics ne sont pas des plus futés.

— C'est censé me rassurer ?

— Non.

6

La police de Santa Rosa était installée à l'arrière de l'hôtel de ville, une série d'annexes et d'ajouts construits à la va-vite. Et comme le port se trouvait à deux cents mètres de là, l'endroit avait été totalement inondé par Leo. Tous les équipements étaient hors service pour un bon moment. Des locaux provisoires étaient en cours d'installation dans le gymnase d'un collège, à un kilomètre dans les terres. Quand Bruce, Polly, Bob et Nick arrivèrent à 10 heures pétantes le dimanche matin, le parking du gymnase était plein : voitures de patrouille, fourgons de la voirie et camions de BTP s'y pressaient. À l'intérieur, des ouvriers s'affairaient à monter des cloisons. Personne ne pouvant réellement le renseigner, Bruce appela Butler au téléphone. Il était quelque part au fond du gymnase, près du vestiaire des garçons. Ils empruntèrent un couloir pour rejoindre une salle de classe où les attendaient Carl Logan, le chef de la police locale, et Hoppy Durden, le spécialiste ès homicides, ainsi que deux techniciens de la police scientifique.

Les présentations furent faites rapidement. Puisqu'ils voulaient filmer les dépositions des trois hommes, une caméra et des projecteurs étaient installés dans un coin. Bruce et Nick passèrent les premiers. Pendant qu'ils répondaient chacun aux mêmes questions, Bob suivit les deux techniciens dans la salle en face. Avec un ordinateur portable, ils entreprirent de dresser un portrait-robot d'Ingrid. Butler interrogea Polly, plus particulièrement sur sa famille et le passé de son frère. Il ne lui posa aucune question sur le dernier roman de Nelson. Quand elle demanda s'ils avaient trouvé le disque dur, il ne voulut pas répondre. Une demi-heure plus tard, les techniciens imprimèrent une photo en couleur du portrait d'Ingrid et Bob fut saisi par la ressemblance. Il les avertit, toutefois, qu'elle était une fausse blonde.

Sur la photo, Ingrid, ou quel que soit son véritable nom, paraissait avoir une petite quarantaine d'années, comme l'avait indiqué Bob, des pommettes saillantes, des yeux noisette lumineux, de longs cheveux clairs aux reflets blond vénitien, un sourire charmant auquel aucun homme, tous âges confondus, ne saurait résister. En découvrant le portrait-robot, Bruce eut du mal à croire qu'une créature aussi ravissante puisse être l'auteur d'un meurtre aussi violent. Utiliser du poison, pourquoi pas, mais tabasser un homme jusqu'à lui éclater le crâne ?

Butler demanda à Polly si elle voulait voir des photos de son frère gisant sur le patio. Elle refusa. C'était trop tôt pour elle. Le policier lui résuma le rapport d'autopsie, sans s'attarder sur les détails. Les enquêteurs n'avaient trouvé pour l'instant aucun témoin, aucun voisin ayant vu quelqu'un entrer ou sortir de chez Nelson en pleine tempête.

Rien d'étonnant, tout le quartier avait été déserté ! songea Bruce, mais il s'abstint de tout commentaire. Il se contenta d'écouter ce que racontait Butler à Polly tandis que les policiers prenaient ses empreintes, ainsi que celles de Nick – pas celles de Bob, puisqu'il était déjà fiché.

Quand l'enregistrement des dépositions fut terminé, ils se rassemblèrent autour d'une table pliante couverte de dossiers et de rapports. Butler détailla ce qu'ils avaient déjà appris et ce qu'ils comptaient découvrir. Ils avaient trouvé du sang sur deux murs, sur le lavabo dans la salle de bains et sur les tapis. Les échantillons étaient partis au labo pour établir s'il s'agissait bien du sang de Nelson. Ils avaient également relevé de nombreuses empreintes mais l'analyse prendrait du temps. Ils essayaient d'avoir des infos du côté du Hilton – registre des admissions, images des caméras de vidéosurveillance, ce genre de choses, mais pour des raisons évidentes, l'opération s'annonçait difficile. À mesure que la vie reprendrait son cours normal, ils collecteraient des renseignements auprès des autres hôtels et des agences de location de l'île pour tenter d'identifier Ingrid. Toutefois, au ton de Butler, il était évident qu'il ne se faisait guère d'illusions.

Avant la rencontre, Bruce avait jugé que la meilleure tactique était de parler le moins possible. La police ne savait pas grand-chose. À quoi bon leur poser des tas de questions : a) Butler et Logan n'auraient que très peu de réponses ; b) ça allait les énerver encore plus. Les deux flics étaient déjà bien agacés de devoir travailler un dimanche matin et, à l'évidence, cette réunion n'était qu'une formalité d'usage. Butler commit sa plus grosse erreur quand il déclara :

— Nous avons examiné les clubs de golf et les accessoires pour la cheminée, comme tout ce qui aurait pu servir d'arme dans la maison, et nous n'avons rien trouvé. Si tant est qu'il y ait eu meurtre.

— Vous pensez que ce n'est pas le cas ? s'enquit aussitôt Polly.

— C'est possible. Des tas de débris tourbillonnaient dans l'air ce soir-là, madame McCann.

Logan s'empressa de renchérir :

— Ayant moi-même enduré cet ouragan de catégorie 4, madame McCann, je peux vous assurer qu'un tas de trucs volaient dans tous les sens. C'était incroyable. On n'imagine pas ce que c'est. Oui, votre frère a pu être touché plusieurs fois par des branches, des morceaux de toits, voire des briques. Tout est envisageable.

Comme Bob et Nick, Bruce prit une grande inspiration pour ne pas réagir. Polly serra les dents.

Sachant que cette explication ne leur convenait pas, Butler ajouta :

— Nous ne sommes sûrs de rien. Et ne négligeons aucune piste. Mais ça va prendre du temps, comme d'habitude.

Bruce s'éclaircit la gorge.

— Et le disque dur de l'ordinateur ? insista-t-il.

Butler lança un regard à Logan, qui à son tour regarda Hoppy Durden qui piquait déjà du nez sur sa chaise.

— Nous l'avons récupéré, répondit finalement Butler. Seulement, il est codé. Nos gars du labo vont s'en occuper demain matin. Mais la protection paraît plutôt solide.

Bruce en avait assez entendu.

— On a terminé ? demanda-t-il en se levant.

Tout le monde l'imita. Les flics les remercièrent, leur serrèrent la main. Chacun promit de rester en contact. Pourtant, en sortant de la pièce, Bruce sentait qu'il ne reverrait jamais Butler de sa vie.

De retour au volant du Tahoe, Bruce vit Polly, sur le siège côté passager, essuyer une larme. Elle resta silencieuse, longtemps. À l'arrière, Nick et Bob étaient tout aussi taciturnes, à la fois furieux contre la police et impatients de faire leurs valises. Bob pouvait maintenant quitter Camino et comptait lever le camp dans quelques heures. Nick voulait retourner à l'université où il allait faire la fête pendant une semaine pour célébrer la fin des vacances d'été avant de partir à Venise pour un nouveau semestre d'études.

7

Le lundi matin, Bruce suivit Polly jusqu'à Jacksonville pour qu'elle puisse rendre sa voiture de location. Ils se rendirent ensuite aux pompes funèbres où elle remplit les derniers papiers et paya. Le corps de Nelson serait transporté à l'aéroport et chargé en soute. Sa sœur voyagerait au-dessus de lui, en cabine, dans le même avion. Bruce l'accompagna au terminal et ils trouvèrent un coffee-shop où tuer le temps.

La maison de Nelson était toujours interdite d'accès et Butler ne savait pas quand ils enlèveraient les scellés. Connaissant la meilleure société de déménagement de Camino, Bruce proposa de superviser l'enlèvement des meubles et des affaires personnelles de Nelson. Il en ferait l'inventaire et stockerait tout dans un garde-meuble. D'ici quelques semaines, Polly reviendrait gérer la suite. Bruce connaissait également plusieurs agents immobiliers sérieux. Il leur demanderait de faire une estimation de la propriété. Il émit toutefois une réserve : le marché resterait en berne pendant un bon moment. En revanche, un ami de Bruce, qui s'occupait d'importation de voitures allemandes, pourrait vendre la BMW à un bon prix.

Ils burent leur café en regardant les gens aller et venir dans le grand hall.

— Le service funèbre est prévu ce samedi. J'imagine que vous ne pourrez pas être présent.

Bruce avait réfléchi à la question et tenté de trouver une bonne excuse pour s'éviter ce voyage et cette cérémonie pénibles sur la côte ouest, mais au dernier moment, les mots restèrent coincés dans sa gorge. Il faillit s'étouffer ! Qu'il le veuille ou non, il était le contact sur place de cette famille et ils avaient besoin de lui.

— Bien sûr que je serai là, bredouilla-t-il avec le plus de conviction possible.

— Je vous enverrai les détails au fur et à mesure. Mes parents seront très touchés. Votre présence leur fera beaucoup de bien. Ils se posent tellement de questions.

Une vraie partie de plaisir ! songea Bruce. Comment cela pourrait-il leur faire du bien ? Il ne connaissait pas ces gens et, après les funérailles, il ne les reverrait jamais.

— Je comprends. Ça doit se passer où ? À San Francisco ?

— À Dublin, à vingt kilomètres à l'est.

— Il y aura beaucoup de monde ?

— Aucune idée. Nelson avait des amis dans la région, et une bande de copains de Stanford, mais ils ont tous essaimé aux quatre coins du pays. Vous pourriez dire quelques mots ?

La corvée virait au cauchemar. Bruce trouva la parade.

— Je ne peux pas faire ça, Polly. J'ai déjà tenté l'aventure et j'ai perdu tous mes moyens. Je suis désolé.

— Pas de problème. Je comprends.

— Les flics n'ont pas parlé du manuscrit de Nelson.

— Je sais. Vous en pensez quoi ?

— Je pense que quelqu'un doit lire ce texte, mais pas vous, ni moi. Personne, en tout cas, en lien de près ou de loin avec Nelson.

— Et donc ?

— Donc, je veux que vous envoyiez le roman à Mercer Mann, une écrivaine. Elle a habité l'île mais ne connaît pas votre frère. Elle enseigne en ce moment à Ole Miss. C'est quelqu'un de confiance. Elle le lira, et le fera lire à son copain, un ancien journaliste et écrivain lui aussi. Ensuite, je leur parlerai.

Elle haussa les épaules avec fatalisme.

— Et vous pensez que le manuscrit conduira les flics vers le tueur ?

— Côté police, je ne me fais guère d'illusions. C'est un dossier compliqué et ils ont déjà une explication toute trouvée. C'est la faute de la victime qui est sortie sur la terrasse en pleine tempête. Ils vont remuer de l'air, ignorer nos appels, et jouer la montre. Puis un beau jour, après nous avoir bien fait mariner, ils nous annonceront que l'enquête est une impasse. Et pour la forme, ils promettront de garder le dossier ouvert au cas où un miracle se produirait.

Elle hocha la tête.

— Oui, vous avez sans doute raison.

— En toute honnêteté, je doute que ce texte nous désigne nommément l'assassin, mais c'est notre seule piste. Ça et le portrait-robot d'Ingrid.

— Il n'a pas été tué pour rien. Nelson n'avait pas d'ennemis. C'était quelqu'un de charmant, qui aimait la vie et n'aurait pas fait de mal à une mouche.

Sa voix se brisa et ses yeux se mirent à briller.

Bruce lui tendit une feuille de papier pliée en deux.

— Voici l'adresse de Mercer à Oxford. Elle est prévenue et est prête à le lire immédiatement.

Polly s'essuya les yeux et acquiesça.

— Merci, Bruce. Merci pour tout.

Ils se dirigèrent vers le contrôle passager et se serrèrent dans les bras pour se dire au revoir.

8

Le mardi, huit jours après le passage de Leo, Bruce attendit toute la matinée à la librairie l'arrivée d'une entreprise du bâtiment. L'expert de l'assurance lui avait promis de passer aussi, mais visiblement, tout le monde avait été retenu ailleurs.

La majorité des boutiques du centre-ville étaient fermées. Dans certaines, les équipes nettoyaient et jetaient les marchandises dans des bennes à ordures. Les autres étaient murées, ou cadenassées. Les rues étaient désertes. La plupart des résidents étaient revenus, mais ils n'étaient guère d'humeur à faire du lèche-vitrines. Quant aux touristes, ils étaient partis et ne reviendraient pas avant des mois, voire des années.

Le mercredi, une autre entreprise lui posa un lapin. Bruce rentra chez lui, enfila un jean et alla souhaiter la bienvenue à Myra et Leigh. Elles étaient en plein nettoyage et déposaient les débris sur le trottoir. Dès son arrivée, elles s'assirent à l'ombre, se servirent un verre et jouèrent les cheffes de travaux. Bruce se retrouva à transporter les objets les plus lourds – moquettes moisies, piles de livres détrempés, et autres reliques. Il suait sang et eau tandis que les deux femmes se désaltéraient et parlaient des horreurs provoquées par Leo. Quand Bruce fut en nage, il demanda une pause et un verre.

Ils décidèrent de s'installer dans le salon pour profiter de la climatisation. Le son de la télévision était coupé. En passant devant l'écran, Myra se figea, comme si elle avait vu un fantôme.

— C'est pas vrai, bredouilla-t-elle.

Le Monsieur Météo montrait une masse blanche sur l'océan Atlantique. L'ouragan Oscar était à plusieurs jours au large, mais l'une de ses trajectoires possibles passait droit sur Camino.

— Je ne résisterai pas à un deuxième, renchérit Leigh.

Le lendemain matin, Oscar s'était un peu rapproché et avait gagné en puissance. Le danger s'était notablement rétréci, mais Camino restait une cible potentielle.

L'après-midi, Bruce se rendit à Jacksonville, prit un vol à destination d'Atlanta, et de là s'envola pour San Francisco.

9

Bruce patientait au Regency Bar du luxueux Fairmont Hotel quand Noelle arriva. Elle était partie depuis un mois, pour voir des amis en Suisse, et sa famille en France, et aussi pour fuir la fournaise de la Floride. Elle avait regardé, avec horreur, l'ouragan déferler sur Camino et à contrecœur elle avait suivi les conseils de Bruce : ne reviens pas. Cela ne sert à rien.

Elle avançait, gracieuse comme un top model. Bruce l'enlaça aussitôt et l'embrassa. Elle avait passé tout le mois avec son amant, Jean-Luc, mais cela n'avait aucune importance. Jean-Luc et Noelle se fréquentaient depuis des années, bien avant l'arrivée de Bruce dans la vie de Noelle, et leur nouvelle relation n'allait pas changer l'ancienne. Elle avait besoin des deux hommes, et pour eux deux, elle était leur soleil.

Ils commandèrent à boire et parlèrent de Nelson Kerr, un ami qui lui était très cher. Bruce lui raconta les circonstances de sa mort, la visite de Polly et tout le reste. Selon lui, et c'était aussi la conviction de Bob et de Nick, il s'agissait bel et bien d'un meurtre. Noelle fut stupéfaite. Bruce lui parla alors du dernier roman de Nelson et de la clé USB.

Ils n'avaient aucun secret l'un pour l'autre. Quand on était un couple libre, les cachotteries étaient inutiles. Ils se faisaient mutuellement confiance et se racontaient tout.

Elle jugea que c'était une bonne idée d'avoir choisi Mercer pour lire le manuscrit. Personne n'allait la soupçonner.

— Vous avez passé du temps ensemble, Mercer et toi ?

— Non, elle a un nouveau copain. Thomas. Et il était là. Tu l'apprécierais. Il est mignon.

— Je brûle d'impatience ! Alors, c'est quoi le programme ? Je t'écoute.

— Demain, on va aux funérailles puis on part dimanche matin pour une petite virée dans la Napa Valley. On déjeune avec Rodney sur les hauteurs. Il y a aussi un nouveau vigneron que je voudrais voir ; tu te souviens de ce cabernet qui nous avait époustouflés ?

— Bien sûr.

— Nous nous sommes écrit et on a sympathisé. J'ai promis de lui rendre visite. Alors on va remonter jusqu'à la Willamette Valley pour goûter ses nouveaux pinots. Ça te convient ?

— C'est parfait ! Et j'ai l'impression que tu es heureux d'être loin de Camino.

— C'est vrai, et je suis heureux que tu sois là. L'île est en ruine et elle va le rester un bon bout de temps. C'est plutôt déprimant. Il va falloir des années pour s'en remettre.

— On s'en sortira. Pauvre Nelson.

— Je sais. On va lui faire nos adieux demain.

V
LA PILULE MIRACLE

1

Deux autres tempêtes suivirent Oscar, toutes les deux effrayantes au début, mais qui finalement ne furent rien de plus que des pétards mouillés. Elles retombèrent au-dessus de l'Atlantique et obliquèrent au nord vers des lieux improbables pour les chasseurs de tempête. Quant à Oscar, il doucha copieusement les Bahamas avant de se désintégrer en simple dépression tropicale. Après son passage, les images satellites de la région étaient exemptes de tout nuage, une première depuis des semaines. La saison des ouragans était peut-être enfin terminée ?

Fin août, l'île bourdonnait à nouveau d'activité, une agitation toutefois différente que de coutume. À l'aube arrivaient des poids lourds pleins de marchandises et des véhicules des BTP, et non plus les employés des hôtels, et durant la journée, sur le pont, c'était un défilé ininterrompu de caravanes de la FEMA et d'engins de chantier. Dans l'autre sens, en direction du continent, des colonnes de camions-bennes emportaient débris et détritus vers les décharges.

La rentrée scolaire fut reportée de deux semaines, puis d'un mois. Une à une, les boutiques du centre-ville levèrent le rideau. Le samedi 31 août à midi, près de quatre semaines après le passage de Leo, Bay Books célébra sa réouverture par une fête qui dura jusqu'à la nuit, avec des clowns et des conteurs pour les enfants, du caviar et du champagne pour les parents, un orchestre de jazz, et le soir un barbecue improvisé sur le balcon du premier étage, avec musique bluegrass et deux fûts de bière pour l'ambiance.

Après vingt-trois ans d'activité, la librairie était devenue le cœur battant de Santa Rosa. Bruce ouvrait les portes tous les matins à 9 heures et offrait café et viennoiseries aux clients matinaux. Bay Books fermait à 22 heures, bien après les autres magasins du centre-ville. Et le dimanche matin, il y avait des gâteaux faits maison pour agrémenter la lecture des journaux en provenance de New York, Washington, Chicago et Philadelphie. Il était souvent difficile de trouver une place au coffee-shop à l'étage. Bay Books accueillait de nombreux auteurs, et chaque événement littéraire faisait salle comble. À l'étage, les rayons étaient montés sur roulettes, et poussés contre les murs pour faire de la place. La pièce pouvait alors contenir cent personnes assises. L'endroit servait principalement pour les lectures et dédicaces d'auteurs, mais aussi pour les réunions des cercles littéraires, les animations pour les enfants, les ateliers d'écriture, les expositions d'art et les petits concerts. Il y avait presque toujours quelque chose au coffee-shop de Bay Books.

La réouverture de la librairie, avec ses vieux tapis, ses étagères croulantes, ses piles de livres dans tous les recoins, donnait du baume au cœur aux habitués. « Bay » avait survécu au cataclysme. La vie normale allait donc reprendre son cours. Le pire était passé.

2

L'enquête avançait avec une lenteur d'escargot, comme tout le monde s'y attendait. Après plusieurs tentatives, Bruce réussit à avoir le capitaine Butler au téléphone. Il apprit peu de chose. Il y avait beaucoup d'empreintes à comparer et l'analyse suivait son cours sans découverte notable pour l'instant. Le Hilton avait finalement annoncé qu'ils n'avaient eu aucune Ingrid Murphy comme cliente avant la tempête. Personne de ce nom, d'ailleurs, n'était jamais descendu dans aucun Hilton du pays. Les enregistrements des caméras de surveillance étaient sans doute perdus ou détruits, mais la direction continuait à chercher. Hormis cela, Butler n'avait rien d'autre à annoncer, du moins à Bruce. Il laissait entendre qu'il en savait plus, et comme toujours, son petit air mystérieux sonnait faux. Bruce et Polly se parlaient régulièrement au téléphone. De son côté, Polly n'avait aucune nouvelle des autorités et cette absence totale de communication l'agaçait.

Bruce eut en ligne Carl Logan, le chef de la police de Camino. Il était visiblement passé à autre chose. Comme c'était prévisible, des frictions étaient vite apparues entre les flics locaux et ceux de la Floride. Puisque la police d'État avait pris les rênes de l'enquête, Logan se retrouvait *de facto* hors jeu. Et cela semblait parfaitement lui convenir. De plus, il devait gérer ses équipes dans un QG de fortune et était passablement sur les nerfs. Lors de son deuxième appel, Logan lui rétorqua :

— Laissez tomber, Bruce. L'enquête n'aboutira à rien.

— Mais Carl, vous pensez comme nous qu'il s'agit d'un meurtre, n'est-ce pas ?

— Peu importe ce que je pense ou pas. Si c'est un crime, il ne sera jamais élucidé, en tout cas pas par Butler.

« Si c'est un crime »... après coup, ces paroles tournèrent en boucle dans sa tête. Bruce ruminait beaucoup depuis que ses deux acolytes avaient quitté l'île. Bob était au bord d'un lac, dans le Maine, attendant que les feuilles virent au jaune, et Nick était rentré à Wake Forest draguer les filles avant de partir étudier à Venise.

3

Mercer et Thomas étaient arrivés sur l'île la veille de la réouverture de Bay Books, impatients de voir dans quel état était le bungalow. Larry les avait accueillis et leur avait fait l'inventaire des dégâts qui étaient somme toute légers. Refaire le toit serait une bonne idée, mais cela n'avait rien d'urgent. Il pouvait tenir encore un an ou deux. Larry avait déjà changé les gouttières, et contacté une entreprise pour remonter le ponton sur la plage. Finalement, la maison avait bien résisté. Un kilomètre plus au nord, une bâtisse de trois étages s'était effondrée et allait être rasée.

Un touriste avait été tué là-bas, l'une des onze victimes, le bilan définitif après le passage de Leo. Mercer et Thomas étaient encore sous le choc. Tant de morts. Camino était un lieu de villégiature, une destination touristique, un coin de paradis pour passer sa retraite. Une mort violente et soudaine n'y avait pas sa place. En même temps, Tessa avait bien péri dans une tempête, un kilomètre plus bas sur la plage.

À la demande de Bruce, Mercer passa le lendemain à Bay Books pour signer des livres pendant la fête. La veille, après l'inspection du bungalow, elle avait déjeuné en ville avec Thomas et s'était promenée dans les rues de Santa Rosa, comme au bon vieux temps avant l'ouragan.

4

Le brunch du dimanche se fit en terrasse. Noelle se chargeait du service tout en racontant ses excursions et ses trouvailles dans le sud de la France. Le temps était couvert mais la canicule était partie, du moins pour quelques jours. C'était le 1er septembre ; quatre semaines plus tôt, ils étaient tous rassemblés ici pour fêter le retour de Mercer et le succès de son magnifique roman. Ce soir-là, Nelson était en vie, et Leo, une simple menace au loin.

La bande n'était pas invitée ce matin, parce qu'il leur fallait aborder un sujet sensible. Ils s'installèrent tous les quatre autour d'une table ronde en verre que Noelle avait chinée dans le Vaucluse, et mangèrent des gaufres au chocolat et des saucisses en trinquant à la réouverture de la librairie et au retour à la vie normale.

Quant au roman de Nelson, Bruce avait été très clair : aucune trace écrite. La fiche de lecture serait donnée oralement.

— Il fait cinq cents pages, commença Mercer, cent vingt mille mots, avec des passages carrément indigestes. Je ne sais pas trop comment le classer. Thriller ? Mystère ? Science-fiction ? En tout cas, ce n'est pas ma tasse de thé.

— C'est davantage un livre pour moi, intervint Thomas, visiblement plus enthousiaste que Mercer. Je vous résume l'intrigue : une société véreuse, dirigée par des gens tout aussi véreux, gère des maisons de retraite bas de gamme aux quatre coins du pays. Ils en ont en gros trois cents – et on est à mille lieues des havres de paix qu'on voit dans les pubs. Ce sont des endroits déprimants, des mouroirs où on se débarrasse des vieux.

— Je vois très bien, il y en a deux comme ça sur l'île, répondit Bruce.

— Plus deux autres qui, eux, sont des établissements parfaitement charmants, ajouta Noelle. On est quand même en Floride !

— Il y en a plus de quinze mille de ce genre dans le pays : établissements pour personnes dépendantes, résidences pour seniors, maisons de repos, peu importe le nom. Au total, un million de lits, et tous occupés, parce que la demande ne cesse d'augmenter. Beaucoup de ces patients souffrent de démence, à différents stades, et certains sont complètement coupés du monde. La démence sénile, vous connaissez ?

— Pas encore ! railla Bruce.

Noelle secoua la tête, n'appréciant guère la plaisanterie.

— Bref, poursuivit Thomas, j'ai une tante qui est entrée en maison de retraite il y a dix ans et qui est toujours en vie, enfin, disons qu'elle respire. Elle est coincée sur un lit avec une sonde gastrique pour la nourrir. Elle ne sait pas quel jour on est et n'a pas articulé un mot depuis cinq ans. Il y a plusieurs années, on a voulu la débrancher, mais la loi refuse au citoyen le droit de mourir. Ma tante est l'une des cinq cent mille personnes atteintes d'Alzheimer qu'on abandonne dans ces mouroirs. Les soins ne sont pas toujours bons, mais systématiquement onéreux. En moyenne, une maison de retraite demande par mois à la sécurité sociale trois ou quatre mille dollars pour s'occuper d'un résident. Alors que les frais réels – quelques médocs, un lit et du sirop de glucose –, ça coûte quasiment rien. Le business est donc hyper-rentable. Six millions d'Américains souffrent de la maladie d'Alzheimer et leur nombre ne fait qu'augmenter. Il n'y a aucun remède en vue, malgré les millions dépensés en recherche. Dans le roman de Nelson, la société pourrie fait son beurre en anticipant la hausse de la demande.

— C'est la pure réalité, lâcha Mercer.

— Nelson a écrit un roman sur les maisons de retraite ? s'étonna Bruce.

— Attendez la suite, poursuivit Thomas. Comme vous le savez, c'est une maladie terrible, dégénérative, et personne ne peut savoir à quelle vitesse le patient va dépérir et mourir. Ça dure d'ordinaire plusieurs années. Pour ma tante, comme je l'ai dit, cela fait dix ans que ça traîne. Mais une fois que les personnes sont devenues des corps inertes, branchés à des tubes, elles peuvent survivre longtemps. À trois mille dollars le mois. Les gérants de ces établissements ont tout intérêt à maintenir les vieux en vie, même s'ils ne sont plus que des légumes. Tant que leur cœur bat, l'argent tombe. C'est une affaire juteuse. L'année dernière, Alzheimer a coûté à l'État fédéral près de trois cents milliards de dollars.

— C'est quoi l'intrigue au juste ? s'enquit Bruce.

— On y arrive, répondit Mercer. C'est une sorte de thriller juridique avec des personnages féminins qui, à mon avis, laissent grandement à désirer.

— Hé, ce n'est pas moi l'auteur ! s'exclama Thomas en riant. Je suis juste le rapporteur. Bref, le protagoniste est un avocat d'affaires d'une quarantaine d'années, dont la mère a la maladie d'Alzheimer. Il est contraint de la placer dans un établissement où son état empire inéluctablement. Très vite, elle n'est plus qu'un corps amorphe. La famille se déchire quant à savoir si on doit la débrancher ou pas. A-t-on droit de vie ou de mort sur son prochain, et ce genre de choses…

— Ça n'en finit pas, confirma Mercer. Ils en discutent jusqu'à plus soif ! Si vous voulez mon opinion, cette partie plombe tout.

— C'est parce que tu écris du « populaire chic », intervint Bruce. Du pur snobisme.

— Toi, tout ce que tu veux, c'est vendre des livres.

— Quel mal y a-t-il à ça ?

— Vous n'allez pas recommencer ! lança Thomas. Donc, la mère de l'avocat ne pèse plus que quarante kilos, mais son cœur continue de battre. Encore et encore. Il descend jusqu'à trente pulsations par minute. L'avocat surveille ça de près, quand, contre toute attente, le rythme cardiaque se met à remonter, lentement mais sûrement. Trente-deux pulsations par minute, puis trente-cinq. Quand il atteint quarante et se stabilise, le gars commence à poser des questions aux médecins. On lui répond que ce genre de regain est inhabituel mais pas impossible. Sa mère reste totalement inerte et son état général ne s'améliore pas, mais elle ne meurt pas parce que son cœur continue à pomper. Mois après mois, son rythme cardiaque fluctue entre quarante et cinquante, et cette pauvre femme s'accroche.

Thomas marqua une pause pour croquer un morceau de saucisse et boire une gorgée de café. Bruce mangea aussi mais ne le laissa pas respirer.

— Et en toile de fond ? Il y a quoi ?

— Un médicament que personne ne connaît. Le Daxapène. Bien sûr, c'est totalement inventé. Il s'agit d'un roman.

— Ça va sans dire, répondit Bruce.

— Le Daxapène n'est pas en vente. Le produit est déposé, il a un nom et un numéro de registre, mais il n'a jamais eu l'agrément des autorités de santé. Il n'est ni légal, ni réellement illégal. Ce n'est pas une drogue non plus ; ni un stimulant, ni un barbiturique. Rien de tout ça. Il a été découvert par accident dans un laboratoire chinois il y a vingt ans et on ne le trouve qu'au marché noir.

Thomas mordit à nouveau dans sa saucisse. Bruce attendit, puis demanda :

— Et à quoi sert ce Daxapène ?

— Il rallonge la vie, fait battre le cœur.

— Pourquoi il est interdit, alors ? Moi, j'en achèterais bien un stock !

— Le marché est plutôt restreint. Les scientifiques ne savent pas trop comment ça fonctionne, hormis que ça stimule le bulbe rachidien, cette partie du cerveau qui régule les battements cardiaques. Et le Daxapène n'a d'effet qu'avec les patients qui sont en état de mort cérébrale.

Il y eut un silence, pendant que tout le monde grignotait.

— Si je comprends bien, résuma finalement Noelle, ça marche quand il n'y a quasiment plus d'activité dans le cerveau, mais qu'il en reste juste assez pour faire battre le cœur ?

— Exactement, confirma Mercer.

— Et il y a des effets secondaires ? s'enquit Bruce.

— Les personnes deviennent aveugles et vomissent, mais encore une fois cette molécule a été découverte accidentellement en Chine. Il n'y a pas eu de véritables essais cliniques puisque le produit n'a d'effet que sur des patients atteints de démence avancée. À quoi bon se casser la tête ?

Bruce esquissa un sourire.

— Donc cette société véreuse achète du Daxapène à ce labo chinois, l'injecte chez ses résidents moribonds et les maintient ainsi en vie pendant quelques mois pour continuer à toucher les chèques de la sécu.

— Évidemment, il faut aimer la fiction.

— C'est mon cas. Et dans le roman, quelles sommes ça représente, cette affaire ?

— La société possède trois cents établissements, pour un total de quarante-cinq mille lits, dont dix mille sont occupés par des patients Alzheimer. Et tous ont droit à leur Daxapène le matin, soit dans leur sonde gastrique, soit dans leur jus d'orange. Le médicament est présenté comme une vitamine ou un complément alimentaire. Tous les résidents avalent un tas de pilules chaque jour, une de plus ou de moins, ça ne change pas grand-chose.

— L'équipe médicale est au courant ? s'enquit Noelle.

— Pas dans le roman. Le credo dans l'histoire, c'est : « Dans le doute, donne-leur une pilule de plus. »

— Revenons à l'argent, lança Bruce.

— C'est assez flou, parce que tous meurent finalement. Un patient peut tenir six mois avec le Daxapène. Pour un autre, ça peut durer deux ans. Dans le roman de Nelson, la moyenne, c'est douze mois. En gros, ça fait quarante mille dollars de plus par patient. Et quand il multiplie ça par le nombre de morts global par an, ça donne deux cents millions extorqués à la sécu.

— On connaît le chiffre d'affaires annuel de cette société ?

— Environ trois milliards.

— Si ce médicament prolonge la vie, intervint Noelle, en quoi est-ce illégal ?

— Encore une fois, dans le roman, répondit Mercer, les méchants prétendent qu'il n'y a rien d'illicite. Mais les gentils crient à l'escroquerie.

— Et l'intrigue ? intervint Bruce. À supposer qu'il y en ait une.

— L'intrigue ? répéta Thomas avec un petit rire. Eh bien, l'avocat a une révélation comme Paul sur le chemin de Damas, il dit adieu à sa belle carrière et attaque la société, l'accusant de maintenir artificiellement sa pauvre mère en vie. Après avoir manqué de se faire tuer à plusieurs reprises, il a finalement gain de cause et la société véreuse est lourdement condamnée par la justice.

— Classique, quoi, dit Bruce.

— C'était couru d'avance ! renchérit Mercer. Je l'ai vu venir dès la moitié du bouquin. Ne me dis pas que les livres de Nelson se vendent ?

— Si, je t'assure. Il a du talent mais il est un peu paresseux, je le concède. Et je ne crois pas qu'il écrive pour le public féminin.

— Qui représente plus de la moitié du lectorat !

— Soixante pour cent pour être exact.

— Alors, je vais garder les filles. Et ne me dis pas que j'écris juste pour elles !

— Je n'ai jamais dit ça.

Noelle les interrompit.

— C'est bon. Revenons au livre. Et Nelson aurait été tué à cause de ce roman ? Ça paraît quand même tiré par les cheveux.

— J'ai fait des recherches ces deux dernières semaines, expliqua Thomas, et je n'ai rien trouvé qui puisse avoir un lien, de près ou de loin, avec cette histoire. Les chiffres de Nelson sont exacts en ce qui concerne les patients atteints d'Alzheimer, les maisons de retraite, et les sommes d'argent en jeu, mais rien sur une pilule miracle de ce genre. Ici, c'est de la pure invention.

— Alors qui l'a assassiné ? insista Noelle.

Pendant un long moment, chacun mangea en silence.

— Nous sommes sûrs qu'il s'agit d'un meurtre ? demanda finalement Mercer. Alors que la police croit à l'accident ?

Tous les regards se tournèrent vers Bruce. Il acquiesça doucement, avec un sourire fataliste. Cela ne faisait aucun doute pour lui.

— Je suis aussi de cet avis, déclara Thomas. Mais je ne vois pas en quoi ce livre peut être une piste. Son premier roman, *Le Cygne noir*, parlait des trafics d'armes, et était bien meilleur, soit dit en passant. Son second, *Lavage à blanc*, racontait les turpitudes d'un cabinet d'avocats de Wall Street qui blanchissait des narcodollars pour le compte de dictateurs en Amérique latine. Son troisième, *L'Eau lourde*, traitait de la mafia russe qui vendait des armes nucléaires en pièces détachées. Avec ces trois livres, Nelson risquait bien plus de se faire des ennemis, non ?

— Mais il ne dénonçait personne, autant que je me souvienne, précisa Bruce.

— Nelson, par le passé, aurait-il côtoyé des gens de l'industrie pharmaceutique ? s'enquit Noelle.

Bruce secoua la tête.

— Pas que je sache. Ses clients étaient des entreprises high-tech qui vendaient des logiciels à l'étranger.

— Comment le roman se termine-t-il ? demanda Noelle.

— Le Daxapène disparaît de la circulation et les vieux recommencent à mourir.

— Tu parles d'un happy end !

— Exactement ! renchérit Mercer. Dans ce bouquin, je n'ai aimé ni le début, ni la fin, et rien entre les deux !

— Et maintenant, qu'est-ce qu'il va devenir, ce livre ? insista Noelle.

— Je suis sûr que la famille de Nelson va vouloir le sortir, répondit Bruce. Ça vaut quelque chose sur le marché. Nelson avait beaucoup de fans. Et mourir jeune, c'est toujours bon pour les ventes.

— Je retiens le conseil ! railla Mercer.

Bruce lâcha un petit rire et proposa une nouvelle tournée de café.

— Il doit y avoir pas mal de brebis galeuses dans le monde de la gériatrie. Il suffit de voir tous les avocats qui courent après les affaires dans ce milieu. Ils font de la pub partout.

— Sans compter que les victimes sont sans défense, confirma Noelle.

— Il y a huit grands acteurs dans le domaine, répondit Thomas. Et ils contrôlent quatre-vingts pour cent des lits. Six organismes publics, et deux privés. Certains font du bon boulot, d'autres ont toujours des soucis avec l'inspection sanitaire ou les tribunaux. Les procès dans ce genre d'affaires sont très lucratifs, en particulier en Floride. Ici, il y a plein de vieux, et plein d'avocats avides. J'ai trouvé un tas de blogs où on parle de cas sordides et de mauvais traitements. Il existe même une revue spécialisée sur le sujet en Californie, un trimestriel, *Maltraitance des seniors*. Mais, comme je l'ai dit, le secteur est si rentable qu'une myriade de sociétés veut une part du gâteau. Et les coûts pour le gouvernement promettent d'être stratosphériques.

— C'est rassurant, lâcha Noelle.

— Ne t'inquiète pas, ma chérie, répliqua Bruce. Tu n'auras pas à me placer dans ce genre d'institutions.

Comme je le dis toujours, quand viendra l'heure des couches, ce sera le moment de tirer ma révérence.

— On peut parler d'autre chose ? s'enquit Mercer.

5

Nick prétendait se trouver à la bibliothèque mais il y avait de la musique en arrière-plan. Après avoir juré de garder le secret, il écouta attentivement Bruce lui résumer le roman de Nelson. Le jeune homme venait juste de relire ses trois derniers ouvrages et doutait fortement qu'ils puissent être la cause de sa mort.

— Nelson ne connaissait rien au monde de la gériatrie, fit-il remarquer.

— Je suis d'accord.

— C'est donc que quelqu'un l'a renseigné, un lanceur d'alerte qui est venu le trouver, sans doute un fan qui aimait ses bouquins.

Un informateur ? Encore une fois, Nick avait une longueur d'avance.

— Vas-y. Je t'écoute.

— Il n'y a rien de chaud dans ses trois premiers romans. La clé est forcément dans le quatrième. Et puisque c'est un sujet qu'il ne connaît pas, quelqu'un d'autre lui a donné le tuyau. Une taupe. Et c'est ce gars-là qu'il faut trouver.

Nick n'avait que vingt et un ans. Même s'il était intelligent et cultivé, il restait un gamin.

— Et comment tu comptes lui mettre la main dessus ?

— C'est lui qui va prendre contact avec toi. Nelson lui a sûrement promis quelque chose, une part du gâteau, ou une avance et le reste plus tard. Si tu avais un super scoop à filer, un truc qui allait faire vraiment du bruit, tu ne voudrais pas palper un peu ?

— Pourquoi n'est-il pas allé trouver le FBI plutôt que Nelson ?

— Je ne sais pas. Nelson s'est fait avoir par les fédéraux, non ?

— Il dit qu'ils lui ont filé cinq millions. Il voulait plus, mais il s'en est contenté.

— Et il s'est senti floué, n'est-ce pas ? Sans compter que les impôts sont passés derrière.

— C'est vrai.

— Peut-être que cette taupe avait de bonnes raisons d'éviter tout ce qui a un badge de flic, mais qu'elle voulait révéler son histoire et être payée. Elle a passé un accord avec Nelson, seulement Nelson a été mis hors jeu. Alors elle va sans doute venir rôder, dans l'espoir de récupérer son argent.

— Mais il n'y a pas d'argent. Le livre n'a pas encore été acheté par un éditeur.

— Peut-être qu'il ignore ce détail ? Tu crois que le livre va être publié ?

— C'est très probable. Même si, selon mes lecteurs clandestins, il n'est pas très bon.

— Je les connais, ces lecteurs ?

— Je ne peux pas te le dire.

— Et moi ? Pourquoi je peux pas le lire, ce livre ?

— Parce que tu pars à Venise pour tes études.

— Passe-le-moi, je suis sûr de trouver la solution.

— J'y réfléchirai. Quand pars-tu ?

— La semaine prochaine. Les flics connaissent l'existence de ce roman ?

— Je ne sais pas. Ils ont récupéré l'ordinateur, mais connaissant Nelson, ils ne sont pas près d'entrer dedans.

— Ne me dis pas qu'ils font rien.

— À ton avis ?

— C'est moche. J'ai vu sur Internet que tu as rouvert la librairie. Bravo. L'endroit me manque déjà.

— Oui, on a rouvert, mais on ne vend rien. Les locaux n'ont pas la tête à lire en ce moment, quant aux touristes, ils se sont tous fait la malle.

— Désolé, patron. Je t'enverrai une carte postale de Venise.

— On viendra peut-être. Je n'ai jamais vu ces fameux canaux.

— Bonne idée. Passez donc me voir. Ça me fera plaisir.

— D'accord.

Deux heures plus tard, alors que Bruce et Noelle buvaient un verre de vin sur la terrasse, Nick rappela.

— Qu'est-ce qu'il y a ? demanda Bruce.

— J'ai réfléchi à ce qu'on s'est dit. Il ne faut pas compter sur la police de la Floride, on est bien d'accord ?

— Exact.

— Alors il faut aller trouver le FBI. Les meurtres commandités, c'est du ressort des autorités fédérales. Un écrivain connu a été tué par une tueuse à gages. Le FBI ne va pas passer à côté.

— Te voilà avocat, maintenant ?

— Non, mais un de mes colocs est en fac de droit.

— Et il a ses entrées au palais de justice ?

— Ça m'étonnerait. Enfin, c'est un gars super.

— Je n'en doute pas. Il se trouve, toutefois, que j'ai déjeuné avec mon avocat la semaine dernière et lui, c'est un pro, une pointure – du moins quand il n'a pas bu. Il dit qu'il faut y aller doucement parce que c'est toujours chaud entre flics locaux et fédéraux. Une étincelle suffit à mettre le feu aux poudres et ça peut vite dégénérer. Il conseille d'attendre quelques semaines, de voir où mène l'enquête. Heureusement, toi, tu seras à l'étranger et tu auras d'autres chats à fouetter.

— Certes. Mais si j'ai appelé, c'est pour une autre raison. Comme tu le sais, je me creuse pas mal les méninges sur cette histoire, j'ai fait un paquet de recherches. Et sur Internet, je suis tombé sur l'interview d'un gars, un superflic à la retraite qui a passé quarante ans à enquêter sur un tas de crimes, des trucs qui ont défrayé la chronique. Il est spécialisé dans les meurtres. C'est un ancien du FBI et tout le tralala. Et il laisse entendre qu'il a travaillé pour une sorte de cabinet occulte qui ne s'occupe que d'affaires non résolues par les flics. Alors j'ai fouiné et j'ai trouvé la boîte en question. Je voulais que tu le saches, au cas où.

— Au cas où ? Nelson n'était pas de ma famille.

— Je sais, je sais. Seulement, je te connais. Tu es prêt à payer pour savoir qui a tué Nelson. Tu es comme ça, Bruce. Tu te soucies des autres.

— D'accord. Et toi, tu n'es pas censé étudier ?

— Pas encore. Et je ne compte pas ouvrir un livre pour le moment. Du moins pas un livre de classe. Je t'en prie, passe-moi le manuscrit de Nelson.

— Je vais y réfléchir. Tu maîtrises l'italien ?

— Je sais dire *pizza* et *birra*.

— Alors tu es sauvé.

6

Après une semaine sur l'île, Mercer était impatiente de partir. Le bungalow était debout et Larry gérait les réparations. Sans les touristes, la plage était déserte. D'ordinaire, elle aurait apprécié cette tranquillité, mais là elle trouvait ça sinistre. Les amateurs de soleil et de farniente étaient partis parce que l'île était un champ de ruines et qu'il faudrait des mois, voire des années, avant que la côte retrouve son visage d'autrefois. Tout lui manquait : les rires des enfants jouant sur le sable ou dans les vagues, les « Bonjour » des gens qu'elle croisait, et même les chiens qui tiraient sur leur laisse pour venir la renifler. La tempête avait déréglé le cycle de ponte des tortues, et durant ses longues marches sur le rivage elle n'avait vu aucune trace laissée par ces animaux. En revanche, elle trouvait des myriades de débris. Nettoyer la plage s'annonçait un travail de fourmi. Au nord, tout était détruit – maisons, appartements, motels. La plupart des habitants n'étaient pas assurés, ou très mal, contre les catastrophes naturelles et n'avaient pas les moyens de réparer les dégâts ni de reconstruire.

Mercer comptait revenir dans six mois. Les choses se seraient peut-être arrangées ? Ou dans un an.

Avec Thomas, ils organisèrent un petit dîner d'adieux au bungalow, en compagnie de Bruce, Noelle, Myra et Leigh. Bob Cobb était toujours dans le nord du pays en quête d'air frais. Jay Arklerood, le poète maudit, ne répondait pas au téléphone. Amy était trop occupée par sa marmaille. L'été était fini et la bande disséminée. Et inquiète aussi, ne sachant si la vie ici pourrait reprendre son cours normal. La librairie Bay Books était déserte. Du jamais-vu !

Quand Mercer chargea la voiture le lendemain matin, elle était heureuse de quitter l'île. Elle avait ses cours à donner à Ole Miss, un nouveau roman à commencer, et Thomas en avait assez de la plage. Ils étaient soulagés, délivrés d'un poids, parce qu'ici ce n'était pas chez eux. Lors de leur prochaine visite, le passage de Leo serait peut-être effacé et Camino redevenue un paradis sur terre.

7

Un mois après avoir enterré son frère, Polly McCann revint sur l'île pour assumer son rôle d'exécutrice testamentaire. Comme Bruce s'ennuyait ferme dans sa librairie vide, il alla la chercher à l'aéroport et l'emmena au laboratoire de la police criminelle à Jacksonville.

Wesley Butler avait accepté d'interrompre ses affaires urgentes et de leur accorder une demi-heure. Il avait vu bien trop large. Même en comptant le temps de servir du café dans des gobelets en carton, la rencontre ne dura pas plus de dix minutes.

Butler déclara que l'enquête avançait bien, sans entrer toutefois dans les détails, et ne leur annonça rien de nouveau. Comme c'était prévisible, ils avaient identifié dans la maison les empreintes de Bruce, Nick, Bob Cobb, et de Nelson. Ils en avaient également trouvé deux autres, celles-ci inconnues. L'une appartenait sans doute à Maria Peña, la femme de ménage qui venait tous les mercredis après-midi. Les flics tentaient de la convaincre de leur montrer ses empreintes, mais elle était sans-papiers et refusait catégoriquement. Quant à Ingrid Murphy ou quelque blonde correspondant à son signalement : rien. Les enregistrements des caméras de surveillance du Hilton avaient disparu. Ils épluchaient les fichiers des agences de location du secteur, mais c'était comme chercher une aiguille dans une botte de foin. Le disque dur de Nelson se révélait impénétrable. Son système de cryptage donnait des migraines à ses experts.

Pas une fois Butler ne demanda à Polly si elle savait quelque chose sur le roman qu'écrivait Nelson. La conversation ne portait que sur lui et ses efforts – qui étaient vains et boiteux. De retour dans la voiture, Bruce et Polly étaient certains que la police allait clore le dossier, préférant déclarer Nelson mort accidentellement plutôt que de reconnaître qu'ils avaient sur les bras un meurtre qu'ils n'élucideraient jamais.

— J'ai eu le résumé du roman, annonça Bruce.

— Par Mercer Mann ?

— Exact.

— Elle m'a renvoyé la clé. Je vous écoute.

8

Ils déjeunèrent au Blue Fish, le restaurant de fruits de mer préféré de Bruce à Jacksonville. Et comme il était tôt, ils purent avoir une table tranquille dans un coin de la salle. La serveuse apporta à Polly une infusion et à Bruce un verre de vin blanc, suivis d'une salade de crabe pour lui et d'un sashimi de thon pour elle.

— La maison est estimée à neuf cent mille dollars, déclara-t-elle. Et il n'y a pas d'hypothèque dessus. Je suis tentée de la vendre, je n'ai pas le temps de gérer une location.

— Je comprends. Ça peut prendre un an ou deux, pour que le marché se rétablisse.

— Il n'y a pas d'autres biens. Mais il y a huit cent mille à la banque – certificats de dépôts, bons du Trésor, compte épargne. Dans son testament, Nelson laisse cent mille dollars sur un fonds pour chacun de mes enfants, ses seuls neveux. C'est une belle surprise, parce qu'il ne m'en a jamais parlé.

— Qui touche le reste ?

— Moi, maman et papa, un tiers chacun. Et puisque ses biens ne dépassent pas trois millions, il n'y aura pas de frais de succession. Toutefois, il reste un point délicat, un élément qui peut poser problème. Avec Nelson, jamais rien n'est simple.

— Il a caché de l'argent, c'est ça ?

— Comment vous le savez ?

— C'est un thème récurrent dans ses livres. Il y a toujours quelqu'un qui dissimule des fonds dans des comptes à l'étranger. Dans son autre vie, il était avocat d'affaires. Il connaît les rouages. Et son ex n'est pas au courant ?

— Apparemment pas. Quand il a touché la récompense pour ses informations, il a acheté pour cent mille dollars d'actions d'une nouvelle entreprise high-tech de la Silicon Valley, et ce, par l'entremise d'une société-écran établie à Singapour. Sa femme et ses avocats n'y ont vu que du feu.

— Et vous ? Comment vous avez appris l'existence de cet argent ?

— Il y a deux ans, Nelson l'a dit à mon père. J'ai passé à la loupe les papiers du divorce et cette somme n'est mentionnée nulle part.

— Il y a combien ?

— Huit millions.

— Beau retour sur investissement !

— Miraculeux, même ! Maintenant, la question, c'est : que faire ?

— Il vous faut un avocat.

— J'en ai pris un ici, à Jacksonville. Il pense que nous devrions négocier avec son ex-femme. Qui est une personne parfaitement déplaisante. Elle a déjà divorcé de son deuxième mari, et vit avec le numéro trois.

— Même déclaré, il va rester quand même un beau pactole.

— L'intégralité. C'est légalement net d'impôt.

— Magnifique. Il faut fêter ça !

— Sans doute, répondit-elle doucement alors que leurs plats arrivaient.

— Pardon, s'excusa Bruce. C'est complètement déplacé. Il n'y a pas de quoi se réjouir.

Elle esquissa un sourire et détourna la tête. Elle but une gorgée de tisane.

— Ce n'est pas juste. Cet argent a été investi il y a onze ans et Sally, son ex, n'a rien à voir dans cette opération. Elle n'en a jamais eu connaissance. Nelson a eu le flair de miser au bon moment au bon endroit, et de ne rien lui dire. Autrement, elle aurait mis la main dessus. Financièrement, elle a été la grande gagnante dans ce divorce et aujourd'hui, je suis censée contacter cette harpie et lui annoncer qu'elle va toucher encore quelques millions de plus !

— À votre place, je ne ferais pas ça, déclara Bruce. Je laisserais l'argent où il est et ne dirais rien. Soldez la succession, tournez la page, et laissez passer du temps.

— Vous êtes sérieux ?

— Absolument. Je sais quelques petits trucs sur les comptes offshores.

— Je suis tout ouïe.

Il but une longue gorgée de vin blanc, jeta un regard autour de lui. Pour l'instant, la salle était quasiment déserte.

— Il se trouve que, de temps en temps, je m'occupe du commerce de livres rares ou de manuscrits anciens. Parfois, il arrive que l'origine ne soit pas très claire et que le vendeur préfère la discrétion d'une transaction offshore.

— C'est légal ?

— Disons qu'on est dans la zone grise. Il est évidemment illégal de voler un livre de collection, ou n'importe quel livre d'une manière générale, et je n'ai jamais fait ça, au grand jamais. Mais il est impossible, quand on a une première édition entre les mains, d'être certain qu'elle n'a pas été volée. Je ne pose jamais la question au vendeur ou à son représentant, parce qu'invariablement il va me répondre « non ». Parfois, quand les doutes sont trop grands, je me retire. Les vols sont légion dans ce milieu et je suis toujours très prudent.

— Ça a l'air passionnant.

— C'est pour ça que je le fais. J'aime mon métier de libraire. Bay Books occupe mes journées et me permet de payer les factures courantes. En revanche, les vrais profits, c'est dans le négoce de livres anciens.

Elle coupa un morceau de thon et se contenta de jouer avec, de la pointe de sa fourchette. Bruce attaqua sa salade et commanda un autre verre de vin.

— C'est vraiment intrigant, dit-elle. Vous pouvez me donner un exemple personnel ?

Bruce lâcha un rire.

— Prenons plutôt un cas d'école, purement théorique. Supposons qu'un de mes amis, marchand d'art à Philadelphie, me contacte pour me dire qu'il a un client qui s'occupe de la succession de ses parents. Son vieux collectionnait les livres rares et le fils en question a mis la main sur quelques exemplaires de valeur. Les livres anciens, c'est comme les bijoux. C'est petit, facilement transportable et parfois sans factures. On peut alors les faire disparaître de l'héritage. Disons que le client a une édition originale d'*Ulysse* de Joyce, et qu'elle est dans un état exceptionnel, avec sa jaquette intacte. Il va m'envoyer des photos de l'ouvrage. Dans une salle de ventes aux enchères, ça pourrait se vendre un demi-million de dollars, mais ces événements attirent bien trop l'attention. Or, le client veut justement se faire discret. Nous allons alors négocier et nous mettre d'accord sur un prix. Disons trois cent mille. Je vais ensuite rencontrer mon ami marchand quelque part dans les Caraïbes où il aura apporté le livre. Je transférerai l'argent sur un compte dans une banque du coin, et tout le monde sera content.

— Et ensuite ? Que deviendra cet exemplaire ?

— Dans notre exemple, purement hypothétique, il restera au coffre dans une autre banque. Je l'y laisserai un an ou deux, et tâterai le terrain pour trouver des acheteurs éventuels. Le temps joue toujours en notre faveur. Les mémoires s'effacent. Les flics se lassent.

— C'est carrément du trafic clandestin, dit-elle en mordant un petit bout de son poisson cru.

— Allez savoir ? Le client a peut-être déclaré le livre dans l'héritage. Comment voulez-vous que je le sache ?

Elle avala un autre morceau, but une gorgée de son infusion et sembla soudain se désintéresser du sujet.

— À ma place, donc, vous ne déclareriez pas cet argent dans la succession de Nelson ?

— Pour tout dire, je n'en sais trop rien. Qui est au courant ?

— Juste moi et papa.

— Et il est en mauvaise santé, c'est ça ?

— Très mauvaise. Il ne passera pas l'année.

Bruce but son vin et observa les quatre types qui venaient de s'asseoir à la table à côté d'eux, des gars en costume, visiblement des commerciaux. Il baissa la voix d'une octave ou deux et murmura :

— À votre place, je laisserais cet argent où il est, mais c'est vrai que je suis prêt à prendre plus de risques que la plupart des gens.

Elle mangea en silence un troisième morceau, avala une autre gorgée de son breuvage.

— C'est trop pour moi, Bruce. Je n'ai rien demandé !

— Comme la plupart des exécuteurs testamentaires. Et tout ça, pour une rétribution de misère !

— Vous ne voulez pas vous en occuper ? Vous êtes sur place, tout près des tribunaux, des avocats, de sa maison. Et vous vous y connaissez.

— En quoi ? En compte offshore ? En tueurs à gages ? Sans façon, Polly. Je veux bien aider, mais si Nelson vous a choisie, ce n'est pas par hasard. Et les avocats se chargeront du gros du boulot. Hormis cet argent caché, le reste est tout simple.

— Rien n'est simple. Et surtout pas sa mort.

— Vous allez vous en sortir, j'en suis certain.

— C'est tentant de faire comme les flics, vous savez : clore le dossier. Pourquoi s'angoisser pour une affaire non résolue ? Nelson est mort. C'est comme ça. À quoi bon savoir comment c'est arrivé. Quelle importance ?

— Bien sûr que c'est important.

— Pourquoi ?

— Parce qu'il a été assassiné, Polly. Nous ne pouvons pas tirer un trait dessus et passer à autre chose.

— Comment ça, « nous » ?

— Oui, « nous ». Tous ceux qui connaissaient Nelson, sa famille, ses amis. Quelqu'un a été payé pour tuer votre frère – une femme, une pro. Vous n'allez pas me laisser croire que vous allez rentrer sur la côte ouest et continuer comme si de rien n'était ?

— Qu'est-ce que je peux faire d'autre ?

— Je ne sais pas encore. Pour l'instant, attendons de voir ce que décide la police, si elle mène l'enquête jusqu'au bout, ou jette l'éponge. Après quoi, nous déjeunerons à nouveau ensemble et nous prendrons une décision.

9

À la fin septembre, Bruce avait fait les comptes, et cela confirmait ses craintes : Bay Books avait perdu la moitié de son chiffre d'affaires. Sur l'année, d'ordinaire, les touristes représentaient quarante pour cent de ses ventes, et il n'y en avait plus un seul sur Camino. Les locaux étaient fidèles mais la plupart étaient occupés à réparer la casse et comptaient leurs sous. Bruce annula donc toutes les dédicaces pour le restant de l'année, se sépara de deux employés à mi-temps, et convainquit Noelle de fermer sa boutique d'antiquaire et de partir loin, tous les deux.

Ils s'envolèrent pour Milan, puis prirent le train pour Vérone où ils visitèrent la vieille ville, ses jardins, ses musées, ses *piazzas* et ses restaurants. Ils traversèrent en voiture les Dolomites et passèrent quatre nuits dans un gîte à trente kilomètres de la frontière avec la Slovénie. La journée, ils faisaient des randonnées dans les montagnes, admirant les paysages magnifiques, et le soir, fourbus, ils savouraient la cuisine du terroir – boulettes de viande, escalopes panées, tout ça arrosé de vins locaux, de grappa, voire de schnaps.

Lors de leur dernier après-midi au gîte, ils se pelotonnèrent sous de gros plaids sur la terrasse pour boire un chocolat chaud en regardant le soleil disparaître derrière les monts.

— Je ne veux pas rentrer, annonça Bruce. Il fait encore chaud en Floride, et il y a toujours des débris dans les arbres.

— Où veux-tu aller ? demanda-t-elle.

— Je ne sais pas. J'ai cette boutique depuis vingt-trois ans et le petit commerce, c'est chronophage. On a de quoi arrêter de travailler.

— Tu as quarante-sept ans, Bruce, et le farniente n'est pas dans tes gènes. Tu deviendrais fou à ne rien faire.

— Il me reste toujours les livres de collection et toi, tes meubles anciens. Et nous pouvons faire ça n'importe où. Il va falloir des années avant que Camino se remette de cet ouragan, et je n'ai pas le courage d'attendre. Il est peut-être temps de bouger.

— D'accord. Pour aller où ?

— Je veux garder la maison, mais la boutique, ce n'est pas sûr. On pourrait trouver un endroit où le climat est meilleur, plus au nord ? Passer six mois à la mer et six mois à la montagne ? Une petite ville en Nouvelle-Angleterre ? Ou plus à l'ouest ? Je ne sais pas trop, mais ce serait bien d'aller faire du repérage.

— Et pourquoi pas l'Europe ? Regarde cette vue !

Bruce resta silencieux un moment avant de répondre.

— Tu as quelqu'un d'autre ici, et je préfère rester au large.

— Les choses vont changer, Bruce. J'ai de mauvaises nouvelles. Jean-Luc a un cancer et le pronostic n'est pas bon.

Elle le regarda, attendant sa réaction, mais Bruce demeura de marbre. Pas d'empathie, car il n'avait aucune affection pour son amant français. Pas de soulagement non plus, car il connaissait les règles du jeu quand il était tombé amoureux d'elle. Noelle, en Française pure souche, ne voyait aucun inconvénient à partager sa vie entre deux hommes, à condition qu'il y ait de l'honnêteté et de la transparence des deux côtés, quoi qu'il en coûte. L'harmonie était à ce prix. Elle ne pouvait pas épouser Jean-Luc parce qu'il était marié à une femme riche plus âgée que lui. L'épouse en question connaissait la situation, comme Bruce, et depuis près de vingt ans les deux couples libres avaient tenu sans crises majeures. Cet accord, c'était aussi un feu vert pour Bruce : il pouvait, sans remords, prendre du bon temps avec ses autrices esseulées qui s'arrêtaient à Bay Books pour les dédicaces.

— Je suis désolé, répondit-il.

— Oh, je t'en prie.

— Qu'est-ce que je peux dire ?

— Rien du tout.

— Ce serait pire encore. Quand as-tu appris sa maladie ?

— Cet été, juste avant l'ouragan. C'est un cancer du pancréas, Bruce. Il n'a que quelques semaines à vivre.

— Tu veux aller le trouver ?

— Non. Il est chez lui et Véronique s'occupe de lui. Je ne peux rien faire de plus. On s'est dit adieu, Bruce. On s'est dit adieu…

Sa voix se brisa et ses yeux s'embuèrent de larmes.

— Tu aurais dû me le dire plus tôt.

— À quoi bon ? Ce n'est plus qu'une question de jours. J'ai parlé à Véronique la semaine dernière et son état s'est fortement dégradé.

Bruce fut pris de remords pour son égoïsme. Au fond de lui, il avait toujours voulu avoir Noelle pour lui tout seul. Il en avait plus qu'assez de partager, d'être jaloux et de passer son temps à se demander lequel des deux elle préférait. Certes, il pensait que c'était lui l'heureux élu, mais il n'en avait jamais été certain.

— Nous allons entrer dans l'âge mûr, Bruce.

— Parle pour toi ! Et quand commence cette période bénie ?

— À cinquante ans, selon les experts. Et ça va jusqu'à soixante-cinq ans.

— Et après ?

— Après, c'est le troisième âge.

— Magnifique. Où veux-tu en venir ?

— Je pense qu'il est temps de grandir et d'envisager le mariage.

— Retour à la monogamie ?

— Voilà. On arrête de jouer et on apprend à se faire confiance.

— J'ai confiance en toi, Noelle. J'ai toujours su ce que tu faisais de ton côté, et que moi j'avais le champ libre pour mes aventures.

— Le jeu, les aventures, c'est exactement ça, Bruce. Je t'aime et j'en ai assez de partager. Et toi, tu m'aimes ?

— Tu le sais bien. Depuis toujours.

— Alors changeons les règles.

Bruce prit une longue inspiration, puis une autre gorgée de chocolat. Il brûlait de lui dire que si elle était soudain tentée par une relation monogame, c'était parce que son amant était sur son lit de mort. Toutefois, il s'abstint. Il ne voulait pas perdre Noelle, il aimait cette femme éperdument, et ce depuis vingt ans. Il aimait sa beauté, sa grâce, sa bonne humeur, son élégance, son intelligence.

Mais les habitudes avaient la peau dure, en particulier chez les coureurs de jupons.

— Très bien, répondit Bruce avec précaution. Disons que nous allons ouvrir les pourparlers.

Elle hocha la tête, sans être dupe. Les négociations s'annonçaient ardues.

Ils partirent en fin de matinée le lendemain et prirent la direction de Venise. Un voyage en plusieurs étapes, avec déjeuners dans des villages pittoresques et nuits dans de petites auberges.

VI

LA CONSULTANTE

1

Trois ans plus tôt, quand Mercer était revenue sur Camino après une longue absence, elle avait trouvé un prétexte : prendre un congé sabbatique pour terminer son roman. Elle s'était alors installée dans le bungalow de Tessa qui appartenait toujours à la famille. Elle avait traîné à Bay Books, fait la connaissance de Leigh et Myra, de Bob Cobb, d'Andy Adam, et du reste de la bande, et avait vite trouvé sa place au sein du groupe des écrivains locaux dont Bruce Cable était le mentor incontesté.

Son roman n'avançait guère, même si elle soutenait le contraire. L'écriture du livre était un prétexte, un leurre, un écran de fumée pour détourner l'attention du motif réel de sa présence sur l'île. Elle était en mission pour un mystérieux bureau d'enquête de Washington, lui-même engagé par une compagnie d'assurances qui cherchait désespérément à retrouver des manuscrits volés. Des sommes faramineuses étaient en jeu, en particulier pour l'assurance. Cette société privée pensait que Bruce Cable était en possession desdits manuscrits et qu'ils étaient cachés quelque part sur l'île.

Ils avaient vu juste. En revanche, ils ne se doutaient pas que Bruce avait senti le coup fourré dès l'arrivée de Mercer. Et plus Bruce se rapprochait de la jeune femme, au point de l'inviter dans son lit, plus il était convaincu que Mercer travaillait pour l'ennemi. Par précaution, il avait envoyé les manuscrits à l'étranger et était parvenu à les restituer contre une coquette rançon.

Même si la ruse avait échoué, à la fin tout le monde était content, en particulier Bruce. Le propriétaire, la bibliothèque de Princeton, avait récupéré son trésor inestimable. La compagnie d'assurances y avait laissé quelques plumes, mais l'addition aurait pu être bien plus salée. Quant aux quatre voleurs, les comptes étaient vite faits : trois derrière les barreaux, et un sous terre.

Néanmoins, Bruce restait impressionné par l'ingéniosité de ce bureau d'enquête. Leur plan était brillant, et avait été à deux doigts de fonctionner. Il fallait qu'il en sache plus sur ces gens qui avaient failli détruire sa vie. Il harcela donc Mercer qui, de guerre lasse, appela son contact et joua les intermédiaires. Son ancienne cheffe de mission s'appelait Elaine Shelby et Bruce était bien décidé à la rencontrer.

2

Ledit bureau d'enquête avait ses locaux dans l'un des nombreux immeubles qui bordaient l'aéroport international de Washington-Dulles, à quarante kilomètres à l'ouest de la capitale, à la pointe nord de la Virginie. Depuis que Bruce avait laissé sa voiture de location au parking souterrain, il avait l'impression d'être observé.

À la réception, il fut photographié, passé au scanner puis contraint de poser devant un appareil de reconnaissance faciale qui enregistra pour l'éternité ses données biométriques. Pendant qu'on l'accompagnait jusqu'à l'ascenseur, Bruce chercha en vain un panneau indiquant les noms et les bureaux des employés dans l'immeuble. Visiblement, les occupants des lieux aimaient la discrétion. Un vigile l'attendait sur le palier quand Bruce sortit de la cabine au troisième étage. Ni sourire, ni paroles de bienvenue, ni formules de politesse. Rien. Juste un grognement et un petit signe lui enjoignant de le suivre. Il n'y avait pas d'open space avec sa myriade de bureaux, pas de pool de secrétaires. À l'exception du garde, il ne vit pas âme qui vive durant tout le trajet entre l'ascenseur et le bureau d'Elaine Shelby.

La femme se leva de son siège et s'approcha pour lui serrer la main, tandis que le vigile s'éclipsait, refermant la porte derrière lui.

— Vous voulez me fouiller, peut-être ? plaisanta Bruce.

— Exact ! Penchez-vous ! lança-t-elle en riant. (Elle désigna un canapé :) Allez, je suis bonne joueuse, Cable. C'est de l'histoire ancienne. Mais vous nous avez bien eus. C'est vrai.

Ils s'installèrent de part et d'autre de la table basse et elle lui servit du café.

— Vous avez récupéré les manuscrits, non ? Tout le monde est satisfait.

— De votre point de vue, peut-être.

— Votre plan était brillant, madame Shelby.

— Laissons tomber les convenances. Appelez-moi Elaine et je vous appelle Bruce, ça vous convient ?

— Parfait.

— Vous trouvez peut-être ça brillant, mais pour nous, c'est un zéro pointé. Et ce n'est pas notre premier échec. On récupère les dossiers les plus compliqués, alors on ne gagne pas à tous les coups. À mon grand regret.

— Mais vous êtes quand même payés.

— Heureusement ! Comment avez-vous trouvé Mercer ?

— Parfaite. C'est une fille géniale, et elle a beaucoup de talent.

— Vous avez couché ensemble ?

— Elaine, je ne dis jamais ce qui se passe entre moi et mes autrices. Ce serait très inopportun dans mon métier.

— Vous avez quand même une sacrée réputation de coureur !

— Et alors ? C'est grave, docteur ? Je vous assure que le consentement est totalement mutuel. Ce sont des femmes libres, loin de leurs attaches et qui veulent s'amuser. J'essaie toujours d'exaucer leurs souhaits.

— On le savait. Et c'était le plan, justement.

— Oui. Et il a failli fonctionner à merveille. C'était votre idée ?

— Nous sommes une équipe. Personne ne travaille en solo ici.

— D'accord. Qu'est-ce que vous pouvez me dire sur votre bureau d'enquête ?

— J'ai cru comprendre que vous vouliez faire appel à nos services.

— Je suis intéressé, c'est vrai. Mais je veux en savoir davantage.

Elle avala une gorgée de café et croisa ostensiblement les jambes. Bruce s'appliqua à regarder ailleurs.

— Pour faire court, je dirais que nous sommes une sorte d'agence de sécurité.

— Vous avez un nom ?

— Pas vraiment.

— Et si je dois vous faire un chèque, je le mets à quel ordre ?

— Alpha North Solutions.

— Ou comment ne pas se mouiller !

— Vous pouvez parler, avec votre « Bay Books » !

— Certes. Mais c'est beaucoup plus sexy.

— Notre nom vous importe donc tant que ça ?

— Non. Vous avez raison.

— Je peux poursuivre ?

— Pardon, je suis tout ouïe.

— Bref, pour faire court, nous établissons des protocoles de protection pour des sociétés ou des individus, nous enquêtons sur des préjudices dont ont pu pâtir des compagnies d'assurances ou d'autres clients, et faisons du conseil en matière de sécurité pour le gouvernement fédéral. Nous intervenons dans le monde entier et notre QG est ici.

— Pourquoi cet endroit en particulier ?

— Ça a une importance ?

— Je suppose que non. C'est juste bizarre de se retrouver coincé au milieu de toutes ces autoroutes.

— C'est pratique. L'aéroport est juste à côté et nous voyageons beaucoup. Ici, la quasi-totalité de nos collaborateurs sont des anciens du FBI ou de la CIA. Et ils connaissent ce coin comme leur poche.

— Et vous ?

— Quinze ans chez les fédéraux. Mon domaine, c'était surtout le trafic d'œuvres d'art.

— Et de manuscrits.

— Notamment. J'ai étudié les documents que vous m'avez envoyés par la poste, c'était une lecture intéressante et vous avez bien fait d'éviter les e-mails. Je suppose que les flics là-bas n'ont pas beaucoup progressé ?

— Effectivement.

— Vous avez conscience que ça risque d'être onéreux ?

— Absolument. Et si je comptais marchander, je l'aurais fait au téléphone.

— Très bien. Dans ce cas, allons voir ma collègue, Lindsey Wheat. Elle travaille pour notre section homicide depuis cinq ans. Avant ça, elle était l'une des meilleures inspectrices du FBI. Et quasiment leur première agente de terrain afro-américaine.

— Pourquoi a-t-elle quitté le FBI ?

— À cause de l'argent et de la politique interne. Elle gagne quatre fois plus que chez les fédéraux, et comme la plupart des femmes ici, elle en a eu assez de la bureaucratie et du sexisme.

Elle se dirigea vers la porte.

Bruce la suivit dans le couloir désert. À leur arrivée, Mme Wheat se leva de son fauteuil avec un grand sourire. Chacun se présenta, juste avec les prénoms, en délaissant les patronymes. Lindsey avait une cinquantaine d'années, était fine et élégante comme Elaine. Elle les invita à s'asseoir dans le coin salon de la pièce et proposa du café. Offre que tout le monde déclina.

Bruce, ne voulant pas en passer par les politesses d'usage, entra aussitôt dans le vif du sujet.

— Vous êtes donc spécialisée dans les meurtres anciens non élucidés ?

Lindsey esquissa un sourire :

— Les anciens comme les récents. Peu importe la date. J'ai commencé sur le terrain comme enquêtrice. Houston, Seattle, cinq ans à Tampa. Je vous montrerai mon CV si ça vous intéresse. Il est long comme le bras.

— Plus tard, peut-être.

Bruce était d'ores et déjà convaincu que ces gens étaient éminemment qualifiés. Il eut une bouffée de fierté en songeant qu'il était parvenu à leur filer entre les doigts, trois ans plus tôt.

— Vous êtes allé trouver le FBI ? s'enquit Lindsey. Les meurtres commandités, c'est de leur ressort.

— C'est ce qu'on m'a dit. Mais non, je n'ai pas contacté les fédéraux. Je ne saurais même pas comment m'y prendre. Je ne suis qu'un petit libraire, vous savez, ajouta-t-il en lançant un petit sourire taquin à Elaine qui leva les yeux au ciel.

Il reporta son attention sur Lindsey.

— Vous êtes au courant de mon affaire ?

— Absolument.

— Avant que nous entrions dans les détails, j'aimerais connaître vos honoraires. Je m'attends à ce que ce soit cher, évidemment. La sœur de Nelson Kerr, qui est son exécutrice testamentaire, et moi-même sommes partants, mais on n'a pas un budget illimité. Nelson était mon ami et il mérite que justice soit faite.

Je veux savoir toutefois où je mets les pieds. Comme sa sœur.

— À combien s'élève la succession ? demanda Elaine.

— C'est compliqué. Nelson a environ deux millions en banque, sans créances ni dettes. Et il a caché des fonds à l'étranger, à l'insu de son ex-femme. Des actions qu'il a achetées dans le secteur high-tech et qui valent aujourd'hui huit millions de dollars. Il y a donc au total dix millions. Puisque ça ne dépasse pas la barre des onze millions, il n'y aura pas d'impôts que ce soit au niveau fédéral comme de l'État de la Floride. L'ex a pris un avocat et se dit profondément blessée parce qu'elle s'est déjà fait avoir par le passé. La sœur de Nelson pense qu'un ou deux millions suffiront à l'amadouer. Tout cela pour dire qu'il y a de l'argent et que l'exécutrice testamentaire est prête à payer. Reste la question fondamentale : combien ça coûtera au final ?

— Nous ne pouvons garantir le succès, précisa Elaine.

— Ça va de soi. C'est loin d'être gagné.

— Trois cent mille dollars, annonça Lindsey. Tout compris, entrée plat dessert. Pas de facturation à l'heure, pas de relevés mensuels, et faux frais inclus.

Bruce acquiesça et soutint, sans ciller, le joli regard de Lindsey. Polly, habituée aux tarifs de la Californie, s'attendait à un demi-million. Bruce, quant à lui, espérait plutôt deux cent mille, il décida pourtant de rester de marbre. Il allait payer la moitié. Il en avait les moyens grâce à la rançon qu'il avait touchée pour les manuscrits, et Elaine Shelby, assise en face de lui, le savait très bien.

Ce qu'elle ignorait bien sûr, c'était l'endroit où il avait caché le pactole.

Il haussa les épaules, comme si l'argent était un détail.

— Marché conclu. Et pour cette somme, qu'est-ce qu'on aura ?

— Le nom du tueur, j'espère, répondit Lindsey avec un sourire.

3

Elaine serra la main à Bruce et prit congé. Bruce suivit Lindsey Wheat dans une pièce plus grande, équipée d'écrans sur les quatre murs. Au milieu trônait une longue table avec des ordinateurs et d'autres appareils. Ils s'assirent l'un en face de l'autre et elle ouvrit un dossier.

— Commençons par la femme, dit-elle en appuyant sur un bouton.

Sur deux écrans, le portrait-robot numérique apparut.

— Nous ne connaissons pas cette personne, et encore moins son nom. Mais nous allons nous mettre à chercher.

— À chercher où ?

— Parmi les tueurs à gages. Beaucoup sont connus de nos services. Évidemment, c'est un groupe assez diffus. Ils n'organisent pas des salons annuels et ne tiennent pas de registres.

— Vous connaissez des tueurs à gages ? Ainsi que leurs noms ?

— Bien sûr. Le FBI les surveille depuis des années. Autrefois, c'était surtout des gars de la mafia qui s'entretuaient dans des guerres de territoire, mais aujourd'hui, ils sont plus difficiles à tracer. Mais on en a répertorié quelques-uns.

— Comment ?

— Grâce à des informateurs, des balances, des taupes. La quasi-totalité des contrats sont effectués par des idiots à qui on donne quelques dollars pour faire disparaître une épouse ou une maîtresse encombrante. Des trucs de famille. Et aussi pour des histoires d'argent. La plupart de ces gars se font coincer par les traces ADN et autres détails du même acabit.

— Quand on veut engager un bon tueur à gages, on s'y prend comment ?

— On peut passer par Internet. Absolument ! Mais c'est risqué. Ces types restent des escrocs dans l'âme.

— J'imagine…

— Si vous voulez éliminer par exemple un partenaire en affaires, le mieux, c'est de passer par un détective privé, un pro qui aura les connexions et qui sera de parole. Il connaîtra forcément un type qui a fait de la prison et qui vit en marge de la société. Ou alors un ex-flic, ou encore un ancien membre des commandos, quelqu'un qui a l'habitude des armes. Une arme à feu est employée dans quatre-vingt-dix pour cent des cas. Et six fois sur dix, il y a des fuites, la police a le tuyau et tout le monde se fait arrêter avant que le meurtre ait lieu.

— Mais ici, nous n'avons pas affaire à une dilettante voulant arrondir ses fins de mois, n'est-ce pas ? avança Bruce, très intéressé par cette conversation.

— Effectivement. Certains tueurs à gages, dans le métier, ont le titre de « maître assassin ». Ils se font rarement attraper et ils sont très bien payés.

— Combien ?

Elle appuya sur un bouton. Le portrait d'Ingrid disparut pour être remplacé par une liste de cinq noms. En regard de chaque patronyme, il était porté l'année de la mort de la cible, et le prix du contrat. Les sommes s'étageaient entre cinq cent mille et deux millions et demi de dollars.

— Bien sûr, ces chiffres sont peut-être faux. Il y a dix ans, un ancien tueur à la retraite a écrit un long article pour un magazine, de façon anonyme, évidemment. Il revendiquait la paternité des trois premiers meurtres de la liste. La précision des détails a convaincu le FBI qu'il en était bien l'auteur. Pour les deux derniers, les renseignements proviennent d'autres sources.

— Pourquoi a-t-il arrêté ?

— Il avait soixante-cinq ans. Pour profiter de la sécu, du moins, c'est ce qu'il disait. Il avait le sens de l'humour, le bonhomme ! Il a raconté qu'il avait failli se faire coincer au cours de son dernier contrat quand les choses avaient mal tourné. Un garçon s'est pris une balle perdue. Notre tueur a eu une prise de conscience et a rangé son Glock.

— Et aucun de ces cinq meurtres n'a été élucidé ?

— Non. Les enquêtes sont toujours en cours.

— Autrement dit, dans notre cas, il ne faut pas se faire trop d'illusions.

— Exactement. Nous avons été clairs sur ce point.

— Tout à fait clairs, répondit Bruce en observant les rémunérations. Finalement, le crime paie bien.

— Le tarif moyen est de dix mille dollars, mais, comme je l'ai dit, le tueur moyen n'est pas une lumière. La plupart se font prendre parce que quelqu'un a trop parlé. Et les commanditaires, dans leur grande majorité, ne sont pas très futés non plus. Votre divorce est plutôt houleux et, comme par hasard, votre épouse passe l'arme à gauche. Forcément, la police va se poser des questions…

— Je ne connais aucune de ces victimes, déclara Bruce en regardant la liste.

— Rien d'étonnant. Elles n'habitaient pas la Floride, et pas une n'était en instance de divorce. Pour la plupart, il s'agit de bisbilles financières. Le dernier faisait suite à un problème d'héritage.

— Vous avez des photos ou des portraits-robots des autres tueurs ?

Elle pianota sur son clavier et une autre image s'afficha à l'écran. Un homme d'une quarantaine d'années, de type caucasien, un nez plat, des petits yeux, des cheveux épais… ce n'était qu'une esquisse.

— Cela date de quatre ans. Le type a été vu quittant une marina à Galveston juste après qu'un yacht ne prenne feu. Trois personnes ont péri, pas à cause des flammes, mais d'une balle dans la tête. Sans doute un partenariat raté.

— Raté comme ce portrait. Ça pourrait être n'importe qui.

— C'est vrai, mais ce n'est pas notre enquête, Dieu soit loué !

— Puis-je vous demander comment vous vous êtes procuré ces documents ?

— Nous avons beaucoup de contacts, certains au sein des autorités, certains à l'extérieur.

— C'est bon à savoir. Donc notre Ingrid est un « maître assassin » ?

Lindsey enfonça une touche et son portrait-robot réapparut à l'écran.

— Ce n'est pas si sûr. Elle a été vue par un nombre incalculable de personnes. Elle a couché avec votre ami plusieurs fois. Ils ont déjeuné et dîné ensemble dans des lieux publics, et j'en passe. C'est très inhabituel pour le gratin des tueurs à gages. D'ordinaire, ces gens se font très discrets. Personne ne les voit. En même temps, il n'y a pas meilleure cachette qu'au milieu de la foule.

— Peut-être n'avait-elle pas le choix ? Fricoter avec Bob pour pouvoir s'approcher de sa cible.

— Vous pensez qu'elle a couché avec Nelson ?

— Possible. Il était célibataire et habitait à côté de chez Bob. Une jolie fille, un corps de rêve, et enthousiaste au lit… même si ses motivations réelles étaient tout autres. Vous devez avoir souvent ce genre de cas.

— Pas tant que ça. C'est courant dans le monde de l'espionnage, guère dans le nôtre. Les grands services secrets ont toujours recruté des femmes belles qui savent s'y prendre. Comme vous le savez, les hommes sont très vulnérables dans ces moments-là.

— À ce qu'il paraît. Mais on n'a pas affaire au Mossad.

— C'est peu probable, effectivement. Une espionne entraînée n'aurait pas pris le risque d'être filmée par les caméras de surveillance d'un hôtel.

— Il y a beaucoup de femmes dans le secteur des meurtres sous contrat ?

— Zéro à ma connaissance. Ingrid serait la première.

— Comment s'y est-elle prise ?

— J'ai lu vos hypothèses et je crois que vous n'êtes pas loin. Elle est arrivée sur l'île avec un partenaire, sans doute un homme. Ils se sont présentés comme un couple, ont loué un appartement près de chez Nelson Kerr. J'imagine qu'il y en a plein.

— Des millions. C'est la Floride !

— Elle a allumé votre ami Bob et c'est comme ça qu'elle a pu rencontrer Nelson Kerr. Elle a eu de la chance avec cette tempête. On ne risquait pas de la repérer. Et maintenant, elle a filé.

— Et impossible de lui mettre la main dessus ?

— Rien n'est jamais perdu. Je vais parler à mes amis au FBI. Ils seront très intéressés par le cas « Ingrid » et auront hâte de l'ajouter à leur petite liste de tueurs professionnels. On navigue en eaux troubles et il peut toujours traîner dans le secteur un mouchard voulant gagner quelques billets. Ce n'est pas gagné, pourtant il y a peut-être quelqu'un quelque part qui sait quelque chose et qui ne cracherait pas sur une petite liasse de billets. Les probas sont faibles, mais pas totalement égales à zéro.

— Et pour l'ordinateur ? C'est quoi votre théorie ?

— Après avoir tué votre ami, jamais elle ne serait partie sans son disque dur. Toutefois, se contenter de le voler simplement aurait été un indice trop criant de son passage.

— Elle l'aurait donc remplacé ?

— C'est ce que je me dis. Une substitution, pour mettre à la place un disque ne contenant rien d'important et doté d'une protection XXL. Je vous rappelle que la police n'a pas encore pu l'ouvrir.

— Elle connaissait donc le modèle de son ordi.

— Encore une fois, ce n'est qu'une supposition, mais oui, c'est ce que je pense. Elle et son compagnon avaient probablement fait des repérages chez Nelson. Sa maison était protégée ?

— Oui. Il y a un système d'alarme. Une caméra au-dessus de la porte d'entrée, une autre couvrant le patio. Les deux ont été détruites par l'ouragan. Mais elles ont pu être débranchées avant.

— Où est l'ordinateur en ce moment ?

— Dans les locaux de la police de Floride. Ils sont censés le restituer la semaine prochaine, avec le reste des affaires de Nelson. Polly, sa sœur, doit se rendre au poste pour les récupérer. J'ai été mis à l'écart de l'enquête, ce qui n'est pas plus mal.

— Quel jour, la semaine prochaine ?

— Mercredi.

— J'aimerais être du voyage.

— Aucun problème. Et je vous ferai visiter la région.

— Il faut absolument que nous jetions un coup d'œil à ce disque dur. Si on découvre que c'est un leurre, ce sera la preuve qu'il s'agit d'un meurtre, même si j'ignore où ça peut nous mener. En revanche, si c'est l'original, nous aurons peut-être accès à une mine d'informations.

— À condition que l'on puisse le lire.

— Certes. Mais vous disiez dans vos notes que sa sœur a le mot de passe pour ouvrir la clé USB ?

— C'est exact.

Lindsey lui sourit.

— C'est tout ce qu'il nous faut. Nos gars pourront entrer partout avec ça.

— Je suis perdu. Ça me dépasse.

— Moi aussi. Laissons-les faire. C'est leur boulot.

— Il vous faut aussi la clé USB ?

— Absolument. Je veux lire ce roman, et cette clé sera notre sésame pour entrer dans l'ordi de Nelson.

— Ça m'étonnerait que vous y trouviez grand-chose. Il était très secret et se méfiait d'Internet. Il détestait le cloud, refusait de faire des achats en ligne, ne disait jamais rien d'important par e-mail. Il se tenait à l'écart des réseaux sociaux, et payait toujours en liquide. Je doute que Nelson ait laissé beaucoup de traces.

— Et la maison ? Elle est en vente ?

— Oh oui ! Elle a été vidée, nettoyée et repeinte du sol au plafond. Elle est flambant neuve. La police a levé les scellés voilà trois semaines. Mais le marché est mou, en ce moment.

— Vous pouvez m'arranger une rencontre avec Polly McCann ?

— Avec plaisir. Je n'ai que ça à faire. Plus personne n'achète de livres sur Camino et je m'ennuie à mourir.

4

L'homme d'une cinquantaine d'années avait le look hirsute d'un vieux correspondant de guerre. Il entra dans la librairie, trouva Bruce oisif derrière son bureau, et s'assit en face de lui. Il se présenta comme un journaliste free-lance de *Newsweek* et montra une carte de visite censée prouver ses dires. Bruce l'examina : Donald Oester. Avec une adresse à Washington.

Oester menait sa petite enquête sur la mort de Nelson Kerr, l'auteur de best-sellers. Il avait fait les recherches qui s'imposaient en amont, examiné le dossier au greffe des successions mais n'avait rien trouvé d'intéressant. La liste des biens et des actifs ne serait pas publiée avant plusieurs mois. Il avait harcelé Carl Logan, le chef de la police de Santa Rosa, sans obtenir la moindre info. Quant au capitaine Butler de la police d'État, il avait refusé catégoriquement d'évoquer l'affaire prétextant que l'enquête était en cours.

— Quelle excuse bidon ! lâcha Oester dans un grand rire. Par définition, toutes les enquêtes sont en cours tant que le meurtrier n'a pas été arrêté !

Avec précaution, Bruce parla de Nelson, de sa vie sur Camino, de ses livres, en veillant à ne rien révéler de la scène de crime. Plusieurs jours après la mort de Nelson, il y avait eu de courts articles dans quelques journaux, annonçant que l'écrivain avait péri pendant l'ouragan. Un papier en ligne mentionnait que la police d'État était chargée de l'enquête, sans autre précision. Le quotidien de Jacksonville avait sorti une petite nécrologie, suivie d'un article un peu plus conséquent sur l'enquête en cours. Avant Oester, aucun journaliste n'avait contacté Bruce.

— Il travaillait sur un nouveau roman ? s'enquit Oester.

— Je ne sais pas, répondit Bruce. Mais les écrivains travaillent toujours sur quelque chose.

— J'ai parlé à son ancien éditeur chez Simon & Schuster. Le gars dit que Kerr quittait le navire, qu'il cherchait une autre maison d'édition, et qu'il travaillait sur un truc énorme.

— Je crois qu'il cherchait toujours. À ma connaissance, Nelson n'avait signé avec personne quand il est mort. Et il était aussi en quête d'un nouvel agent.

— Qu'est-ce que vous savez sur son passé ? De son ancienne vie en tant qu'avocat d'affaires ?

— Et vous ? Vous savez quoi ?

Oester lâcha un autre rire, un peu plus nerveux que le précédent.

— J'ai retrouvé un ancien collègue de sa boîte. Ça remonte à dix ans, et j'ai pas appris grand-chose. J'ai tenté aussi ma chance avec son ex-femme. Une vraie peste, celle-là.

— Je ne l'ai jamais rencontrée.

— C'est vrai que Kerr était un auteur de best-sellers ? Je sais qu'on dit ça partout, mais ses livres se vendaient tant que ça ?

— Oui, ça se vendait bien. Ses trois premiers romans sont entrés dans le top 10 du *Times* et du *Publishers Weekly*. Et chaque titre faisait mieux que le précédent. Je l'encourageais à écrire davantage, seulement il aimait voyager, pêcher au gros, bronzer tranquille sur la plage.

— Cent mille exemplaires chaque ?

— Oui. C'est l'ordre de grandeur. Les tirages sont en ligne.

— J'ai regardé. Mais on m'a dit que ces chiffres étaient des estimations. Vous avez vendu ses livres ?

— Bien sûr. Nelson avait ses fans.

— Vous pensez qu'il a été assassiné ?

— Je ne dirai rien que vous seriez tenté de mettre dans votre article. La police d'État mène ses investigations, c'est tout ce que je peux déclarer.

— Je comprends. Vous connaissez sa sœur, Polly McCann ?

— Oui.

— Vous pouvez lui demander de m'accorder un entretien ? Elle m'a raccroché deux fois au nez.

— Non, désolé. Nous ne sommes pas si proches.

Oester se leva et se dirigea vers la porte.

— Je reviendrai vous voir. Tenez-moi au courant si vous avez du nouveau.

— Je n'y manquerai pas, répondit Bruce en pensant très fort : « Même pas en rêve ! »

5

Alors que l'ennui perdurait, les journées commencèrent à rafraîchir. La semaine suivante, après son voyage à Washington, Bruce accueillit Lindsey Wheat et Polly McCann à Bay Books. Il les conduisit dans les parties rénovées du rez-de-chaussée et les installa dans la pièce des éditions originales, avec ses murs couverts de centaines de livres dédicacés. C'était un samedi matin et pour une fois, il y avait du monde dans la boutique – de jeunes mamans avec leurs enfants venus assister à la lecture de contes, organisée au premier étage. D'ordinaire, Bruce aurait été là-haut avec eux, à boire un cappuccino et à bavarder avec ces dames, mais il avait une affaire importante à régler.

La veille, Polly avait rencontré Wesley Butler au laboratoire de la police criminelle, une réunion purement formelle où elle n'avait rien appris de nouveau. L'enquête n'avait quasiment pas avancé. Butler lui avait restitué les affaires de Nelson : ordinateur de bureau, portable, téléphone, et deux gros porte-documents en cuir, et avait reconnu que ses techniciens n'étaient pas parvenus à casser les codes de protection des appareils. Une fois encore, le policier ne pensa pas à demander à Polly si elle savait sur quoi écrivait Nelson. Butler était dans une impasse et il semblait s'en accommoder. En tout cas, il ne paraissait guère motivé pour élucider cette affaire criminelle. En revanche, il avait été très explicite sur un point : il ne voulait plus que Bruce Cable l'appelle et se mêle de l'enquête.

Bruce ne demandait que ça. Il avait déjà perdu trop de temps avec la police.

Lindsey prit la clé USB que lui remit Polly, la connecta à son portable, entra le mot de passe et envoya tout son contenu à ses techniciens de Washington. Elle confia la clé à Bruce et lui demanda d'imprimer trois copies papier du manuscrit. L'heure était venue de lire le dernier roman de Nelson Kerr ! Le synopsis de dix pages, concocté par Thomas et Mercer, avait été utile, mais ils devaient désormais connaître toute l'histoire, jusque dans ses moindres détails.

Une heure plus tard, Lindsey reçut un appel téléphonique de ses équipes, avec des instructions pour faire sauter le cryptage. Elle alluma l'ordinateur de bureau, et tapa la série de codes sur le clavier. Une fois entrée dans la machine, elle découvrit qu'il y avait deux disques durs à l'intérieur – et comme tous s'y attendaient, ils étaient protégés par un nouveau cryptage, d'un tout autre type. Ingrid avait donc retiré les deux exemplaires originaux, avant ou après le meurtre, et les avait remplacés. Elle et sa bande ignoraient que Polly avait une clé USB avec un mot de passe contenant le roman achevé. En revanche, ils avaient vu juste : la police n'avait pu accéder à l'ordinateur de Nelson et ils s'étaient arrêtés là dans leurs recherches.

Quant à l'ordinateur portable, il restait totalement verrouillé. Lindsey le rapporterait à Washington et demanderait à ses équipes d'y jeter un coup d'œil. Mais elle ne se faisait guère d'illusions.

Ils passèrent deux heures, avec beaucoup de cafés, à éplucher les notes et les papiers de Nelson. À midi, Bruce commanda à manger et le trio poursuivit son labeur. Une employée de la librairie leur apporta leur commande : sandwichs et thé glacé. Alors qu'elle repartait, Bruce lui demanda s'il y avait eu des clients ce matin.

— Non, juste les mômes, lança-t-elle en riant.

Lindsey, la professionnelle et la seule des trois à être payée, avait pris naturellement la direction des opérations. Bruce et Polly lui faisaient entièrement confiance. Pendant qu'ils se sustentaient, elle annonça :

— Au siège, nous avons discuté d'une stratégie possible. Il est évident que Nelson ne s'est jamais intéressé au monde des maisons de retraite. Pourquoi maintenant ? C'est donc que quelqu'un l'a contacté. Quelqu'un ayant quelque chose à raconter. Quelqu'un dans le milieu. Un informateur, un lanceur d'alerte, même si se confier à un écrivain, plutôt qu'au FBI, n'est guère orthodoxe, enfin passons. Cette personne, pour une raison lambda, n'est pas allée trouver la police, mais Nelson. Elle a lu ses livres et sait que votre ami n'a pas froid aux yeux et qu'il n'hésite pas dans ses histoires à dénoncer des escrocs et leurs manigances, même s'il change les noms par sécurité. Cette personne est donc cruciale pour nous.

Bruce acquiesçait en mangeant son sandwich. Rien de nouveau sous le soleil. Nick Sutton avait imaginé ce cas de figure des mois plus tôt.

— L'idéal serait qu'elle nous contacte, reprit Lindsey. Et pour ce faire, il faut lui faciliter la tâche. Elle a dû s'intéresser au patrimoine de Nelson, tout est public et en ligne, et doit maintenant chercher le moyen de nous approcher. Première étape du plan : nommer Bruce administrateur de l'œuvre littéraire de Nelson. Deuxième étape : trouver un éditeur et sortir le livre – et en grande pompe, pas en catimini ! Ça, c'est votre domaine, Bruce. Et vous serez plus efficace ici que Polly en Californie.

— Je n'ai pas très envie que notre Ingrid revienne sur l'île.

— Aucun risque. On ne la reverra plus.

— On en a déjà parlé, Bruce, renchérit Polly. Voilà plusieurs mois. Vous vous souvenez ? Je voulais que vous vous occupiez des affaires de Nelson.

— Bien sûr que je me souviens. Et vous vous rappelez pourquoi j'avais dit non.

— Pas vraiment. J'étais encore sous le choc.

— C'est la solution parfaite, insista Lindsey. Vous êtes copain avec tous les agents, tous les éditeurs, et vous décrocherez un bon contrat pour le livre. En outre, vous connaissez mieux que quiconque son fonds, vous saurez le rentabiliser au mieux.

— Son « fonds » ? répéta Polly.

— Ses anciens titres, tous en éditions de poche, répondit Bruce.

— Parce que ça va rapporter aussi des droits d'auteur ?

— Bien sûr. En particulier quand son nouveau livre sortira. Les ventes vont grimper en flèche pendant un ou deux ans, puis ça retombera. Comme d'habitude.

— Et les adaptations au cinéma ? s'enquit Lindsey.

— Nelson a vendu les droits de quelques-uns de ses livres, ça n'a toutefois jamais débouché sur un film. C'est un grand classique. Les best-sellers attirent toujours l'attention des studios ou de la télévision. Mais, moi, je ne tiens pas à attirer celle des criminels. Nelson a été tué pour une bonne raison. Si je fais de la pub pour ses livres, je vais me retrouver aussi avec le crâne fracassé.

Lindsey balaya cette éventualité d'un mouvement de main.

— Ils sont grillés et ils ne vont pas recommencer. Jamais ils ne tenteront à nouveau une opération aussi risquée. La première fois, c'était déjà très stupide de leur part : empêcher Nelson de sortir ce livre ; mais ils ignoraient qu'il avait fini de l'écrire. Et maintenant, le roman va être publié. Les jeux sont faits.

— Encore faut-il qu'un éditeur accepte le manuscrit, précisa Polly. Il est assez bon pour ça ?

— Absolument, confirma Bruce.

— Comme je vous l'ai dit, je n'ai jamais accroché à ses romans. J'ai essayé plusieurs fois, mais j'y reste insensible. Et je ne me vois pas m'occuper de ses textes pour les années à venir. Je ne suis pas à la hauteur. J'ai besoin de vous, Bruce.

— Votre argument se tient, répliqua-t-il. Mais il s'agit surtout d'inciter la taupe à se montrer, si tant est qu'elle existe.

— Exact, répondit Lindsey. Nous pensons réellement que c'est la clé.

— Qui ça, « nous » ?

— Mon équipe, Bruce. Mes collaborateurs. C'est notre boulot, et vous nous payez pour ça. Nous tendons des pièges, créons des illusions, plaçons nos pions et croisons les doigts pour que tout fonctionne. Comme avec vous, il y a trois ans. Vous l'avez reconnu vous-même : notre plan était brillant.

— Certes, pourtant il a échoué.

— Quel plan ? s'enquit Polly. Qu'est-ce qui s'est passé, il y a trois ans ?

Bruce esquissa un sourire.

— Je vous raconterai ça plus tard.

Un vendeur de Bay Books arriva avec les trois copies du manuscrit, trois paquets de feuilles épais de cinq centimètres. Il les lâcha sur le bureau de Bruce, lui rendit la clé USB, et sortit de la pièce.

— Voici de quoi occuper notre soirée ! lança Lindsey.

— Je n'ai aucune envie de lire ça, bredouilla Polly. Rien qu'avec le résumé, j'ai frôlé l'overdose.

— Il nous faut en passer par là, insista Bruce. Et vous êtes toutes les deux cordialement invitées à la maison. Vous vous installerez sur la terrasse, dans un hamac ou un fauteuil, où vous voudrez. Noelle sera là et sera ravie de votre présence.

— Et vous, Bruce, vous serez où pour lire ? s'enquit Polly.

— Ici même. Je suis rapide et je veux garder la boutique au cas où un client égaré pointerait son nez.

6

Les premières critiques d'*À cœurs battants* furent mitigées. Quand le trio se retrouva pour l'apéritif sur la terrasse, ils étaient exténués – trois lecteurs comparant laborieusement leurs notes. Bruce disait avoir presque fini, même s'il admettait avoir sauté quelques passages. Il aimait l'histoire, assurait avoir été happé par l'énigme. Lindsey, qui n'était guère amatrice de romans – sa tasse de thé étant les récits et les biographies –, reconnaissait avoir apprécié le thème quoique l'écriture ne fût pas des plus fluides et des plus enlevées. Quant à Polly, elle s'était arrêtée à la moitié, et ne pensait pas avoir la force de lire les deux cent cinquante dernières pages.

— Bruce, vous êtes sûr de pouvoir vendre ce truc ? insista-t-elle.

— Ça ne fait aucun doute. Vu le parcours de Nelson, les éditeurs vont se bousculer pour signer. C'est très commercial, très « page-turner ».

À l'évidence, elle s'adressait à lui comme s'il était déjà l'administrateur en titre. Pour un peu, elle allait lui demander combien cela allait rapporter ! Elle n'en fit rien.

Noelle apparut avec une bouteille de vin blanc et remplit les verres. Elle pouvait s'asseoir avec eux et participer à la conversation. Bruce avait précisé qu'il n'avait aucun secret pour elle, mais elle s'éclipsa pour retourner à ses fourneaux.

— Plus je lis des trucs sur le sujet, reprit-il, plus je me demande si c'est vrai, tout ça. Il existerait vraiment un produit qui prolongerait la vie de moribonds, de vieilles personnes malades ? Un médicament dont les effets secondaires demeurent inconnus parce que les patients sont dans un état végétatif et qu'ils vont tous mourir de toute façon ?

— Ça paraît surréaliste, déclara Lindsey, mais il faut croire que c'est la vérité. Nelson n'est pas mort par hasard et, jusqu'à preuve du contraire, ce roman est notre seule piste.

— Ce qui rend la thèse de « l'informateur mystère » d'autant plus crédible, renchérit Polly. Nelson n'avait aucun moyen de savoir ce qui se passe dans ce milieu de la gériatrie. J'ai écumé Internet pendant deux mois et n'ai rien trouvé qui fasse référence de près ou de loin à ce produit.

— Pareil de mon côté, acquiesça Lindsey. Si tout ça existe, le secret est bien gardé.

— Avec des milliards de bénéfices à la clé, insista Bruce.

— Extrapolons, proposa Polly. Vous êtes Nelson, vous avez écrit trois best-sellers, aucun ne traitant des Big Pharma, de la sécurité sociale ou ce genre de choses. Et vous êtes contacté par un informateur, sans doute quelqu'un travaillant dans l'industrie pharmaceutique ou les maisons de retraite, et ce gars en a gros sur la patate. Il veut révéler au monde ce qui se passe.

— Et gagner de l'argent, précisa Bruce. Il prend les risques et veut sa livre de chair.

— Pourquoi ne va-t-il pas trouver le FBI ? s'enquit Polly.

— Parce qu'il n'est pas sûr que c'est un délit aux yeux de la loi, répondit Lindsey. Ce produit prolonge la vie, il ne tue personne.

— Mais c'est de l'escroquerie, non ?

— C'est pas si clair. Ce genre de cas n'a jamais été jugé, il n'y a aucune jurisprudence. Cette personne n'est pas sûre de gagner quoi que ce soit en vendant la mèche. En revanche, elle a une conscience. Et elle a peur. Elle a besoin de son travail. Alors elle décide de contacter Nelson Kerr, un auteur qu'elle admire.

Bruce poursuivit.

— Et Nelson commence à fouiner. Il pose trop de questions. Les escrocs s'inquiètent. Alors ils se mettent à le surveiller. Quand ils comprennent ce qui se passe, ils paniquent et décident de le faire taire.

— C'était vraiment idiot, insista Lindsey. Quand on y pense. Il est déjà annoncé partout que Nelson Kerr est mort pendant l'ouragan dans des circonstances mystérieuses. Il vient de terminer un roman, son dernier, et il va être publié. Imaginez les médias, ça va être la folie dès qu'on va apprendre qu'il a été assassiné ! Pour le gars qui a lancé le contrat, la publicité, le buzz, c'est le pire ! Un tas de gens vont se mettre à s'intéresser à ce meurtre et les ventes du livre vont s'envoler. Pour le commanditaire, c'est vraiment la cata sur toute la ligne.

— Je suis d'accord, dit Polly. Mais de qui s'agit-il ?

— C'est ce que nous allons découvrir.

— C'est quoi votre plan au juste ? demanda Bruce.

— On est en droit de savoir, renchérit Polly. C'est quand même notre argent.

Lindsey se laissa aller au fond de sa chaise et retira ses sandales. Elle but une gorgée de vin, avec un air satisfait. Noelle réapparut sur le seuil et annonça que le dîner serait prêt dans cinq minutes.

Lindsey répondit enfin :

— Au départ, nous avancerons sur deux fronts. Le premier, nous en avons déjà parlé, c'est que Bruce devienne l'administrateur du fonds, se charge de la publication du livre et qu'il fasse le plus de buzz possible autour de la mort de l'auteur. Avec un peu de chance, cela attirera l'informateur. Le second axe d'attaque, c'est l'infiltration. Il existe huit sociétés qui contrôlent quatre-vingt-dix pour cent des lits. Six sont publiques et, comme elles doivent des comptes à l'État, elles suivent d'ordinaire les lois et évitent les problèmes. Les deux autres sont privées, et évidemment de mauvaises élèves. Elles ont toujours des procès sur le dos, pour malversations, non-respect des règles sanitaires, gestions opaques et j'en passe. Personne ne voudrait envoyer sa mamie là-bas. Elles gagnent des milliards. Bref, voilà nos cibles.

Bruce et Polly attendirent la suite. En vain.

— Vous parlez « d'infiltration » ? demanda finalement Bruce.

— Oui. C'est notre *modus operandi*. Nous ne sommes pas une agence gouvernementale, et pour recueillir nos informations, nous naviguons en eaux troubles. Nous ne violons jamais les lois, mais nous ne nous encombrons pas de mandats de perquisition et autres boulets administratifs. Vous êtes bien placé pour le savoir.

— Encore une fois, vous parlez de quoi ? s'inquiéta Polly.

— Je vous expliquerai tout ça pendant le repas, n'ayez crainte, répondit-il. Il n'empêche, Lindsey, que vous travaillez pour nous, et nous devons savoir si nous enfreignons la loi.

— Non. Nous œuvrons en zone grise. Comme vous, Bruce.

7

Noelle était une excellente cuisinière et ses raviolis au homard eurent un franc succès. À table, le sujet fut la couverture du risque inondation, du moins de son absence de la plupart des polices d'assurance sur

Camino. Des milliers de personnes avaient ainsi tout perdu et ne seraient pas indemnisées. Avec toutes ces tempêtes tropicales, l'arrivée des secours et des travailleurs sociaux fut cruciale et très appréciée, mais ils étaient tous repartis, appelés ailleurs par une autre catastrophe.

À la fin du repas, Bruce remplit son verre de vin et repoussa son assiette.

— Très bien, Polly, je vous explique tout : je ne sais pas si vous vous en souvenez, mais il y a trois ou quatre ans des manuscrits de grande valeur ont été volés à la bibliothèque Firestone de Princeton. Bien que ces pièces originales soient inestimables, elles étaient assurées pour vingt-cinq millions de dollars. L'université ne voulait pas l'argent. Elle voulait ses manuscrits. La compagnie d'assurances, n'ayant guère envie de faire un chèque de ce montant, décida de retrouver les documents. Et pour ce faire, elle a fait appel au cabinet de Lindsey.

Lindsey esquissa un sourire, sans faire de commentaires.

— À l'époque, j'étais dans le négoce de livres anciens, un monde plutôt obscur et, à plusieurs reprises, on m'a soupçonné de faire du recel d'ouvrages volés. Ne me demandez pas si c'était le cas, je ne vous répondrai pas, et de toute façon, je suis connu pour raconter des histoires, comme mes écrivains préférés.

— À ta place, Bruce, je n'entrerais pas trop dans les détails, intervint Noelle.

— Ne t'inquiète pas, je ne vais pas tout lui dire. Bref, à un moment donné, des gens ont pensé que les manuscrits de Princeton étaient en ma possession. Encore une fois, je ne vous dirai pas si c'était vrai ou non. Une agente de terrain du cabinet de Lindsey a mis sur pied un plan ingénieux pour infiltrer ma maison, ma librairie et mon cercle d'amis. L'idée, c'était de s'approcher de moi, au plus près, et de fouiner. Pour cette mission, ils sont allés trouver Mercer Mann et lui ont offert une coquette somme d'argent. À cette époque, elle était fauchée et par conséquent une proie facile. Depuis son enfance, elle avait un lien fort avec l'île. Alors, un beau jour, Mercer a débarqué sur Camino et s'est installée dans le bungalow de feu sa grand-mère – officiellement un congé de six mois pour terminer son roman. C'était une bonne histoire, une bonne couverture et ça a marché à merveille. Mais pas comme prévu. Mercer est devenue une vraie amie et elle a passé de nombreuses soirées chez moi avec toute la bande. On aimait tous Mercer, vraiment. C'est une autrice de grand talent.

— Elle a trouvé les manuscrits ? s'enquit Polly.

— Non, toutefois elle s'en est approchée suffisamment pour que le FBI déboule. Mais ils sont arrivés trop tard. Il s'en est fallu de peu. De l'argent a changé de mains et les manuscrits ont finalement retrouvé leur place à Princeton. À la fin, tout le monde fut satisfait.

— Et c'est tout ce qu'il y a à retenir, annonça Noelle.

— Exact.

— Et c'est censé m'impressionner ou me rassurer ? demanda Polly.

— Vous impressionner, répondit Bruce. Le cabinet de Lindsey n'est pas donné, mais ce sont des pros.

8

Jean-Luc mourut la semaine avant Thanksgiving. Noelle sembla le prendre stoïquement. Bruce ne lui posa pas de questions. Si elle était déchirée de chagrin, il ne tenait pas tellement à le savoir. En tout cas, elle fit bonne figure les jours suivants et ne prononça pas le nom de son ancien amant. Bruce avait des affaires à gérer à New York et quitta Camino une semaine.

Plus il s'éloignait de l'île, moins il voulait y revenir. Camino était meurtrie et ses voisins étaient épuisés. Leo avait frappé trois mois plus tôt et, à l'évidence, il faudrait des années avant que l'île ne retrouve son visage d'antan. Les stigmates étaient partout, immanquables : ici une clôture à réparer, là un arbre dépecé, ses branches toujours parsemées de débris, là encore un toit éventré qu'aucun couvreur n'était venu colmater, une maison abandonnée parce que les dégâts étaient trop importants, un fossé bouché par les immondices, un parc municipal rempli de caravanes de la FEMA avec leurs occupants désespérés, assis sur des chaises de jardin, attendant des jours meilleurs qui ne viendraient jamais. Et dans les bois alentour, des gens plus désespérés encore, dormant dans des tentes.

Un temps, Bruce avait envisagé de mettre la clé sous la porte, et de partir un an se réfugier avec Noelle dans un paradis exotique pour ne rien faire, juste lire les bons livres qu'il avait pu louper. Il avait de l'argent à revendre et aucune dette. Ce serait officiellement un congé sabbatique, une retraite pour se ressourcer, peu importe le nom, puis il rouvrirait plus tard, quand l'île serait sortie de ses cendres et les touristes revenus. Mais l'envie passa. Bay Books était trop important pour Camino et Bruce ne pouvait s'imaginer vivre sans cette librairie, d'autant que ses employés comptaient sur lui, et ses clients aussi.

Noël arrivait et, d'ordinaire, Bruce faisait un tiers de son chiffre d'affaires à cette période. Avec son équipe, il décida de décorer la boutique encore plus que d'habitude, de rallonger les horaires d'ouverture, d'offrir rabais et cadeaux à foison, et d'organiser des cocktails, des fêtes. L'île avait besoin de sa librairie, elle était le ciment de la communauté et le symbole qu'un retour à la vie normale était possible.

Bruce passa quasiment tout le mois de décembre à réviser *À cœurs battants*. Corriger et retoucher les écrits de ses amis écrivains lui procurait un réel plaisir. Il lisait tant de littérature populaire qu'il trouvait toujours le moyen d'améliorer tel ou tel passage. Mais pour la première fois, et peut-être la dernière de sa vie, Bruce put peaufiner un manuscrit dans son entier. Il embaucha même une dactylo pour qu'elle sorte un exemplaire propre. Quand ce fut fait, il demanda à Bob Cobb de lire le résultat final. Celui-ci déclara qu'il n'aimait ni le style, ni l'histoire. Néanmoins Bruce s'y attendait. Aucun de ses confrères écrivains ne trouvait grâce aux yeux de Bob. Nick étant rentré de Venise, Bruce lui envoya également une copie papier chez lui, à Nashville. En deux jours, le jeune homme l'avait lu et il déclara que le roman se vendrait bien.

La première semaine de janvier, Bruce se rendit au tribunal avec l'avocat de la succession pour être nommé officiellement administrateur du patrimoine littéraire de Nelson. Le vieux juge n'avait jamais eu à statuer sur ce genre de disposition, mais signa la demande sans sourciller.

Le lendemain, Bruce fit porter le manuscrit à l'ancien éditeur de Nelson chez Simon & Schuster. Depuis un mois, ils parlaient du livre et cet envoi était attendu. Certes, pour des raisons assez obscures, Nelson voulait changer d'éditeur, mais cela n'avait plus aucune importance à présent. Bruce, désormais administrateur, ne cherchait pas à tout prix un contrat juteux. De toute façon, c'était inenvisageable en ces circonstances ; aucune maison d'édition n'accepterait de débourser une fortune pour un auteur mort qui ne pourrait assurer la promotion, et encore moins écrire une suite. Et puis l'argent n'était pas crucial. L'héritage était d'ores et déjà un cadeau tombé du ciel pour Polly et ses parents, et ce n'était pas des gens cupides par nature.

Bruce, en vérité, ne cherchait pas un gros contrat d'édition. Plus il y aurait de l'argent en jeu, plus il y aurait de la publicité, en particulier si on apprenait que l'auteur avait été assassiné ! Il préférait la discrétion. Ingrid se promenait toujours en totale liberté… et, même si elle restait au large, un autre tueur à gages pouvait reprendre le flambeau. D'après Lindsey, les commanditaires du meurtre n'étaient pas si malins et ne tenteraient pas une seconde opération. Selon elle, il n'y avait aucun risque. Elle en était certaine. Mais Lindsey Wheat travaillait dans l'ombre et peu de gens connaissaient son nom. Tandis que le sien, Bruce Cable, figurait sur tous les documents de la succession, et ses coordonnées étaient en ligne !

Une semaine plus tard, l'éditeur rappela et proposa deux cent cinquante mille dollars pour l'ensemble – éditions grand format, poche, numérique et droits étrangers. C'était la moitié de ce que valait le livre, et si Bruce avait été l'agent de Nelson il aurait piqué une colère et menacé de vendre à quelqu'un d'autre. Sauf que Bruce ne touchait aucune commission sur la transaction. Il se laissa donc une journée de réflexion, puis fit une contre-proposition à trois cent mille qui fut acceptée.

Pour tout dire, le contrat était parfait. Il était suffisamment généreux pour Nelson, mais bien trop petit pour attirer l'attention. Bruce envoya par e-mail un communiqué de presse qu'il avait peaufiné des heures durant :

> LE DERNIER THRILLER DE L'ÉCRIVAIN NELSON KERR A ÉTÉ ACHETÉ PAR SIMON & SCHUSTER, SON ÉDITEUR DE LONGUE DATE. LE ROMAN *À CŒURS BATTANTS* SORTIRA L'ANNÉE PROCHAINE AVEC UN PREMIER TIRAGE À CENT MILLE EXEMPLAIRES. LES TROIS PRÉCÉDENTS LIVRES DE NELSON KERR – *LE CYGNE NOIR, LAVAGE À BLANC,* ET *L'EAU LOURDE* – ONT TOUS ÉTÉ PUBLIÉS PAR SIMON & SCHUSTER ET ONT ÉTÉ DES BEST-SELLERS. TOM DOWDY, SON ÉDITEUR, A DÉCLARÉ : « NOUS SOMMES RAVIS DE SORTIR LE DERNIER ROMAN DE NELSON KERR, MALGRÉ L'AFFLICTION QUE NOUS A CAUSÉE SA MORT. DEPUIS DES ANNÉES, IL NOUS PARLAIT DE CE LIVRE ET NOUS SOMMES CERTAINS QUE SES FANS L'APPRÉCIERONT. »
>
> NELSON KERR HABITAIT L'ÎLE DE CAMINO, EN FLORIDE, ET EST DÉCÉDÉ DANS DES CIRCONSTANCES MYSTÉRIEUSES EN AOÛT LORS DU PASSAGE DE L'OURAGAN LEO. LA POLICE DE L'ÉTAT DE FLORIDE

ENQUÊTE TOUJOURS SUR SA MORT. SON AMI BRUCE CABLE, LIBRAIRE À CAMINO, EST L'ADMINISTRATEUR DU PATRIMOINE LITTÉRAIRE DE NELSON KERR ET A NÉGOCIÉ LA VENTE DE L'OUVRAGE AUPRÈS DE SIMON & SCHUSTER. M. CABLE ANNONCE QU'IL NE FERA AUCUN COMMENTAIRE.

LES HÉRITIERS DE NELSON KERR OFFRENT UNE RÉCOMPENSE SUBSTANTIELLE À TOUTE PERSONNE SUSCEPTIBLE DE DONNER DES INFORMATIONS SUR LA MORT DE M. KERR.

Elle l'invita à sa table avec un grand sourire et une poignée de main franche et ferme. Elles s'assirent l'une en face de l'autre. Le fait que Lindsey soit noire aussi facilita le contact. Vera regardait autour d'elle, persuadée que les problèmes allaient arriver. Son frère aîné était en prison et sa famille avait un passé compliqué avec les autorités.

Lindsey lui tendit une enveloppe.

— Voilà l'argent promis. Et je paye l'addition.

Vera prit l'enveloppe et la glissa dans sa poche.

— Merci, je n'ai pas faim, annonça-t-elle. (Mais à voir sa ligne, il était évident qu'elle n'aurait pas rechigné devant un friand.) Vous êtes flic, c'est ça ?

— Pas du tout. Je travaille pour un cabinet d'avocats à Louisville et nous enquêtons sur les maisons de retraite un peu partout dans le pays. Nous en poursuivons plusieurs en justice pour maltraitance et négligence médicale. Comme vous le savez, Glinn Valley n'a pas très bonne réputation. J'ai besoin d'informations et je suis prête à payer pour ça.

— Et moi, j'ai pas envie de perdre mon boulot. D'accord, je ne touche pas grand-chose, mais le travail, ça court pas les rues.

— Vous n'aurez pas de problèmes, je vous l'assure. Rien d'illégal. Nous avons juste besoin de vos yeux et de vos oreilles pour pouvoir consolider notre dossier.

— Pourquoi moi ?

— Simple hasard. Si vous refusez, nous trouverons quelqu'un d'autre. C'est payé deux mille dollars par mois, pendant un trimestre.

Pour l'instant, Lindsey n'avait laissé aucune trace compromettante. Si Vera décidait d'aller prévenir son

VII

LA FICTION

1

Pour la rencontre, Lindsey Wheat portait un jean ample, des tennis blanches, et un chemisier beige sous une veste bleue. Revoir à la baisse l'élégance de ses tenues n'était pas aisé pour une femme qui se souciait tant de son apparence. Toutefois, malgré ses efforts, sa tenue restait bien trop « habillée » pour un coffee-shop le matin où les clients se pressaient pour avaler sur le pouce un friand au poulet. Lindsey reconnut Vera Stark dès qu'elle passa les portes : elle jetait des regards inquiets dans la salle comme si elle faisait quelque chose de mal. Vera avait vingt-six ans, afro-américaine, mariée, trois enfants, et aide-soignante ces quatre dernières années à la maison de retraite Glinn Valley. Son mari était chauffeur routier. Ils habitaient un mobile home propret dans les faubourgs de Flora, une cité de trois mille six cents âmes du Kentucky.

Lindsey avait appelé Vera sur son portable une heure plus tôt, alors qu'elle déposait ses gosses chez sa mère avant de partir au boulot. Naturellement, la femme était très suspicieuse et n'avait guère envie de parler à une inconnue. Lindsey, sous un autre nom, lui avait offert cinq cents dollars en échange de dix minutes de son temps, plus le petit déjeuner.

patron et de lui parler de cette rencontre, personne ne retrouverait Lindsey. Elle quitterait cette petite ville sinistre et ne reviendrait jamais. Mais Vera pensait déjà à l'argent... Elle ne gagnait que dix dollars de l'heure pour quarante heures par semaine, sans aucun avantage social. Son mari allait être licencié. Ils vivaient au jour le jour, sans jamais avoir un dollar devant eux, et au moindre retard de paiement, personne ne viendrait les aider.

Lindsey, bien sûr, savait tout ça. Elle enfonça le clou :

— C'est de l'argent facile, Vera. Et ce que nous vous demandons n'est absolument pas répréhensible.

— N'empêche que ça pue.

— Il faut me croire.

— Pourquoi je vous ferais confiance ? On vient juste de se rencontrer. Vous débarquez de nulle part et vous offrez le déjeuner.

— Nous offrons bien plus que cela.

— Qu'est-ce que je suis censée faire ? Jouer à l'espionne ?

— En gros, oui. Les avocats pour qui je travaille sont des experts dans le domaine des établissements véreux. Nous avons des dossiers plein les bras.

— Je ne veux pas aller au tribunal. Pas question.

— Ce n'est pas ce qu'on vous demande. Jamais cela n'arrivera.

— Et quand vos gars traîneront en justice Glinn Valley, qu'est-ce qui se passera ? Une fois qu'ils mettront la clé sous la porte, qu'est-ce que je vais devenir ? Comme je vous l'ai dit, les boulots, c'est rare. Ils me paient avec un lance-pierre. Vous croyez que j'aime ça ? Bien sûr que non, mais les gosses, il faut bien les nourrir !

Lindsey n'était pas du genre à s'accrocher. Elle partirait et appellerait la personne suivante sur la liste. Elle leva les mains en l'air, en signe de reddition.

— Très bien, madame Stark. Je vous remercie du temps que vous m'avez accordé. Je vous ai payé ce que je vous devais. Je vous souhaite une bonne journée.

— Trois mille dollars et pendant cinq mois ! lança Vera. Quinze mille au total. Je gagne pas ça en un an après les impôts. Et un mois payé d'avance.

Lindsey esquissa un sourire et observa la femme. Une existence difficile avait déjà imprimé sa marque et lui avait appris la survie.

Doucement, elle répondit :

— Marché conclu.

Vera sourit à son tour.

— Je ne sais même pas comment vous vous appelez.

Lindsey sortit sa carte de visite, fausse évidemment. Le nom inscrit était Jackie Fayard. Le numéro renvoyait sur un téléphone à carte prépayée, l'adresse à une boîte postale dans le centre de Louisville, accueillant une centaine d'autres entreprises.

— Inutile d'appeler le bureau, je n'y suis jamais, précisa Lindsey.

— Quand je toucherai l'avance ?

— Demain. Retrouvons-nous au Food Center de Main Street, à côté du rayon fruits et légumes, même heure.

— Je ne fais jamais mes courses dans ce magasin. C'est les Blancs qui vont là-bas.

— Raison de plus. Ça ne durera pas plus de cinq minutes.

— D'accord. Qu'est-ce que je dois chercher ?

— Commençons par les noms des résidents souffrant de démence sénile. Ceux qui ne quittent pas leur lit.

— Facile.

2

À l'autre bout de Flora, Raymond Jumper, un collègue de Lindsey, entrait dans un bar de ploucs et se jucha sur un tabouret. Même si les panneaux « Réservé aux Blancs » avaient été retirés depuis longtemps, la politique de l'établissement était restée inchangée. Les Noirs avaient leurs bouges, les Blancs les leurs. En matière de vie nocturne, la ségrégation était toujours en vigueur à Flora. Jumper commanda une bière et observa les clients. Deux femmes obèses jouaient au billard. L'une des deux était sa cible, une dénommée Brittany Bolton, vingt-deux ans, célibataire, sans enfants. Elle suivait des cours du soir dans une université publique, à une heure de route de Flora, et habitait encore chez ses parents. Depuis deux ans, elle travaillait à Serenity Home, un établissement qui se baptisait pompeusement « résidence pour seniors » dans sa communication, mais qui n'était rien d'autre qu'un mouroir géré par une société connue pour ses restrictions de budget drastiques.

Les deux femmes riaient et bavardaient sans arrêt, absolument pas concentrées sur le jeu. Une fois toutes les boules empochées, Jumper commanda deux bières et passa à l'attaque. Il avait trente-deux ans, était divorcé et savait engager la conversation autour d'une table de billard. Il leur offrit deux bières fraîches et une nouvelle partie. Une heure plus tard, ils étaient installés dans un box pour manger un morceau, accompagné d'une nouvelle tournée de bières. C'est Jumper qui régalait. Sa couverture : il était arrivé en ville deux jours plus tôt et enquêtait sur un accident pour le compte d'un cabinet d'avocats de Lexington. Il s'ennuyait ferme et avait envie de bavarder avec quelqu'un. Il étouffait dans sa petite chambre de motel et était venu ici se changer les idées. Aucune des deux femmes ne lui plaisait. Il veillait à garder une certaine distance car il sentait que Brittany, en particulier, aurait été partante.

Son amie, April, avait un copain qui n'arrêtait pas de l'appeler au téléphone. Vers 21 heures, elle dut s'en aller et laissa Jumper seul avec Brittany, mais il n'avait aucune envie de l'emmener dans sa chambre. Il lui demanda ce qu'elle faisait dans la vie. Elle travaillait dans un endroit sinistre, dit-elle, une maison de retraite. Jumper parut fasciné et lui posa des questions. L'alcool aidant, Brittany parla de cet emploi qu'elle détestait. L'établissement était systématiquement en sous-effectif, parce qu'ils payaient très mal les aides-soignantes, les cuisiniers, les gardiens. Seules les infirmières et la direction avaient des salaires décents. Les résidents étaient totalement négligés. C'était horrible ! Elle préférait lui épargner les détails. La plupart des patients avaient été abandonnés par leur famille. Elle n'en pouvait plus de ce job. La fatigue, l'écœurement. Elle avait de plus grandes aspirations. Elle voulait devenir infirmière, un vrai métier, avec un vrai avenir, loin de Flora.

Raymond Jumper annonça qu'il avait déjà fait des recherches pour un cabinet spécialisé dans les cas de maltraitance en milieu paramédical. Il lui demanda le nom de l'établissement en question. Ils burent encore des bières puis arriva l'heure de partir, soit ensemble, soit séparément. Jumper prétendit avoir un long coup de fil à passer et insista pour que Brittany lui laisse son numéro de téléphone.

Le lendemain, il la rappela au travail en lui disant qu'il voulait lui parler. Ils se retrouvèrent dans une pizzeria et il lui offrit à nouveau le déjeuner. Après deux bières, il entra dans le vif du sujet.

— Serenity possède cinquante établissements dans le Middle-West et a très mauvaise réputation dans le milieu.

— Ça ne m'étonne pas. Je déteste cet endroit, je déteste mes patrons. Et je ne supporte plus mes collègues, mais eux, c'est pas grave. Dans trois mois, ils seront partis !

— L'établissement a déjà été poursuivi en justice ?

— Je sais pas trop. Je ne suis là-bas que depuis deux ans.

Soudain, elle reposa sa chope et s'essuya les yeux. Jumper ne s'attendait pas à ça :

— Ça ne va pas ?

Elle secoua la tête en séchant ses joues avec une serviette en papier. Il observa les alentours, craignant que quelqu'un ait vu Brittany pleurer. Un long silence s'ensuivit.

Finalement, elle demanda :

— Vous dites que vous travaillez pour un cabinet d'avocats ?

— Je ne suis pas vraiment leur employé. Je collabore avec eux, en particulier dans le domaine des maisons de retraite.

— Je peux vous raconter une histoire ? (La question était purement rhétorique.) Personne n'est au courant, mais il faut que ça se sache, vous voyez ce que je veux dire ?

— Je vois, oui.

— J'ai une résidente dans mon aile, une fille, du même âge que moi, vingt-deux ans, sauf qu'elle n'est pas vraiment comme moi.

— Vingt-deux ans dans une maison de retraite ?

— Elle a été victime d'un accident de voiture, un sale truc quand elle était gamine et, depuis l'âge de quatre ans, son cerveau est en bouillie. Elle respire toute seule, enfin à peu près, mais elle est nourrie par sonde. C'est comme si elle n'était plus de ce monde. Elle pèse quarante-cinq kilos. Vous voyez le tableau. C'est triste. Sa famille a déménagé et a fait une croix dessus. Ça se comprend, en fait. À quoi bon lui rendre visite ? Elle peut même pas ouvrir les yeux. Bref, j'ai un collègue, Gerrard, il a dans les quarante ans et il est à ce poste depuis des lustres. Un gros naze, tout fier d'être le plus ancien à glisser les bassins sous les vieux. Il aime nos résidents, il les distrait, organise des jeux… Ça peut paraître louche que quelqu'un se satisfasse pendant si longtemps d'un salaire de misère, mais Gerrard est comme ça. Il bosse ici depuis quinze ans et il adore son boulot. N'empêche que je me dis qu'il est là aussi pour autre chose…

Il y eut un silence.

— Quelle chose ? demanda finalement Jumper.

— Pour le sexe.

— Le sexe ? Dans une maison de retraite ?

— Vous seriez surpris comme c'est actif de ce côté-là.

— Oui, on m'a dit ça, déclara-t-il, mentant éhontément.

Elle essuya ses yeux à nouveau et prit une gorgée de bière.

— Gerrard traîne beaucoup dans la chambre de la gamine. Il y a quelques mois, j'ai commencé à avoir des doutes mais je n'ai rien dit. Je n'ai confiance en personne là-bas et tout le monde a peur de perdre son travail. Alors un jour que je quittais mon aile à la pause de midi, j'ai raconté un bobard à Gerrard. Je lui ai dit que j'allais chercher à manger au Wendy's et lui ai demandé s'il voulait que je lui rapporte quelque chose. Il m'a dit non. Dix minutes plus tard, je suis revenue et ai trouvé la porte de la fille verrouillée, ce qui est contraire au règlement, et carrément bizarre. Mais la chambre a une salle de bains commune avec la chambre voisine. J'avais laissé exprès la porte de communication ouverte et Gerrard avait oublié de vérifier. Je suis passée par là et ai entrouvert le battant et j'ai vu ce salopard vautré sur cette pauvre fille, en train de la violer. J'ai voulu crier mais rien n'est sorti de ma bouche. Alors j'ai voulu attraper quelque chose pour aller lui casser la gueule, mais j'étais tétanisée. J'ai dû m'enfuir. Je ne m'en souviens même pas ! Je me suis retrouvée dans les toilettes des femmes à l'étage, assise sur le siège des toilettes. Et je pleurais. Ça ne voulait pas s'arrêter. J'étais en vrac, au bord de vomir. Pas moyen de penser. Je chialais comme une madeleine.

Elle sécha encore quelques larmes.

— J'ai réussi à passer la journée sans croiser cette ordure. Je me suis occupée de la fille. Je lui ai donné un bain. Je lui fais ça de temps en temps. Et me suis débrouillée pour passer un coton-tige dans son vagin, et je pense avoir récolté un échantillon de son sperme. Je l'ai toujours. La pauvre gamine, clouée dans son lit, abandonnée de tous… Il fallait que je raconte ça à quelqu'un. J'ai d'abord pensé à mes parents mais ils ne m'auraient pas été d'une grande aide, ils n'auraient pas su quoi faire. Il y a bien les avocats, mais ces gens-là me fichent les jetons. Je ne veux pas me retrouver à la barre dans un tribunal avec une armée de ces types qui me crient dessus et me traitent de menteuse. Alors j'ai attendu. À un moment, j'ai été à deux doigts d'aller trouver la directrice et de tout déballer, sauf que je déteste cette bonne femme. Elle protège toujours les patrons. C'est une planche pourrie. Une semaine plus tard, j'ai vu Gerrard entrer à nouveau dans la chambre de la fille et je l'ai suivi. J'ai tendu le doigt vers lui et lui ai crié : « Fiche-lui la paix ! » Il a détalé comme un lapin. Depuis, le temps a passé et j'en suis au même point.

Raymond Jumper, quoique fasciné par cette histoire tragique, ne savait que dire. Cela ne faisait pas partie du programme. Lindsey Wheat et son mystérieux cabinet de Washington l'avaient embauché pour soudoyer les employées de Serenity Home et les convaincre de lui remettre les dossiers médicaux des résidents, voire la liste des médicaments qu'on leur administrait. Brittany Bolton était leur première tentative d'infiltration. Et voilà que Brittany faisait de lui son confident. Les pensées se bousculaient dans sa tête. Cette histoire sortait du plan.

— Et c'est tout ? demanda-t-il finalement.

— Presque. Juste un détail : la fille est enceinte. Vous imaginez ça. La gamine a le cerveau mort depuis dix-huit ans, elle est maintenue en vie par des machines, et la voilà en cloque !

— Vous en êtes sûre ?

— Quasiment à cent pour cent. Je lui donne un bain de temps en temps, et au pifomètre, elle en est à six mois. Je suis la seule à le savoir. Quand viendra le bébé, un simple test ADN suffira à griller Gerrard. Puisqu'il ne peut y avoir de consentement possible, Serenity est bonne pour…

— Pour payer des millions.

— C'est ce que je me suis dit. Des millions. Et Gerrard ira en prison, pas vrai ?

— Probable. Sûrement pour longtemps.

— Quelle ordure !

— Serenity est assurée, alors un accord financier sera vite trouvé et en toute discrétion, répondit Jumper en buvant sa bière. C'est une affaire en or pour un avocat.

— Je vous le fais pas dire ! J'ai fouiné sur Internet et lu des centaines de cas de maltraitance dans des maisons de retraite. Et vous savez quoi, Raymond ?

— Non.

— La mienne, c'est le pompon ! C'est la plus énorme. Et je veux ma part du gâteau. Je suis témoin et j'ai un échantillon de son sperme. Et plus important encore, je veux quitter ce boulot, et cette ville. J'en ai assez de laver des vieux, assez des bassins, des escarres, assez de faire croire à de pauvres personnes abandonnées que tout va bien, alors que rien ne va du tout. Je veux m'en aller, et ça, c'est mon billet de sortie.

Jumper acquiesçait, déjà convaincu.

— D’accord. C’est quoi votre plan ?

— Je n’en ai pas, mais un avocat est sûrement prêt à me filer du fric pour ce que je sais. Par exemple, ceux pour qui vous travaillez.

Ils n’existent pas ! répondit-il en pensée, en poursuivant pourtant la fiction.

— Oh, ils seraient prêts à tout pour avoir cette affaire. À condition que les faits soient véridiques.

— Véridiques ? Vous doutez de moi ?

— Non, mais on n’a pas la preuve officielle qu’elle soit enceinte. Et on n’a pas l’ADN de Gerrard.

— Les faits sont là, Raymond, vous pouvez me croire. Je me vois bien en lanceuse d’alerte, en taupe qu’on paye pour ce qu’elle sait. Il n’y a pas de mal à ça, si ?

— Aucun.

Ils attaquèrent tous les deux leur pizza, chacun plongé dans ses pensées. Il y avait des inconnues, des pièges et des écueils. Jumper fit descendre sa bouchée avec une rasade de bière et s’essuya les lèvres du revers de la manche.

— Ça peut prendre des mois, voire des années, mais je marche. En attendant, une affaire plus urgente m’amène. Les avocats pour qui je travaille ont besoin d’infos sur Serenity.

— Quel genre d’infos ?

— C’est encore un peu vague. Ils se posent des questions sur les résidents atteints de démence avancée, ces malheureux coincés dans leur lit, qui sont partis si loin qu’ils ne reviendront plus jamais. Comment vous les appelez ?

— Les « momies », les « EEGplats », c’est pas les surnoms qui manquent pour ces gens qui n’ont plus d'activité cérébrale. Appelez-les comme vous voulez, ils risquent pas de se vexer !

— Vous en avez à Serenity Home ?

— Plein.

— Vous pourriez m'avoir leurs noms ?

— C'est pas très compliqué. Il ne nous reste que cent vingt-trois résidents et je sais quasiment tous comment ils s'appellent.

— Pourquoi le chiffre descend ?

— Parce qu'ils tombent comme des mouches, Raymond. C'est l'endroit qui veut ça. Mais ça va se remplir à nouveau. Et j'en ai ma claque de cet endroit.

— Combien sont dans un état végétatif ?

— Des tas. Et il y en a de plus en plus. Rien que dans mon service, j'en ai sept qui n'ont plus dit un mot depuis des années. Sept sur les dix-neuf dont j'ai la charge ! On les nourrit par sonde.

— Qu'est-ce qu'il y a dedans ?

— Des nutriments. On les gave quatre fois par jour pour un total quotidien de deux mille calories. On y ajoute aussi les médocs. Classique.

— Ce serait difficile d'avoir la liste détaillée des médicaments ?

— C'est pas illégal, ça ? Vous allez me demander de faire un truc interdit, Raymond ?

— Non, bien sûr que non. Si vous découvrez quels médicaments on donne à un résident, et que vous venez me raconter ça en buvant une bière, ça n'a rien d'illégal. Mais si vous faites une copie des prescriptions et que vous me remettez ce document, alors là, ça peut vous attirer des ennuis.

— Pourquoi ça vous intéresse ? C'est quoi le but ?

— Aller au procès. Mais ne vous inquiétez pas, vous ne serez pas appelée à témoigner.

— Et il y a un budget pour ces renseignements ?

— Absolument. Deux mille dollars par mois en liquide pour les deux ou trois mois à venir.

— C'est plus que ma paye avec mes dix dollars de l'heure.

— Alors, c'est oui ?

— Bien sûr. Seulement il faut me promettre que je n'aurai pas de soucis.

— Je ne peux rien promettre, Brittany. Si vous êtes prudente, tout ira bien. Ce ne doit pas être Fort Knox, là-bas.

— Il y a zéro surveillance, vous voulez dire ! Les soignants peuvent violer les résidents, tranquilles ! Perso, je pourrais aller dans les réserves demain et sortir les médocs que je veux. En même temps, les trucs intéressants ne sont pas rangés là. Ils sont stockés dans la pharmacie. Mais la directrice oublie de fermer la porte une fois sur deux ! Et le seul gardien est un vieux tas qui aurait plutôt sa place avec nos déments. Tout ça pour dire que la sécurité, c'est pas la priorité à Serenity. La surveillance ça coûte bonbon et tout ce qui compte pour cette boîte, ce sont les profits.

Jumper sourit, ravi, et lui tendit la main par-dessus la table. Marché conclu.

3

Glinn Valley appartenait à la Barkly Cave, une société gérant quatre-vingt-dix maisons de retraite dans le pays, elle-même propriété de la Northern Verdure. Au-dessus, il y avait un mille-feuille d'autres sociétés implantées dans divers États. Par chance, une enquête fédérale, réalisée deux ans plus tôt, avait établi que le conglomérat, opaque à souhait, était détenu en réalité par un fonds d'investissement à Coral Gables en Floride : Fishback Investments. À lui seul, ce fonds possédait deux cent quatre-vingt-cinq maisons de retraite dans vingt-sept États. C'était un groupe sans scrupule qui avait toujours maille à partir avec les autorités, en particulier avec le fisc. À plusieurs reprises, Fishback Investments avait été épinglé pour fraude et dissimulation de revenus – une faute aussitôt imputée à quelque petit comptable qui se retrouvait limogé sur-le-champ. Fishback se fichait des normes sanitaires. Ses équipements étaient indécents, et la société faisait l'objet d'innombrables poursuites judiciaires.

Le groupe auquel appartenait Serenity Home était pire encore, propriété d'un consortium nébuleux domicilié aux Bahamas et dirigé par des gens qui n'avaient jamais mis les pieds sur les îles. La maison mère, Grattin Health Systems, possédait trois cent deux établissements dans quinze États, et avait le sens du rendement à en juger par ses résultats financiers. Selon un article de *Forbes*, plutôt critique, Grattin avait réalisé un chiffre d'affaires de trois milliards l'année précédente et dégagé un bénéfice net après impôts de onze pour cent. Dans tous les États où l'entreprise avait des établissements, elle était dans le collimateur des autorités qui lui reprochaient ses installations défectueuses, ses soins de seconde zone, et l'incompétence de son personnel. Ils étaient habitués aux procès, et un magazine juridique expliquait que deux cabinets avaient été engagés par l'État fédéral rien que pour traquer les illégalités commises par Grattin et lancer les poursuites. Le groupe trouvait alors un arrangement financier avec les plaignants, rapidement et discrètement, mais ne changeait rien à ses pratiques. Étant donné l'âge avancé des victimes et leur mauvais état de santé, engager une longue procédure était inenvisageable. Comme l'expliquait un avocat des parties civiles : « Nos clients ne sont pas en mesure de supporter physiquement et psychologiquement un procès et Grattin le sait. Jamais nous ne ferons condamner ces gars. Ils trouvent toujours un accord à l'amiable. »

Personne au siège de Grattin n'avait voulu parler à Lindsey Wheat – un effet de la politique managériale de la maison. Les employés sous pression, terrorisés, voire décérébrés, étaient reclus dans des locaux à l'allure de bunker au sommet d'une tour à Houston.

Lindsey avait rencontré les deux cabinets qui traquaient Grattin, mais elle n'avait rien appris d'intéressant. Les avocats reconnaissaient n'avoir guère avancé, malgré des années de combat. Quant aux noms des médicaments prescrits aux résidents déments, ils n'avaient rien voulu lâcher. En échange des règlements à l'amiable, les cabinets avaient signé des clauses de confidentialité drastiques et, pour chaque affaire, les pièces du dossier restaient la propriété de Grattin.

4

Avec Vera Stark et Brittany Bolton dans leur escarcelle, l'histoire pouvait suivre son cours. Seul imprévu : cette histoire de viol. Lindsey et Raymond ne savaient encore comment la gérer.

Pour renforcer leur couverture, Lindsey avait loué une maison dans les faubourgs de Lexington, à une heure au nord de Flora. Le salon avait été converti en salle de crise, avec des tables pliantes, et une collection de cartes accrochées aux murs. La plus grande montrait le réseau routier du Kentucky, parsemé de points de diverses couleurs. Fishback Investments avait treize établissements dans l'État, Grattin, dix-neuf.

Bien sûr, si Vera et Brittany se dégonflaient ou faisaient chou blanc, il faudrait déménager et tout recommencer à zéro. Pour l'instant, Vera avait donné les noms de dix-huit patients atteints de démence avancée, alités, nourris par sonde, et dans un état végétatif. En ce moment, il y avait cent quarante résidents à Glinn Valley, un établissement de la même taille que Serenity Home où Brittany en avait identifié vingt et un.

L'équipe de Lindsey estimait que les patients de ce type représentaient, dans le Kentucky, vingt-cinq pour cent des pensionnaires dans ces deux sociétés. Ses juristes à Washington avaient étudié cette histoire de viol sous tous les angles et étaient arrivés à la conclusion évidente : c'était une affaire mirifique, gagnée d'avance, pourtant difficile à monter. La plainte devait être déposée par les parents de la victime, et les rapports dans cette famille étaient compliqués, pour ne pas dire chaotiques. L'argent apaiserait les esprits, certes, mais garder la cohésion du groupe demanderait des efforts de chaque instant. Sans compter le problème du bébé à venir. Il n'y avait pas un seul couple stable dans cette famille pour l'accueillir, pas même chez des cousins proches ou éloignés. Le risque de luttes intestines était élevé.

Tout cela n'avait pour l'heure aucune importance, du moins pour Lindsey Wheat et son projet. Sa priorité du moment était d'établir une relation de confiance avec Vera Stark et Brittany Bolton, et de récupérer la liste des produits administrés aux patients. À Washington, les analystes du labo étaient dans les starting-blocks.

Elle retrouva Vera un samedi de janvier, dans une laverie près de Main Street. Il y avait trop de monde pour qu'elles puissent se parler. Vera lui glissa dans la main un bout de papier.

— En voilà quatre de plus.

Lindsey ne voulait aucun échange par e-mail ou SMS parce que cela laissait toujours des traces. Quant aux téléphones, ils ne devaient servir qu'à caler les rendez-vous.

Elle remercia Vera, et fila en voiture à Harrodsburg retrouver Jumper. À 10 heures précises, Raymond Jumper entra dans le coffee-shop et s'installa en face d'elle. Pendant qu'ils examinaient le menu, une serveuse leur apporta du café.

Une élégante femme noire d'une petite cinquantaine d'années en compagnie d'un trentenaire blanc plutôt mignon… où était le problème ? Et pourtant, ils attiraient tous les regards. Le couple préféra les ignorer.

— Du nouveau avec Vera ? s'enquit Raymond.

Lindsey posa la carte sur la table.

— Quatre noms supplémentaires. Et vous ?

— Trois. Ce qui nous fait un total de vingt-quatre. Brittany pense avoir récupéré la liste complète. On s'est vus hier dans un bar. La fille aime la bière, les nachos et la pizza.

— Je ne pense pas que Vera soit prête à faire une razzia dans la pharmacie. Et Brittany ?

— On en a parlé. Pour info, c'est elle qui insère les nutriments dans la sonde, mais c'est quelqu'un d'autre qui prépare le mélange. On lui apporte une seringue pleine et elle fait passer la mixture dans le tube – glucose, protéines, vitamines et médocs. Elle n'a jamais vu de près les médicaments. Elle pense qu'il y en a sous forme de gouttes, de comprimés réduits en poudre, ou encore provenant de gélules qui ont été ouvertes. Comme elle le dit, la sécurité n'est pas très poussée dans les réserves de la pharmacie et c'est facile d'y entrer, mais elle ne saurait pas quoi chercher.

— Elle serait prête à tenter le coup ?

— Difficile à dire. Nous donner des noms oralement, c'est une chose. Voler des médicaments chez son employeur, c'est autrement plus risqué. Elle n'est pas très chaude. Évidemment, elle fait une fixette sur son histoire de viol. C'est tout ce qui compte pour elle. Je la balade, lui dis que j'en parlerai aux avocats dès qu'elle sera OK pour sauter le pas.

— C'est bien. Continuez à la conseiller pour cette affaire. Ça crée de la confiance et de l'intimité. Enfin, prudence, tout de même. Il faut lui faire comprendre que ce n'est pas son procès à elle. Elle sera peut-être le témoin clé, mais ça ne fait pas d'elle la bénéficiaire des dommages et intérêts. Ce ne sera en aucun cas le jackpot pour elle.

— Elle a lu sur Internet – et elle y traîne bien trop à mon goût ! – que dans certains cas le lanceur d'alerte touche vingt pour cent de l'accord financier. Vous êtes au courant ?

— Tout ce que je sais, c'est que ce dossier est un cas à part, alors rien n'est fixé concernant la récompense. Continuez à la travailler au corps. Et demandez-lui s'il lui serait possible de sortir une seringue pleine. Nous pourrions lui en donner une de substitution, remplie de nutriments mais sans médicaments. Elle gaverait son patient comme d'habitude et tout le monde n'y verrait que du feu. Nos techniciens au labo sont certains de pouvoir identifier les produits contenus dans la seringue.

— Quel genre de produits au juste ?

— On n'a pas deux heures devant nous. La liste est longue. Des diurétiques et des bêtabloquants pour réduire la tension artérielle. Des antibiotiques pour les plaies et les infections – tous ont des escarres et cela peut leur être fatal. Des compléments protéiniques pour faciliter la cicatrisation. De la metformine ou une autre molécule contre le diabète. Du Coumadine pour éviter les caillots de sang. Des hormones pour la thyroïde. De l'Aricept contre Alzheimer. Des antidépresseurs. Et je peux continuer longtemps comme ça.

— Ces gens sont dans le coma depuis des années et on leur file des antidépresseurs ?

— C'est un classique. Et avec la bénédiction de la sécu !

— Les maisons de retraite ont des parts dans le business des médicaments ?

— Pas vraiment. Les produits et les prix sont étroitement surveillés. Mais, dès que l'emploi d'une nouvelle molécule est approuvé, c'est sûr qu'ils se jettent dessus.

La serveuse revint enfin. Lindsey commanda une omelette et Raymond des pancakes. Quand elle fut partie, il reprit :

— Brittany m'a appris quelque chose d'intéressant hier soir. Les « EEGplats », c'est le nom qu'on leur donne là-bas, ont droit à un traitement de faveur. Ils sont toujours nourris à l'heure, ont les meilleurs médicaments. Leurs lits sont propres. Et les soignants les bichonnent. Pour les autres résidents, les soins sont catastrophiques. Parfois, c'est carrément de la maltraitance. Mais jamais pour les EEGplats.

— Ce sont des clients précieux, répondit Lindsey. Plus ils vivent longtemps, plus ils rapportent de l'argent.

Raymond Jumper était juste un enquêteur externe que le cabinet avait recruté. Il n'avait jamais entendu parler de Nelson Kerr et ne savait pas ce qui se cachait derrière tout ça. Il était payé cent dollars de l'heure pour ce travail et n'était pas censé poser trop de questions.

— Il faut faire cet échange de seringues, insista Lindsey. Brittany peut sans doute déjà en subtiliser une vide et nous la donner ? Nous verrons de quel modèle il s'agit, et elle la remettra plus tard à sa place, ni vu ni connu. C'est pas un grand crime. Et demandez-lui aussi le nom du mélange de nutriments.

Le but, au final, ce sera de lui donner en échange une seringue pleine et identique à l'originale. Je suis sûre que personne ne la surveille.

Jumper fit la grimace et secoua la tête.

— Je ne sais pas. Ça peut prendre du temps. Elle n'est pas encore prête. Et la fille de votre côté ?

— Elle n'est pas prête non plus. Je pense que Brittany est notre meilleure chance.

— Je vais m'en occuper. Quitte à devoir coucher avec elle.

— Haut les cœurs, Raymond !

Le téléphone de Jumper bipa. Il le sortit de sa poche. Lindsey en profita pour consulter ses messages. Pendant dix minutes, ils répondirent à leurs e-mails et SMS. Les plats arrivèrent et ils lâchèrent enfin leur téléphone.

— Quelque chose m'intrigue, annonça Jumper.

— Allez-y.

— Pourquoi ne pas pirater leur système informatique et récupérer toutes les infos ? Leur protection doit être minable. N'importe quel hacker peut faire le job en une nuit. J'aurais même des gens à vous proposer.

— Parce que c'est interdit, c'est aussi simple que ça, répliqua Lindsey, même si l'argument était un peu boiteux.

La vérité était tout autre : le piratage, ils y avaient déjà eu recours. Maintes fois et sans vergogne. Leurs gars étaient des pointures. Mais le produit mystère qu'ils cherchaient ne risquait pas de figurer dans les dossiers médicaux des patients.

VIII

LA TAUPE

1

Un jour de mars, alors que soufflait de l'océan une petite brise, Bruce était comme de coutume dans son bureau de la librairie, un café à la main, et ouvrait le courrier du matin – un rituel qu'il effectuait depuis près de vingt-quatre ans. Il tenait également à ouvrir lui-même les cartons contenant les nouveaux livres qu'on lui livrait trois fois par semaine. Il aimait l'odeur et le contact du papier neuf, et plus encore leur trouver la place idéale dans les rayons. C'est lui aussi qui remballait les invendus, tâche beaucoup moins joyeuse, chaque livre retourné aux éditeurs étant une défaite personnelle.

Une enveloppe, jaune citron, attira son regard. Elle lui était adressée personnellement. « Bruce Cable, Bay Books, Main Street, Santa Rosa », écrit en majuscules, sans nom d'expéditeur au verso. Elle avait été postée à Amarillo. Au début, il crut qu'il s'agissait d'une publicité. Il faillit la jeter. Mais, par curiosité, il la décacheta. À l'intérieur, une feuille jaune également, où il était écrit :

> LA DERNIÈRE PERSONNE À QUI J'AI PARLÉ DE ÇA ÉTAIT NELSON ET NOUS SAVONS CE QUI LUI EST ARRIVÉ. ÊTES-VOUS QUAND MÊME PRÊT À ME RENCONTRER ?

Attachée avec un trombone, une fiche bristol, jaune encore, avec le message : *Crazy Ghost est un tchat anonyme. Ça coûte vingt dollars par mois, payables par CB. Mon adresse sur ce site est : 3838Bevel.*

Bruce posa la lettre et la carte sur son bureau, prit sa tasse de café et monta à l'étage la rincer. Il l'essuya, se servit un autre café dans le coffee-shop désert, contempla un moment la rue en contrebas, puis redescendit à son bureau. Il se connecta à Internet, mais ne trouva rien d'intéressant. Il alla alors chercher son employé à la caisse, un jeune gars tatoué, embauché à mi-temps. Le gamin de vingt ans pianota sur son clavier et, en trois minutes, sans lever le nez de son écran, il lui annonça :

— C'est safe. C'est un site de tchat privé. Il y en a plein à Singapour ou en Ukraine. Ils effacent tous les messages après un quart d'heure.

— Tu t'en es déjà servi ?

— Vous ne me payez pas assez, patron !

— Ah, ah. Et toi, tu fais comment si tu veux être sûr que ça reste secret ?

— J'utilise la langue des signes ! Sérieux, il faut partir du principe que rien n'est jamais privé sur Internet, alors je n'y laisse que des trucs pas importants. Les SMS, c'est un peu plus sûr.

— Sûr comment ?

— Pourquoi ? Vous voulez blanchir de l'argent ?

— Très drôle.

Ces jeunes n'avaient aucun respect !

Bruce alla sur le site, s'inscrivit, paya, et dit bonjour à 3838Bevel.

— C'est Bay Books. Il y a quelqu'un ? J'ai eu le message.

050BartStarr

Un quart d'heure s'écoula. Pas de réponse. Et son message s'effaça. Bruce attendit une demi-heure et tenta à nouveau sa chance. En vain encore. Comme cette histoire lui accaparait l'esprit, il traîna dans la salle des éditions originales, feignant d'être très occupé. Au troisième essai, il eut une réponse :

— C'est Bevel. Quel est le dernier roman de Faulkner ?
— *Les Larrons.*
— Et le dernier d'Hemingway ?
— *Le Vieil Homme et la Mer.*
— Celui de Styron ?
— *Le Choix de Sophie.*
— Pour son dernier roman, Nelson avait-il d'autres titres en vue ?
— Je ne sais pas.
— *À cœurs battants,* c'est pas mal.
— Le livre n'est pas mal non plus. Qu'est-ce qu'on risque sur ce site ?
— Vous êtes un geek ?
— Non, plutôt un homme des cavernes.
— C'est secure. Mais il est probable que des types dangereux vous surveillent en ce moment.
— Les mêmes qui ont eu Nelson ?
— Bingo ! Ne mettez rien par écrit. Et partez du principe qu'ils écoutent vos conversations au téléphone.
— Ils ont l'air motivés.

— C'est rien de le dire. Regardez ce qu'ils ont fait à Nelson. Je dois couper maintenant. Demain 14 heures.

Bruce fixa l'écran des yeux jusqu'à ce que la conversation s'efface. Quand il se rendit compte qu'il ne resterait aucune trace, il s'empressa de prendre un stylo et de noter ce dont il se souvenait. Il quitta la librairie, se rendit dans un bar à vin où il commanda une eau gazeuse et fit semblant de lire un magazine. Il valait mieux ne rien dire à Noelle pour l'instant. C'était peut-être un tournant dans l'affaire Nelson. Ou pas.

Non, c'était forcément important !

Leur seconde conversation le lendemain apporta quelques éclaircissements :

— Pourquoi cette lettre ?

— Je devais vous parler mais je ne savais pas si je pouvais.

— Parler de qui ? De Nelson ?

— Bingo !

— Très bien. Alors parlez-moi. Mais vraiment. Sans tourner autour du pot.

— On n'est jamais trop prudent.

— Vous savez qui l'a tué ?

— Quasiment. Du moins, j'en ai une bonne idée.

— Pourquoi ne rien dire ?

— Ça vaut mieux, croyez-moi. Il y a déjà une autre victime...

— Je suis censé faire quoi de cette info ?

— Une jeune femme dans le Kentucky.

— Encore une fois, vous ne me dites rien.

— Il faut que je file. Même heure demain.

Bruce voulut imprimer l'échange, mais le site l'interdisait. Rapidement, il recopia la conversation.

Le lendemain, Bevel ne montra pas signe de vie. Idem le jour suivant. Ne voulant toujours pas inquiéter Noelle, Bruce ne lui dit rien.

2

Le surlendemain, Bruce prit l'avion pour Washington et se rendit à son hôtel près de l'aéroport. Trois heures plus tard, Nick Sutton arriva en voiture, accompagné d'une fille – ce qui n'était pas prévu. Nick lui assura qu'elle ne les gênerait pas et qu'elle avait de la famille dans le coin.

Après un semestre à Venise, Nick passait ses dernières semaines à Wake Forest et déprimait à l'idée de devoir quitter bientôt l'université. Bruce ne montra guère d'empathie : il était temps pour Nick de se bouger les fesses et de se chercher un vrai travail – et pas un petit job d'été dans une librairie où il passerait son temps à bouquiner et à draguer les étudiantes sur la plage. Nick voulait écrire et vivre de sa plume, comme dans l'ancien temps : toucher une grosse avance et pondre trois ou quatre pages par jour le matin, avant d'aller au restaurant s'offrir un gueuleton bien arrosé. Son rêve : être un écrivain célèbre, et connaître une vie dissolue et tapageuse, à la manière d'Hemingway, Faulkner ou Fitzgerald. Mais lui, il n'allait pas perdre son temps à viser la grande littérature. Il verserait dans le thriller parce que ça se vendait mieux. Bruce ne doutait pas que Nick avait du talent, mais il s'inquiétait de son éthique.

Les deux hommes se rendirent au bar de l'hôtel et commandèrent des sandwichs. Bruce lui résuma où en était l'enquête des flics (à savoir nulle part) et lui narra ses efforts avec Alpha North Solutions pour résoudre ce meurtre. Nick adora l'idée du bureau d'enquête pour faire avancer cette affaire que la police d'État bâclait sans vergogne.

Bruce voulait Nick dans l'équipe parce que, jusqu'à présent, il avait vu juste. Et aussi parce qu'il avait vingt et un ans, et qu'il était bien plus à l'aise avec l'informatique que lui.

Bruce lui montra la transcription de ses deux échanges avec 3838Bevel.

— C'est un grand pas dans la bonne direction, lança le jeune homme avec un sourire. C'est bien notre gars, le mouchard qui a découvert le pot aux roses et qui a mis Nelson au parfum. Magnifique !

— Sauf qu'il ne donne plus signe de vie. Je ne sais pas comment le faire revenir.

— Par le fric. C'était sa motivation première. Combien tu as touché pour le roman ?

— Trois cent mille.

— La somme a été publiée ?

— Non. Mais Bevel sait forcément qu'il y a eu un contrat avec un éditeur.

— Et Bevel veut l'argent que lui a promis Nelson. Il ne va pas disparaître, c'est évident, mais c'est sûr qu'il a les jetons.

— Qu'est-ce qu'on fait, alors ?

— On attend. Il va te contacter. C'est lui qui a besoin de toi, pas l'inverse. Ton but est de savoir qui a tué Nelson. Si tu échoues, ta vie ne va pas changer pour autant. Nelson n'est pas ton frère, ni rien. Mais Bevel veut sa part du gâteau. C'est lui qui a le plus à perdre.

3

À 9 heures précises le vendredi matin, Bruce et Nick entrèrent dans la tour de verre et d'acier où Alpha North Solutions avait ses quartiers. Lindsey Wheat les accueillit à leur sortie de l'ascenseur. Bruce lui présenta Nick. D'un air suspicieux, elle observa son jean délavé, ses baskets informes, son tee-shirt multicolore et sa veste trop grande avec ses coudières de cuir archi-usées.

— Nick était un ami de Nelson et il était avec moi quand on a découvert le corps, expliqua Bruce, comme s'il devait se justifier.

En réalité, il se fichait que Lindsey l'apprécie ou non. C'était lui qui payait.

Ils la suivirent dans son bureau. Nick scrutait chaque détail des lieux quoique l'agencement fût assez spartiate. Le décorateur des locaux avait apparemment banni toute couleur et tout ce qui pouvait paraître cosy et chaleureux.

Ils s'installèrent à une table de réunion et se préparèrent des cafés. Bruce n'avait cure des politesses d'usage, et, quand Lindsey demanda à Nick ce qu'il comptait faire après Wake Forest, il intervint.

— Sautons les préliminaires. Vous avez des nouvelles à nous annoncer et nous aussi. Alors, allons-y.

Elle esquissa un sourire.

— C'est vrai. (Elle ouvrit un dossier, ajusta ses lunettes :) Nous avons infiltré trois maisons de retraite dans le Kentucky profond. L'une détenue par Fishback, l'autre par Grattin, et la dernière par Pack Line Retirement. Comme vous le savez, Fishback et Grattin sont des sociétés privées, avec un lourd passif. Pack Line est public, mais le pire organisme du secteur. J'y reviendrai plus tard. Bref, nous avons commencé par Flora, une petite ville rurale du Kentucky, trois mille habitants, et nous avons rapidement eu sous notre coupe deux employées. La première est Vera Stark, elle travaille à Glinn Valley, l'établissement de Fishback. C'est moi qui suis entrée en contact avec elle et mes efforts ont commencé à porter leurs fruits. Elle m'a fourni les noms des résidents en état végétatif, les « momies » comme ils les surnomment à Glinn Valley. Mais ils ont un tas d'autres sobriquets. Après nous avoir donné ces noms, j'ai réussi à la convaincre de chercher la composition des nutriments et la liste des médicaments qui sont administrés aux patients par sonde gastrique. Comme Glinn Valley est toujours en sous-effectif, Vera a proposé d'aider au remplissage des seringues, ce qui n'a éveillé aucun soupçon. Les seringues de gavage sont préparées d'ordinaire à la pharmacie et confiées ensuite aux aides-soignantes, mais la sécurité n'est pas leur point fort. Quant aux règles et procédures, elles ne sont pas toujours suivies. Elle a pu chiper une seringue vide et nous l'a remise. J'ai ainsi commandé un carton du même modèle. Nous avons préparé une seringue de substitution avec le même mélange de nutriments et Vera a accepté de faire l'échange. Au cours des deux dernières semaines, elle est parvenue à interchanger une trentaine de seringues chez quatre momies, ce qui nous a fait un tas d'échantillons. Résultat : rien de suspect. Aucune substance bizarre n'a été administrée à ces patients, pas à Glinn Valley. D'après ce qu'a pu voir Vera, les médicaments sont toujours mélangés à l'alimentation et donnés trois ou quatre fois par jour.

« Pendant ce temps, Raymond Jumper, un collègue, gérait une jeune femme nommée Brittany Bolton, aide-soignante à Serenity Home, propriété du groupe Grattin, de l'autre côté de la ville. Avec Brittany, cela a été plus compliqué, parce qu'elle est un témoin clé dans une affaire de viol et qu'elle espère monnayer son intervention à la barre. Apparemment, elle a vu l'un de ses collègues violer une résidente – une jeune fille en état de mort cérébrale depuis des années. Elle affirme désormais que la gamine est enceinte et ce doit être vrai. Brittany a procédé aux mêmes substitutions de seringues et nous a remis quarante échantillons, devant être administrés à sept patients différents. Nos laborantins ici à Washington ont trouvé le mélange classique de nutriments et de médicaments contre la tension artérielle, le diabète, la démence sénile, les caillots, l'épaississement sanguin… la totale, quoi. Plus quelques vitamines. Mais ils ont découvert une molécule qu'ils n'ont pu identifier. Un ingrédient mystère, ni nourriture, ni vitamine. Et cette molécule était présente dans les quarante échantillons que Brittany a subtilisés à Serenity Home. Nos techniciens ont pratiqué tous les tests possibles et imaginables, en vain. Alors Raymond est allé trouver Brittany et lui a annoncé qu'il fallait aller plus loin : entrer dans la pharmacie de Serenity.

« Comme ça allait prendre du temps, j'en ai profité pour m'intéresser à une troisième maison de retraite, appartenant à Pack Line cette fois, dans un coin encore plus perdu du Kentucky, à une heure de Flora. J'ai établi le contact avec un jeune aide-soignant de vingt ans, père d'un gosse, qui travaille là-bas pour treize dollars de l'heure. Pack Line étant un organisme public, ils paient un peu mieux que les autres. Comme le gars avait besoin d'argent, il a accepté notre offre. Nous avons pu ainsi récupérer des échantillons chez cinq de ses légumes et on a tout analysé. Bilan : RAS.

« Revenons à Brittany. Elle s'est proposée pour faire des doubles gardes dans le but de se retrouver seule la nuit. Nous lui avons donné la liste de tous les médicaments et vitamines que notre labo était parvenu à identifier, liste qu'elle a mémorisée. Elle les connaissait déjà quasiment tous. Elle a appris à se retrouver dans les rayons de la pharmacie et s'est aperçue qu'elle pouvait chiper plein de choses sans que personne s'en rende compte – aspirine, sirop contre la toux, pansements, et tout le tralala. Quasiment tout ce qu'elle voulait. Puisque Serenity manque toujours de personnel, elle a dit à sa directrice qu'elle était prête à préparer le mélange pour les sondes. Et, finalement, elle nous a remis un flacon étiqueté « vitamine E3 », un produit présenté en gélules comme n'importe quel complément alimentaire. Je ne sais pas si vous vous y connaissez en vitamines, mais la E3, ça n'existe pas. Bien sûr, les signaux sont passés au rouge dans notre labo et ils ont lancé une nouvelle batterie d'analyses. Pour faire simple, il s'agit d'un produit peu connu appelé le Flaxacyl, une molécule qui n'a jamais été mise sur le marché. Elle n'a pas été approuvée par les agences de santé publique car personne n'a demandé son homologation. Il semblerait que ce produit ait été découvert accidentellement par un laboratoire chinois il y a vingt ans et qu'il ait été testé là-bas sur quelques cobayes humains. Son usage a été aussitôt interrompu quand on s'est aperçu qu'il provoquait des vomissements et des cécités sévères.

— Ce qui pose effectivement un petit problème d'éthique, même pour les Big Pharma ! lança Bruce.

Mais son trait d'humour tomba à plat.

— Apparemment, c'est une molécule facile à synthétiser et qui peut être fabriquée à la demande.

— Et l'effet de ce produit, c'est quoi ? demanda Bruce pour la forme.

— Il fait battre le cœur, à peine, et uniquement chez les personnes en état végétatif. La molécule stimule le bulbe rachidien, qui assure la jonction entre l'encéphale et la moelle épinière, une zone qui gère les fonctions réflexes essentielles à la vie, telles que la respiration, le battement cardiaque, la déglutition, la pression sanguine. Petit en taille, mais essentiel.

— Et c'est lui qui contrôle les vomissements, ce qui explique cet effet secondaire, intervint Nick.

— Exact.

— Et, bien sûr, personne ne peut savoir que les patients sont devenus aveugles, puisqu'ils n'ouvrent pas les yeux, ajouta Bruce.

— Encore exact.

— Donc Nelson, poursuivit Nick, était bel et bien sur une piste.

— Ça ne fait aucun doute. Il connaissait l'existence de ce produit, et la seule explication, c'est qu'un informateur l'a renseigné, quelqu'un de chez Grattin.

— J'avais bon sur toute la ligne, souffla Nick.

Il lança un sourire en coin à son ancien patron.

— Et Brittany, qu'est-ce qui lui est arrivé ? demanda Bruce.

Lindsey avala lentement une gorgée de café sans le quitter des yeux.

— Vous êtes au courant ?

— Oui. Mais je me demandais quand vous comptiez me le dire.

— Je m'apprêtais à le faire. Effectivement, elle est morte.

— Une overdose aux opioïdes, d'après le journal local. Vous y croyez ?

— Non, pas vraiment. L'affaire est compliquée. Même si de notre côté on a eu ce qu'on voulait. À l'évidence, il y avait une caméra dans la pharmacie que Brittany n'avait pas repérée. Quelqu'un l'a vue prendre une boîte de E3, avec d'autres médicaments. Peut-être des antidouleurs, peut-être pas. Nous n'en savons rien. Ils ont des tas de produits très puissants dans ces maisons de retraite mais d'ordinaire la pharmacie est fermée à clé. Si Brittany a volé des opioïdes, c'est de sa propre initiative. Nous n'y sommes pour rien. Il y a quelques caméras à Serenity Home, pourtant personne pour les surveiller. Un collègue nommé Gerrard, un sacré numéro celui-là, avait accès aux écrans de contrôle et a remarqué l'intérêt soudain de Brittany pour la pharmacie. Apparemment, Gerrard s'est débrouillé pour récupérer les images compromettantes, dans l'idée de faire chanter Brittany. Entre elle et lui, c'était la guerre ouverte. Peu de temps après, elle l'a surpris à nouveau dans la chambre de la fille et une violente dispute s'est ensuivie. Elle l'a accusé de l'avoir violée et mise enceinte et l'a menacé d'aller tout raconter à la justice. Il a contre-attaqué en disant qu'elle avait volé des médicaments et qu'il avait des images pour le prouver – images qu'il s'est empressé de montrer à la directrice et Brittany a été licenciée sur-le-champ. Le surlendemain, la fille enceinte est morte suite à des « complications ». Brittany était certaine que Gerrard l'avait empoisonnée. Son corps a été rendu immédiatement à la mère dans l'Ohio et enterré aussitôt. Adieu le procès pour viol. Grattin savait alors que Brittany avait subtilisé un flacon de E3, même si à l'époque, les analyses chez nous n'étaient pas encore terminées. Nous ignorions à ce moment-là de quel produit il s'agissait exactement. Tout comme Brittany. Raymond lui a alors conseillé de quitter la ville, nous lui avons même proposé de payer les frais. Nous attendions sa réponse.

— Elle est morte comment exactement ?

— Elle se trouvait dans un bar bondé samedi dernier. Elle buvait pas mal et quelqu'un a dû mettre quelque chose dans son verre. Ensuite, on ne sait pas. On a retrouvé son corps dans un fossé derrière l'établissement. Le décès est dû officiellement à une grande ingestion d'oxycodone, ayant provoqué une overdose létale, mais c'est guère crédible parce qu'elle faisait la fête avec ses amies et que personne ne l'a vue avaler des antalgiques. À mon avis, quelqu'un l'a emmenée alors qu'elle était droguée, lui a injecté une dose massive d'Oxycontin ou d'Oxynorm et l'a laissée pour morte.

— Et ce sont ces mêmes gens qui ont tué Nelson, précisa Nick.

Lindsey acquiesça en silence.

— Donc, déclara Bruce, nous sommes responsables de sa mort.

— Je ne suis pas d'accord, répondit Lindsey. Pas plus que de celle de M. Kerr. Ces gens ont peur et tentent de préserver leur secret. Quand ils ont su que Brittany avait volé du E3, ils ont préféré ne courir aucun risque. Comme ils l'ont fait avec Nelson.

— Il n'empêche que je me sens quand même responsable. Vous m'aviez certifié que vous resteriez dans le cadre légal.

— Bruce, dans ce métier les frontières sont floues. Nous œuvrons à la marge. Nous n'avons pas volé ce flacon de E3. Nous l'avons emprunté. Nuance ! Et nous l'avons remis à sa place.

Bruce poussa un soupir agacé, se leva et se mit à marcher de long en large dans la pièce. Lindsey l'observa avec un petit sourire, comme si de son côté elle n'avait aucun état d'âme et savait que, tôt ou tard, Bruce se ferait une raison.

— Non, ça ne me va pas, Lindsey. Désolé. Ces deux femmes sont mortes parce que nous nous sommes « infiltrés », comme vous dites.

— Nous n'avons pas de sang sur les mains, répondit-elle avec détachement. La fille était en état de mort cérébrale depuis des années. Si elle a été violée et engrossée, ce n'est pas de notre fait. Quant à Brittany, nous n'avons aucun lien avec ce meurtre.

— Comment pouvez-vous dire une chose pareille ? Au contraire, c'est entièrement notre faute. Elle a été tuée parce qu'elle a « emprunté » un flacon de leur produit secret et, à l'évidence, c'était très risqué. Elle l'a fait à votre demande, sous votre responsabilité. Vous l'avez même payée pour ça. Alors oui, nous sommes tous impliqués. Jusqu'au cou.

— Elle a été négligente. Raymond Jumper l'a mise en garde à plusieurs reprises : attention aux caméras de surveillance, en particulier dans la pharmacie. Et elle s'est fait prendre quand…

— … quand elle volait pour vous, pour nous ! Vous le faites exprès ou quoi ? Nick, dis quelque chose !

Le jeune homme leva les mains en signe de reddition.

— Je ne suis qu'un petit étudiant, et tout ce que je veux c'est retourner à la fac. Je ne sais pas ce que je fais là.

— Merci pour ton aide, grogna Bruce.

— Pas de quoi.

Lindsey voulut vite reprendre les rênes de la conversation.

— Nous ne sommes pas impliqués parce que nous n'avons commis aucun délit et, quoi qu'il se soit passé dans le Kentucky, rien ne peut remonter jusqu'à nous. Je vous l'ai dit dès le début, nous sommes toujours très prudents et nous savons ce que nous faisons. Brittany a été managée et gérée comme il se doit. Elle a simplement loupé une caméra de surveillance.

— C'est donc sa faute si elle s'est fait tuer ?

— Disons que si elle avait remarqué cette caméra, elle serait sans doute encore en vie.

— Je n'en crois pas mes oreilles ! s'indigna Bruce.

Il se tenait devant la fenêtre dos à eux, et regardait au-dehors à travers les fentes du store.

Nick s'éclaircit la voix :

— Il y a une enquête sur son décès ?

— Vaguement. Il y a eu une autopsie mais je n'ai pas eu les résultats. S'ils trouvent des traces de la drogue du viol, les voyants des flics vont passer au rouge.

— La drogue du viol ? répéta Bruce.

— Roofie, GHB, ecstasy, Special K..., répondit Nick. Tout ce qui entraîne une soumission chimique.

— Selon Raymond, il paraît que quelqu'un a vu Brittany dehors avec un inconnu. Allez savoir ? Comment se fier à ces ploucs du Kentucky ?

— Ça m'étonnerait que les flics se bougent pour autant. Chez nous, la police d'État est chargée de l'enquête et ils ne font absolument rien, précisa Nick.

— Si Brittany est morte, nous n'y sommes pour rien, insista Lindsey.

— Changez de disque ! lança Bruce sans se retourner, toujours face à la fenêtre. Qui essayez-vous de convaincre ?

— Je suis surprise par votre attitude, Bruce. Nous évoluons en zone grise. Nous n'avons pas le choix. Dois-je vous rappeler où vous vous trouviez il y a trois ans quand notre cabinet a eu affaire à vous ? Avec cette histoire de manuscrits volés ? Vous étiez si loin des limites qu'on ne peut plus appeler ça du gris.

— Quels manuscrits ? Qu'est-ce qu'il s'est passé il y a trois ans ? s'enquit Nick.

— Ça ne te regarde pas, répliqua Bruce.

— Pardon patron. Simple curiosité.

Bruce fit volte-face. Il s'approcha de Lindsey, la foudroya du regard et tendit le doigt vers elle.

— Vous êtes virée. Vous et votre cabinet. On ferme le dossier et vous gardez la monnaie. Et je ne veux plus vous voir bouger le petit doigt, que ce soit en mon nom ou en celui de Polly McCann. Vous m'enverrez la clôture du contrat pour solde de tout compte.

— Bruce, allons…

— Viens, Nick. On s'en va.

Le garçon se leva d'un bond et suivit Bruce qui sortait déjà de la pièce. Lindsey Wheat resta imperturbable et but une gorgée de café.

4

Bruce et Nick n'échangèrent pas un mot durant les sept minutes que durait le trajet jusqu'à leur hôtel. Ils ne dirent rien non plus quand ils traversèrent le hall et se rendirent au bar. Ils commandèrent tous les deux un café, mais l'un comme l'autre aurait préféré de l'alcool. Nick retint sa langue. C'était à Bruce de parler.

Quand les cafés arrivèrent, aucun des deux n'y toucha. Finalement, Bruce se frotta les yeux et demanda :

— Tu penses que j'ai eu tort ?

— Non. Il y a quelque chose chez elle qui me dérange. Et je ne suis pas sûr qu'elle nous dise toute la vérité.

— Nous n'avons plus besoin d'elle, de toute façon. C'est pour ça que je l'ai sortie du jeu. Nous avons le nom de la maison mère, le nom du produit, et l'informateur a déjà pris contact avec moi. Lindsey n'est pas au courant de mes échanges avec Bevel. On s'est posé la question de savoir si on devait lui en parler et on a bien fait de ne rien lui dire. Elle aurait sans doute merdé encore et fait tuer quelqu'un. Peut-être moi. Mercer a failli y laisser sa peau il y a trois ans.

— Pourquoi vous l'avez embauchée, alors ?

— Parce qu'ils sont bons. Ils ont trouvé le produit, Nick. Qui aurait pu faire ça ? La police de Floride ? Les péquenots du Kentucky ? Pas même le FBI, parce qu'ils doivent suivre la loi.

— Tu vas enfin tout me raconter ?

— Une partie seulement… mais si tu t'avises d'en parler à quelqu'un, à qui que ce soit, j'annule ta remise sur les livres.

— C'est juste vingt pour cent, patron. Chez Barnes & Noble, j'aurais quarante.

— Je ne veux pas de ce café ! Il me faut un verre.

— Moi aussi.

Bruce alla chercher deux bières. Il avala une grande goulée et s'essuya les lèvres.

— Tu te souviens de ces manuscrits de Fitzgerald qui ont été volés à Princeton ? Il y a presque quatre ans.

— Évidemment. Ça a fait la une des journaux. Quelqu'un a payé la rançon et les manuscrits ont été rendus à la fac.

— En gros, c'est ça. Il se trouve que le butin était caché sur Camino. Enfin, c'est une longue histoire.

— T'inquiète, j'ai tout mon temps.

5

D'ordinaire, l'île de Camino renaissait à la mi-mars, quand les étudiants pour les vacances de printemps fonçaient vers les plages de Floride. Ils prenaient d'assaut les hôtels, les appartements de location, et buvaient, dansaient, folâtraient sur le sable, parce qu'ils avaient dix-neuf ans et qu'ils sortaient d'un semestre de stress. C'est papa qui payait. Comment refuser ? Son enfant lui expliquait que c'était une tradition universitaire, un rite initiatique. Et papa lui-même avait connu ça, et n'avait pas dessaoulé de toute une semaine, à son époque.

L'île pansait encore ses plaies, alors les fêtes furent organisées plus au sud. Quelques rares hôtels avaient rouvert mais il y avait des chantiers et des gravats partout. Et ce n'était pas le moment de voir débarquer vingt-cinq mille jeunes surexcités braillant dans les rues. Discrètement, l'île passa le mot : elle n'était pas prête. Revenez l'année prochaine quand on aura tout réparé !

Après la fin des cours à Ole Miss, Mercer et Thomas chargèrent chien, serviettes et maillots de bain dans la voiture et mirent le cap sur Camino. Larry avait terminé les réparations du bungalow et Mercer était ravie de se mettre au vert pour huit jours. Elle était aussi impatiente de participer à la deuxième fête donnée en son honneur, puisque Leo avait gâché la première. Depuis des semaines, Bruce organisait « une grande séance de dédicace » et il était hors de question qu'elle n'y participe pas. *Tessa* venait de sortir en poche et Mercer avait accepté une autre longue tournée de promotion cet été-là. Bruce voulait que la première date soit chez lui, à Bay Books, et il avait harcelé la maison d'édition pour qu'elle prenne la moitié des frais à sa charge.

La fête commença le samedi après-midi par un barbecue avec un groupe de bluegrass devant le magasin. Les locaux avaient besoin de se changer les idées et la foule continua de grossir. À 15 heures, Mercer s'installa à une table du rez-de-chaussée, entourée de piles de son roman, et accueillit ses admirateurs.

Elle bavardait avec eux, posait pour des photos et des selfies, dédicaçait les nouveaux livres de poche, mais aussi quelques anciens grands formats. Elle prit dans ses bras des jumeaux, signa un plâtre, répondit aux questions de tous ceux qui prétendaient avoir connu Tessa, et donna une courte interview à un journal local. Finalement, elle passa un moment délicieux. Qu'y avait-il de plus agréable que d'être un auteur et de voir une longue file d'aficionados se presser jusque dans la rue ?

Quand Bruce ne s'occupait pas de gérer la foule ou de montrer d'autres ouvrages à ses clients préférés, il s'installait sur le balcon, avec Thomas et Bob Cobb, pour boire une tequila. Plus tard dans l'après-midi, la musique passa au reggae et l'air s'emplit de rires et de bonnes vibrations. Benny arriva avec ses huîtres vers 17 heures et son équipe d'écaillers se mit au travail. Comme par magie, deux fûts de bières firent leur apparition.

C'était une belle journée de printemps.

À 18 heures, Mercer monta à l'étage où une centaine de chaises pliantes avaient été installées. Trois années plus tôt, durant son bref séjour sur l'île, la jeune femme avait suivi ici même plusieurs conférences d'auteurs, et elle n'avait pu s'empêcher de ressentir de la jalousie pour ces écrivains qui étaient publiés, vendaient à tour de bras et attiraient les gens. Et maintenant, c'était son tour !

Leigh et Myra avaient pris place au premier rang, fidèles à leur habitude. Elles rayonnaient de joie, comme des parents fiers de leur progéniture. Leigh paraissait au bord des larmes. À côté d'elle se tenait Amy Slater, Miss Vampire, en compagnie de son mari et de ses trois enfants. Andy Adam était en bout de rangée, un soda à la main, et sourit à Mercer. Jay Arklerood, le poète maudit, se trouvait au deuxième rang et ne semblait guère à l'aise parmi cette assemblée. À tous les coups, Bruce l'avait forcé à venir. Son dernier recueil ne s'était vendu qu'à mille exemplaires dans tout le pays. Et Bay Books en avait bien écoulé la moitié ! Si Bruce lui demandait un service, Jay ne pouvait refuser.

Au bon vieux temps – le temps d'avant Leo –, la librairie accueillait plusieurs auteurs chaque semaine. Certains étaient célèbres et attiraient naturellement les foules. D'autres, nouveaux ou plus confidentiels, avaient désespérément besoin de vendre, et à Bay Books, Bruce leur garantissait un public. Par la force ou le charme, il rameutait dans la boutique ses amis et clients fidèles. Pour lui, une seule chaise vide était un échec cuisant.

Et cette « journée Mercer Mann » se devait d'être un succès ! Bruce admirait l'autrice mais aussi la personne. Et avec elle, il voulait accomplir une première, un rêve qu'il n'avait pu atteindre avec ses autres protégés : faire d'elle une star de la littérature, quelqu'un qui pourrait ravir la critique tout en étant populaire. Il serait son pygmalion ! Bien sûr personne ne connaissait ce projet fou, pas même Noelle, qui savait pourtant que Bruce appréciait beaucoup la jeune femme. Mercer Mann avait le talent, mais elle avait besoin d'un guide pour atteindre le firmament et ce guide, ce serait lui.

Elle adressa un sourire à Bruce et à Thomas, qui se tenaient au fond de la salle, et commença sa conférence : elle était ravie d'être de retour, comme toujours, mais cette fois elle était impressionnée par la résilience de Camino, expliqua-t-elle. Seulement six mois s'étaient écoulés depuis sa dernière visite, et déjà l'île renaissait de ses cendres. Elle remercia les milliers de bénévoles et les centaines d'associations caritatives qui étaient venus prêter main-forte aux habitants. Puis elle évoqua ses étés sur l'île, entre sept et dix-neuf ans, qu'elle avait passés avec sa grand-mère qu'elle aimait tant. Ses parents avaient divorcé. Sa mère, à l'époque, était malade. Elle passait neuf mois de l'année à se morfondre à Memphis, avec un père distant qui ne s'intéressait pas à elle. Elle le suppliait de la laisser vivre avec Tessa toute l'année, mais il ne voulait rien entendre.

Thomas regardait Mercer avec des yeux emplis d'admiration. Il l'avait accompagnée l'été précédent dans sa tournée de trente-quatre dates, et il avait entendu cette histoire au moins autant de fois. Toutefois la métamorphose était saisissante. Mercer n'était plus cette oratrice empressée, qui en une demi-heure avait tout dit. Plutôt à l'aise, la jeune femme était vite devenue une conteuse hors pair qui pouvait raconter la même histoire de trois façons différentes et, chaque fois, tirer les larmes à son auditoire. À la fin de la tournée, elle parvenait à captiver son public pendant une heure, et ils en demandaient encore !

Thomas savait un grand secret qui, bientôt, serait connu de tous : Mercer travaillait d'arrache-pied à son prochain roman. Elle en avait déjà écrit la moitié. Le livre était brillant, et de loin son meilleur. Bruce, bien entendu, avait tenté de lui tirer les vers du nez en le faisant boire, mais Mercer l'avait bien briefé. Le jeune homme reconnut que sa compagne écrivait et certifia qu'il n'en savait pas plus.

Puis arriva le moment des questions du public. Quand il devint évident que la séance risquait de durer des heures, Bruce mit le holà à 19 h 30 et annonça que

Mercer avait besoin de se sustenter. Il la remercia, la serra dans ses bras, et lui fit promettre de revenir très vite pour son prochain roman. L'assemblée se leva et l'applaudit à tout rompre. Leigh et Myra étaient en pleurs.

6

La bande de Camino parcourut à pied les cinq cents mètres qui séparaient la librairie de l'ancienne maison des Marchbanks. Noelle, qui avait assisté aux cinq cents premières séances de dédicace à Bay Books, avait depuis longtemps jeté l'éponge et s'affairait en cuisine en attendant les invités. Tous mirent le cap sur le bar et Noelle et Bruce préparèrent les boissons. Andy Adam but un autre soda, serra Mercer dans ses bras, la félicita et disparut. Après deux tournées, Noelle rassembla les troupes sur la terrasse et installa tout le monde à table.

L'espace d'une seconde, Bruce fut ramené un an en arrière, quand tous étaient à cette même table. Leur dernière soirée avant Leo. Et Nelson Kerr était assis juste à sa gauche, semblant apprécier le dîner. Vingt-quatre heures plus tard, il était mort.

Mais ce soir, c'était le dîner de Mercer et elle était l'unique centre d'attention. Les salades furent apportées, le vin servi. L'air printanier se fit plus frais et Bruce apporta un chauffage d'appoint. Les heures s'écoulèrent tandis que les conversations et les rires fusaient dans une belle cacophonie.

Après le dessert, Bruce se leva brusquement et prit la main de Noelle.

— Chers amis, j'ai une grande annonce à vous faire. Demain soir, à 18 heures précises, vous êtes tous invités à un mariage sur la plage. Et votre présence est absolument obligatoire.

— Qui donc se marie ? lâcha Myra.

— Nous.

— Il était temps !

— En fait, il y a des années, Noelle et moi nous sommes mariés dans le sud de la France. Nous étions dans un petit village des environs d'Avignon, et nous sommes entrés dans une charmante petite église qui datait de cinq siècles. L'endroit était magnifique, chargé d'une aura mystérieuse et nous avons décidé de nous marier sur-le-champ. Et c'est ce que nous avons fait. Pas de prêtre, pas de papiers. Rien d'officiel. On a improvisé un échange de vœux et on s'est déclarés mari et femme. Et depuis vingt ans, c'est ce qu'on a été…

— En vivant dans le péché ! railla Myra.

— Exactement. Merci Myra pour cette précision. Bref, aujourd'hui, nous avons rempli des papiers, et il y aura un vrai pasteur. Nous ferons tout comme il faut. Nous nous jurerons amour éternel et fidélité.

Le mot « fidélité » fit son petit effet. Les bouches s'ouvrirent en grand. Il y eut même deux hoquets de stupeur parfaitement audibles. C'était donc la fin de leur couple libre ? Bruce Cable, le play-boy de Camino, le chasseur d'autrices esseulées en tournée, raccrochait les gants ? Noelle mettait un terme à sa relation avec son amant français ?

Myra, déjà bien alcoolisée, mit les pieds dans le plat.

— Tu as bien dit « fidélité » ?

Les autres s'esclaffèrent.

— Absolument.

— J'ai hâte de voir ça !

— Allons Myra, tempéra Leigh.

Bob Cobb regarda Myra et mit un doigt en travers de sa bouche. Tais-toi !

C'est ce qu'elle fit.

— Nous comptons sur vous tous. Sur la plage. Chaussures optionnelles. Et pas de cadeaux, s'il vous plaît.

7

Le traiteur installa un barnum à proximité de la grande jetée qui avait été reconstruite et inaugurée en grande pompe la semaine précédente. La moitié de l'île était venue assister à la cérémonie et les hommes politiques locaux s'étaient succédé au micro pendant des heures. La nouvelle jetée était un symbole, annonçant que les vingt kilomètres de plage de sable qui faisaient la renommée de l'île étaient de nouveau propres et immaculés, promesses d'un avenir radieux.

Sous la grande tente de réception, deux employés de la librairie, payés en extra, offraient du champagne tandis que des enceintes diffusaient du jazz en sourdine. Deux serveurs passaient entre les invités avec des plateaux d'huîtres et des brochettes de crevettes marinées. Il y avait environ cinquante invités, tous heureux et honorés d'avoir été conviés. Rien que des amis. Aucun membre de la famille. Les parents de Noelle étaient divorcés depuis des années et ne se parlaient plus. Le père de Bruce était décédé et sa mère vivait à Atlanta. Ce n'était pas très loin, mais c'était compliqué de la faire venir. Il avait de bons rapports avec sa sœur, pourtant sa vie était bien trop réglée pour intégrer dans son agenda un mariage surprise.

Noelle portait un tailleur-pantalon blanc en lin dont elle avait roulé le bas. Elle était magnifique. Bruce, fidèle à ses habitudes, avait opté pour une nouvelle veste blanche en seersucker, avec un bermuda. Les deux futurs époux étaient pieds nus. À 18 h 30, alors que le soleil descendait sur l'horizon, tout le monde se rassembla en demi-cercle au bord de l'eau. Le mariage était célébré par un jeune pasteur presbytérien de l'île, qui avait travaillé l'été à Bay Books quand il était au lycée. Pieds nus lui aussi, il accueillit les convives et proposa une prière, suivie d'une lecture d'un passage de la deuxième épître à Timothée. Bruce et Noelle échangèrent les vœux qu'ils avaient dûment écrits, où ils se renouvelaient leur amour et leur attachement, se promettaient une nouvelle existence où ils veilleraient l'un sur l'autre et se dévoueraient corps et âme à leur couple.

En quinze minutes l'office fut terminé et une fois déclarés mari et femme, Bruce brandit fièrement une feuille de papier – le certificat de mariage ! – pour que tous puissent constater le caractère désormais officiel de leur union.

Les convives repartirent alors sous le barnum pour une nouvelle tournée d'huîtres et de champagne.

8

La deuxième enveloppe jaune arriva par le courrier du mardi. Bruce la contempla un long moment. Toujours pas de coordonnées de retour. Son adresse à Bay Books était imprimée sur une étiquette autocollante. Et, curieusement, le cachet était celui de la poste de Santa Rosa, juste de l'autre côté de la rue.

— Il était ici…, marmonna Bruce. Il est sans doute passé à la librairie.

Il songea à prendre une photo de l'enveloppe, mais se ravisa. Tout était piratable, non ? Si les gars de l'autre camp étaient capables de l'espionner avec des moyens technologiques qui dépassaient sa compréhension, ils pouvaient sans problèmes avoir accès à ses photos.

Bruce souleva lentement le rabat. À l'intérieur une feuille de papier, jaune également. Il était écrit :

> CHARMANTE CÉRÉMONIE DIMANCHE SUR LA PLAGE.
> VOTRE FEMME EST TRÈS BELLE. FÉLICITATIONS.
> POSTE, E-MAIL, TOUT LAISSE DES TRACES.
> ILS ONT TUÉ NELSON. ILS ONT TUÉ BRITTANY.
> CE SONT DES GENS TERRIFIÉS ET PRÊTS À TOUT.

RDV SUR BULLETTBEEP, DEMAIN À 15 HEURES, VOUS SEREZ 88DOGMAN.
À BIENTÔT DONC.
HOODEENEE36

En quarante-sept ans d'existence, Bruce ne s'était jamais senti observé, suivi, épié, et certainement pas par un inconnu. Il quitta la boutique, comme il le faisait au moins quatre fois par jour, et descendit Main Street. Il avait l'impression d'avoir des rayons laser braqués dans son dos. Par bravade, il redressa les épaules et marcha d'un pas volontaire, en s'interdisant de jeter des regards autour de lui. Après cinquante mètres de cette comédie, il se trouva totalement paranoïaque. Quel intérêt de suivre Bruce Cable, propriétaire de Bay Books, quand il se promenait sur Main Street à Santa Rosa ?

Il se réfugia dans son bar à vin favori et commanda un verre de rosé. Installé à la table de coin, dos tourné à la porte, il étudia ses notes. Pourquoi l'inconnu parlait-il de Noelle ? Était-ce une forme de menace ? Oui, bien sûr. Avait-il affaire à un ami ou à un ennemi ? Personne n'était au courant du mariage, hormis le cercle intime de Bruce. Comment savait-il où cela aurait lieu, et à quelle heure ? Bruce n'avait parlé de la cérémonie à personne par e-mail ou SMS. À quelle distance s'était-il donc approché de Noelle pour savoir qu'elle était « très belle » ? Bruce n'avait d'yeux que pour la mariée et leurs invités. Il y avait toujours des promeneurs sur la plage, mais mi-mars, en fin d'après-midi, ils ne devaient être guère nombreux. Bruce ne leur avait prêté aucune attention.

Peut-être que des gens l'espionnaient réellement, écoutaient ses conversations téléphoniques, lisaient ses e-mails. Depuis combien de temps ? Certes, il avait contacté Elaine Shelby la première fois par téléphone et elle l'avait aussitôt mis en garde : rien par courrier électronique. Il avait alors pris un avion pour Washington et avait rencontré Lindsey Wheat en personne. Était-il possible que ces gens sachent qu'il avait engagé un cabinet privé pour découvrir qui avait tué Nelson ? Cela paraissait peu probable, mais avec les nouvelles technologies, on ne pouvait jurer de rien.

Il réfléchit, consigna des tas de notes. Rien d'utile n'en ressortit. Il commanda un autre verre de rosé pour se calmer, qui ne lui fit pas plus d'effet que le premier.

9

En l'absence de Nick, l'employé préféré de Bruce était Jade. Âgée de trente et un ans, elle travaillait à mi-temps à la librairie, cumulant deux licences et deux enfants en bas âge à la maison. Elle cherchait toujours un emploi en rapport avec ses qualifications mais appréciait les horaires flexibles de Bay Books. C'était une vraie geek, accro aux réseaux sociaux, connaissant toutes les applis, y compris les plus sujettes à caution, et elle songeait à passer un master en informatique. Sans entrer dans les détails, Bruce lui demanda de l'initier aux échanges sur les messageries anonymes. Il lui raconta que Nelson, dans son roman, abordait ce sujet et qu'il voulait mieux comprendre comment cela fonctionnait. Il ne risquait pas grand-chose avec ce mensonge puisque Jade n'ouvrait jamais un livre.

— BullettBeep, c'est juste une plateforme de messagerie instantanée cryptée, expliqua-t-elle, une fois installée dans le bureau de Bruce. Ils sont en Bulgarie. La plupart se trouvent effectivement en Europe de l'Est car la législation protégeant la vie privée des concitoyens y est plus stricte. Crazy Ghost, par exemple, est en Hongrie. J'ai trouvé plus de trente sites de tchat secret en une demi-heure. C'est légal mais payant. Généralement, vingt dollars le mois.

— On peut les pirater ? s'enquit Bruce.

— Si quelqu'un vous espionne, ça risque d'être très compliqué pour lui d'avoir accès à vos messages sur ces sites.

— Pourquoi donc ? Supposons que mon ordinateur soit surveillé et que mes ennemis soient déjà en mesure de lire mes e-mails ; quand je me connecte à BullettBeep ou un site de ce genre, ils le voient, non ?

— Jusqu'à un certain point. Une fois que vous payez, vous devenez « membre », comme dans un club privé, et tous vos messages sont alors automatiquement cryptés et protégés. Ils sont obligés, sinon ces sites ne feraient pas long feu. La confidentialité des échanges est garantie.

— Ils ont beaucoup de membres ?

— Allez savoir. Le secret est leur cœur de métier. Je n'ai jamais utilisé ces sites et ne connais personne qui l'a fait. Je n'ai pas d'amants cachés, ne vends pas d'armes, et n'écris pas comme Nelson des romans sur des sujets sensibles.

— Merci, Jade.

Elle s'en alla et Bruce attendit. À 15 h 01 exactement, il alla sur BullettBeep, suivit les instructions, paya avec une carte de crédit (dont les retraits et débits devaient être également surveillés) et s'inscrivit sous le nom 88DogMan.

— Bonjour HooDeeNee36. Je suis là.

— Bonjour. La vie conjugale vous plaît ?

— Pareil qu'avant. Pourquoi avez-vous mentionné ma femme ? Je n'aime pas ça.

— C'était idiot de ma part. Je vous demande pardon.

— Vous êtes quoi ? Ami ou ennemi ?

— Brittany a été assassinée. Est-ce qu'un ennemi vous dirait ça ?

— S'il voulait me faire peur, oui. C'est exactement ce qu'il ferait.

— Il faut avoir peur. Moi aussi, j'ai peur. Je peux vous suggérer une destination pour votre lune de miel ?

— Je suis tout ouïe.

— New York. J'y serai la semaine prochaine. Il faut vraiment que l'on se voie. Nous avons tant de sujets à aborder.

— Lesquels, au juste ? Où est-ce que tout cela va nous mener ? Comment finit la partie ?

— Vous voulez la peau de ceux qui ont tué Nelson ou pas ?

— Si et seulement si personne n'est blessé, moi y compris. Si c'est trop dangereux, je quitte le terrain tout de suite.

— Ne faites pas ça. Eux, ils ne s'en iront pas. Ils ne veulent pas que son livre soit publié.

— Vous parlez des gens de Grattin, n'est-ce pas ?

Il y eut un long silence. Bruce attendit, regardant fixement son écran. Il prit une grande inspiration, tapota des doigts sur son bureau. Et enfin :

— J'ai failli avoir une crise cardiaque !

— Désolé. Il se trouve que je sais certaines choses.

— À l'évidence.

— Et j'en ai assez de ces sites et de ces pseudos stupides. On peut se voir et avoir une véritable conversation ?

— New York, la semaine prochaine. Pendant votre lune de miel.

— Quel hôtel ?

— Le Lowell, sur la 63e. Je vous trouverai.

10

Après avoir passé deux jours et deux nuits au Lowell sans nouvelles de HooDeeNee36, Bruce n'en pouvait plus des prix pratiqués dans les hôtels de Manhattan et songeait à partir. Pour couronner le tout, Noelle, prise d'ennui ou de fièvre acheteuse, dépensait à tout va, si bien que paquets et sacs s'empilaient dans leur chambre. Bruce avait déjeuné avec l'éditeur de Nelson, bu un verre avec un agent. Il avait fait un tour dans ses deux librairies préférées, mais il en avait assez de la ville. Le troisième jour, Noelle prenait un thé au bar de l'hôtel quand une jolie brune s'arrêta à sa table et demanda :

— Vous êtes Noelle, n'est-ce pas ?

La femme avait l'accent de la Floride du Nord.

— C'est exact.

Elle lui tendit une petite enveloppe jaune.

— Donnez ça à Bruce, s'il vous plaît, déclara-t-elle.

Puis elle disparut.

Bruce lut le mot : *Retrouvez-moi au bar du premier étage du Peninsula Hotel sur la 55e à 15 h 30. Juste vous et moi.*

Ils arrivèrent en avance. L'endroit était désert, plongé dans la pénombre. Noelle prit une table près du comptoir, commanda une eau pétillante et se mit à lire un magazine. Bruce s'installa au fond de la salle, dos aux miroirs pour avoir une vue panoramique sur tout le bar. À 15 h 30, la même femme brune fit son entrée en scène, d'un pas vif et chaloupé de top model, et remarqua aussitôt que le couple n'était pas ensemble. Elle obliqua vers la table de Bruce. Sans lui tendre la main, elle annonça :

— Je suis Danielle.

— Mais on vous appelle Dane, n'est-ce pas ? répondit Bruce d'un ton détaché.

Visiblement, cette remarque fit son petit effet. La femme poussa un soupir et ses épaules s'affaissèrent. Adieu sa belle assurance. Elle esquissa un sourire et regarda autour d'elle. Une dentition parfaite, de hautes pommettes, de jolis yeux noisette, un tout petit peu trop de fond de teint, mais globalement, une femme très belle. Grande, élancée. Très classe.

— Comment vous savez ça ?

— C’est une longue histoire. Moi, c’est Bruce. Je ne m’attendais pas à une femme.

— Désolée de vous décevoir. Pour tout dire, je me sentirais mieux dans un endroit plus privé. Ma chambre est au troisième.

— Je n’ai aucune envie d’aller dans votre chambre, je ne sais pas ce qui m’attend là-haut.

— Il n’y a rien ni personne, je vous l’assure.

— Si vous le dites. Il n’empêche que Noelle et moi préférerions vous inviter dans une chambre que nous avons prise au cinquième.

— D’accord.

Comme il y avait du monde dans l’ascenseur, ils n’échangèrent pas un mot. Une fois à l’abri dans la chambre, la tension retomba et ils s’installèrent autour de la table basse. Finalement, Bruce commença les présentations.

— Je suis Bruce Cable, propriétaire d’une librairie sur l’île de Camino, en Floride. Et voici ma femme, Noelle, antiquaire, spécialisée dans l’importation de meubles anciens du sud de la France. Et vous ? Vous êtes ?

— Danielle Noddin, de Houston au Texas. Et j’ai un tas de questions à vous poser.

— Moi aussi. Comment avez-vous su pour notre mariage sur la plage ?

Elle esquissa un sourire désarmant.

— J’étais sur l’île avec une amie, juste quelques jours de vacances pour profiter de l’océan. Je voulais m’approcher de vous, découvrir votre fief. Quand nous étions à la librairie, nous avons entendu une conversation, où il était question de la cérémonie, alors nous avons décidé d'y faire un saut. C'est une petite ville et les gens parlent bien trop.

— Je ne vous le fais pas dire ! concéda Noelle.

— Je suis désolée. Je ne voulais pas vous inquiéter. J'ai parlé de vous, Noelle, pour que vous preniez ma lettre au sérieux.

— Oui, vous nous avez inquiétés, renchérit Bruce. Et oui, c'est du sérieux.

— Je suis tout à fait de votre avis. Comment vous savez qu'on m'appelle Dane ?

— On a fouiné dans les affaires de Nelson après le passage de la police. Il n'y avait pas grand-chose. Quasiment toutes ses notes et recherches sont dans son ordinateur fermé à double tour. Mais il restait trois carnets. Il y avait un peu de tout dedans : des adresses de bons hôtels de plongée aux Bermudes, de restaurants à Santa Fe, trois pages d'idées pour un roman, qui ne verra jamais le jour parce que c'était très mauvais, quelques numéros de téléphone que la police a analysés et qui n'ont mené à rien. Ce genre de broutilles. Mais il y avait quatre références à une certaine « Danielle » alias « Dane ». Je suppose que vous vous êtes rencontrés à San Antonio ?

Elle secoua la tête, n'en revenant pas.

— Effectivement.

— La police n'y a pas prêté attention. Le contraire m'eût étonné.

— Où en est l'enquête ?

— Toujours en cours, officiellement. Mais ils n'ont pas trouvé grand-chose. Du café ?

Noelle acquiesça.

— Avec plaisir, dit Dane.

Bruce se dirigea vers le téléphone pour appeler le service d'étage.

— Vous êtes souvent à New York ? demanda doucement Noelle.

— Je viens deux fois par an, avec des copines de Houston. Rien d'extraordinaire. Un peu de shopping, une pièce à Broadway, un ou deux nouveaux restaurants à essayer.

À l'évidence, Dane avait des goûts de luxe et ne manquait pas d'argent. Elle devait avoir quarante ou quarante et un ans. Pas plus.

Bruce revint vers le canapé.

— Où en étions-nous ?

— Qu'est-ce que vous savez sur Grattin ? s'enquit Dane.

— Juste ce qu'on peut lire sur une entreprise qui a le culte du secret. Les classiques : siège social, chiffre d'affaires, nombre de sociétés, les noms de quelques huiles, et bien sûr un tas d'articles dénonçant divers abus et dérives perpétrés dans ses maisons de retraite. Grattin semble aimer avoir des problèmes avec la justice.

— Elle aime surtout faire de l'argent, et elle est experte en ce domaine. Ken Reed, ça vous dit quelque chose ?

— C'est le boss. Le PDG de Grattin.

— Quand Ken avait trente ans, son père a péri dans un accident d'avion et il a hérité de quelques maisons de retraite de seconde zone au Texas et dans l'Oklahoma. Il a appris le métier, a agrandi ses installations et s'est développé. Il était très ambitieux. Il l'est toujours. Il a soixante-deux ans aujourd'hui, il est très riche, et travaille toujours sept jours sur sept.

— Vous travaillez pour lui ?

— Je couche avec lui. Je suis son épouse numéro Trois. Au début, j'étais sa secrétaire/assistante/maîtresse. Quand il s'est lassé de la numéro Deux, j'ai eu droit au jackpot. Aujourd'hui, il se cherche une numéro Quatre. Cet homme, il lui faut toujours plus d'argent, et plus de femmes ! Il est ravi quand je pars en vadrouille. Notre mariage n'a jamais été très heureux et notre union sent vraiment la fin.

— Selon *Forbes*, sa fortune s'élève à six cents millions de dollars.

— Personne ne le sait vraiment. Il cache tout, il a une myriade de comptes offshores, et l'argent navigue à travers un labyrinthe de sociétés-écrans. C'est un grand paranoïaque et il gruge les impôts à mort. Rien à voir avec le parvenu typique du Texas qui veut à tout prix étaler son fric. Ken sait qu'il y a toujours quelqu'un de plus riche, alors il ne joue pas à ce petit jeu.

— Pourquoi votre mariage va capoter ?

Elle sourit à nouveau et détourna la tête vers la fenêtre.

— Ce serait trop long. Nous n'avons pas le temps.

— C'est vous qui en avez parlé. Mais si ça vous embête, changeons de sujet.

Elle lui retourna un gentil sourire. Ses beaux yeux, toutefois, brillaient de rancœur.

— Quand j'avais vingt ans, j'étais secrétaire dans une boîte à Tulsa qui avait dans son giron quelques maisons de retraite. Ken a racheté la société et a débarqué un jour dans les bureaux. Nos regards se sont croisés. Faut dire qu'il a toujours les yeux baladeurs. J'ai eu une promotion que je ne méritais absolument pas et j'ai été mutée à Abilene, où j'ai eu une autre promotion totalement inespérée et un billet pour Houston, où son entreprise avait son siège social. À l'époque, ça s'appelait West Abilene Care. Plus tard ils ont fusionné avec Grattin, et comme Ken aimait bien ce nom, il l'a gardé. Rien n'est officiellement à lui, hormis ses voitures et ses maisons, et encore pas toutes. Bref, quand je suis arrivée à Houston, il m'attendait. Il m'a proposé d'être son assistante de direction, avec un salaire généreux, et très vite nous avons eu une relation. Ça a duré cinq ans. Finalement, il a négocié le départ de sa deuxième femme et je suis devenue la numéro Trois. C'était il y a quatorze ans. Je travaillais dur, je prenais mon travail très au sérieux. Rapidement, la société n'a plus eu de secret pour moi – beaucoup de choses ne m'ont pas plu, soit dit en passant – et je suis devenue une pointure en technologie. Avec le temps, cette situation a commencé à inquiéter Ken. Il n'a pas aimé que j'en sache autant, alors il m'a forcée à quitter mon poste pour me tenir éloignée du bureau. Mais ça ne me plaisait pas de rester à la maison. Je ne voulais pas avoir d'enfants avec lui – une sage décision ! – et j'ai insisté pour travailler, avoir un emploi intéressant. À contrecœur, il a cédé. Peu après mon retour au bureau, j'ai découvert qu'il avait une nouvelle maîtresse à Dallas. Rien d'étonnant, c'est un dragueur invétéré. Alors, j'ai fait pareil. Nous ne formions pas à proprement parler un couple libre, mais ça m'aidait à supporter la situation.

Bruce, mal à l'aise, jeta un regard en coin à Noelle, qui l'ignora. L'expression « couple libre » ravivait des souvenirs.

— Et vous avez rencontré Nelson…, avança-t-il.

Elle eut un sourire attendri.

— Oui. Je l'aimais beaucoup. Évidemment, vous avez lu son dernier roman.

— Lu, relu, corrigé et confié à un éditeur.

— Tout ce qu'il y a dedans est vrai. Ça parle de Grattin et de son médicament secret. Quand j'ai décidé de vendre la mèche, tirer la sonnette d'alarme – appelez cela comme vous voulez –, je suis allée trouver Nelson Kerr. J'avais lu une interview où il évoquait ses livres et son désir de révéler les pratiques douteuses de certains acteurs économiques. Je l'ai contacté, nous nous sommes rencontrés. Ça a marché tout de suite entre nous, une vraie connexion, et nous avons commencé à avoir une relation.

— Sacré Nelson ! lança Bruce.

— Bruce, je t'en prie, grogna Noelle.

— Tout va bien, répondit Dane. Nous étions très attachés l'un à l'autre. Et je me sens responsable de sa mort. Si je n'étais pas allée le trouver, il serait encore en vie.

— Ne rentrons pas là-dedans, répliqua Bruce.

On toqua à la porte. Un serveur apportait le plateau de café. Noelle fit le service tandis que Bruce signait la note et refermait la porte à clé.

Dane rompit finalement le silence.

— Je me pose une question. Quelqu'un peut-il empêcher le livre de sortir ?

— Impossible, répondit Bruce. C'est là où ils l'ont dans l'os. Ils ignoraient que Nelson l'avait terminé quand ils l'ont tué. J'ai signé le contrat d'édition et le livre paraîtra l'année prochaine. Avec tambour et trompette ! Si nous parvenons à prouver que Nelson est mort à cause de son livre, ça va être un énorme best-seller. Les imprimeries n'ont pas fini de tourner ! À mon tour, j'ai une question pour vous. Comment ont-ils su pour Nelson ?

— Il est allé en Chine et il a trouvé le laboratoire. Je lui avais déconseillé d'y aller, de trop fouiner. Prends le sujet, je lui disais, écris une histoire, fais-en un bon roman. Mais cela ne lui suffisait pas. Il voulait tout savoir. Et cela s'est ébruité. Nelson Kerr, l'auteur de best-sellers, préparait un livre sur les maisons de retraite et leur pilule miracle.

— Ce laboratoire chinois… vous pensez qu'il est impliqué dans la mort de Nelson ?

— Ça m'étonnerait. C'est une grosse usine pharmaceutique, là-bas, ils fabriquent des tas de produits plus ou moins illégaux, parfois carrément interdits. Ils s'en fichent. Ils sont intouchables. Ils synthétisent du fentanyl, et même de la meth ! Qu'est-ce que vous savez sur leur médicament miracle ?

Savourant son moment de gloire, Bruce sortit de sa poche un petit sachet de plastique et le lâcha sur la table. À l'intérieur, trois gélules transparentes contenant une poudre marron.

— Voici la mystérieuse vitamine E3 ! Une substance qui continue à faire battre votre cœur, même si ça vous rend aveugle et vous fait vomir vos tripes.

Bouche bée, Dane contempla les gélules. Elle cherchait à rester stoïque mais ses pensées tourneboulaient dans sa tête.

— Je n'avais jamais vu ce produit en vrai. Comment vous avez eu ça ?

— C'est une longue histoire aussi. Peu importe. Grattin a trois cents établissements dans quinze États, alors il y a des quantités de cette substance qui se baladent. Voler quelques pilules n'a pas été si compliqué que ça.

— Et, outre les effets secondaires, vous savez quoi d'autre ?

— On a fait analyser les échantillons par des labos de pointe. Ils ont pu identifier la molécule. C'est du Flaxacyl. On a bossé de notre côté, Dane.

— Je vois ça. Ces gélules proviennent de Flora, dans le Kentucky, n'est-ce pas ?

— Exact. Collectées par Brittany, qui n'est plus de ce monde. Vous vous sentez responsable de la mort de Nelson. Nous, de celle de Brittany.

— Il ne faut pas. Ils ont assassiné Brittany comme ils l'ont fait avec Nelson.

— Qui ça ? Les gens de Grattin ?

— Oui. Je n'étais pas dans la pièce, mais je suis sûre que lorsque Ken et son petit club ont découvert qu'une aide-soignante de Flora, payée dix dollars de l'heure, avait volé un flacon de E3, ils ont paniqué.

— Ces gars tuent souvent comme ça ? s'enquit Noelle.

Dane but une gorgée de café pour se calmer. Elle reposa sa tasse avec précaution et prit deux grandes inspirations.

— Ils sont quatre. Au début, c'était des gens bien et puis l'argent les a pervertis. Ils ont commencé à gagner des millions et en ont voulu plus encore. Ils fournissent des soins minables à des prix exorbitants, tout ça aux frais des contribuables. Ils grugent l'assurance maladie, l'aide sociale, l'armée et le gouvernement fédéral, et ils savent s'y prendre. Est-ce qu'ils ont déjà tué ? Sans doute, mais je n'ai aucune preuve. Il y a une dizaine d'années, un inspecteur sanitaire dans le Nebraska est mort dans des circonstances bizarres. L'une des sociétés offshores de Ken possédait des usines de conditionnement de viande dans le Middle-West, des restes de bœuf ou de porc qu'ils refourguaient à des fast-foods, à des cantines scolaires et même à l'armée. L'inspecteur a débarqué à l'improviste et a relevé des tas d'illégalités. Il a fermé sur-le-champ deux usines. Ken a filé alors à Washington, a vu ses appuis politiques à qui il graissait la patte et a obtenu la réouverture. Pourtant l'inspecteur ne s'est pas laissé impressionner et a poursuivi ses visites. Il a de nouveau fait fermer les usines, encore et encore. Et puis il est mort dans un accident de voiture, tard le soir, sur une route déserte.

— Quatre personnes ? De qui s'agit-il exactement ?

— Ken Reed, son cousin avocat, Otis Reed, Lou Slader, le chef du département « sécurité et pots-de-vin », et Sid Shennault, le comptable. Slader est le plus dangereux. Un ancien du FBI, un ex des Army Rangers qui a toujours un pistolet sur lui. Il est le grand gardien du temple, à savoir la maison mère. Pour les autres établissements, la sécurité est quasi inexistante. Trop cher. Il s'occupe aussi du soutien politique, fait de généreux dons à des sénateurs en campagne et soudoie les inspecteurs et autres organes de surveillance. Grattin opère à grande échelle, alors il y a un tas de fonctionnaires et de bureaucrates à faire taire. C'est beaucoup moins cher d'acheter leur silence que de fournir un service de qualité.

— Et ces quatre types prennent toutes les décisions ?

— Pas du tout. Ken règne en despote. Les autres ne sont que des valets. Ils font ce qu'il dit, le flattent et ne le contredisent jamais. Ken exige une loyauté absolue.

— Il y a un maillon faible ? demanda Bruce.

— Je ne crois pas. En même temps, ils n'ont jamais été inquiétés. Ken les paie une fortune et les dorlote. Ils seraient prêts à se faire tuer pour lui.

— Qui est le plus jeune de la bande ?

— Sid. Il a dans les quarante-cinq ans. Marié avec cinq gosses encore à la maison. Propre sur lui, un baptiste pur jus, un gars venant d'un coin perdu du Texas, dans les environs de Waco. La dernière fois que j'ai vérifié, il touchait quasiment un million de dollars par an. De quoi s'assurer, pour Ken, une fidélité à toute épreuve.

— Vous avez accès à quoi, au juste ? s'enquit Noelle.

— À bien plus que ce qu'ils s'imaginent. Quand j'étais l'assistante de Ken, j'étais au courant de tout, ou quasiment. Ken m'a écartée, seulement je connais leurs ordis et leur système informatique. Je n'ai rien piraté, mais je peux aller voir ce que je veux à leur insu.

— Vous êtes toujours employée là-bas ?

— Oui, je suis vice-directrice du marketing. Quasiment un emploi fictif ! Dans ce secteur, pas besoin de faire de pub.

— Vous êtes dans leur collimateur ? s'enquit Bruce.

— Non. Si Ken croyait que j'avais parlé à Nelson, je ne serais plus de ce monde.

Ses dernières paroles planèrent dans l'air. Puis elle reprit doucement :

— Il est grand temps que je disparaisse. Nelson a été tué en août et depuis, Ken a changé à mon égard. Je ne pense pas qu'il regrette de l'avoir fait assassiner, et comme je le dis, je ne crois pas qu'il ait des doutes me concernant. Pourtant il a vraiment peur. Bien sûr, le Flaxacyl n'est pas un produit illégal, et bien sûr, il rallonge la vie, mais il craint une enquête fédérale de grande ampleur pour fraude à la sécurité sociale. Il est quasiment sûr d'être condamné. Et imaginez les procès qui vont suivre, toutes ces familles de victimes, ces gens dont la souffrance a été prolongée par cette substance. Aucune compagnie d'assurances ne couvrira Grattin, pas pour des actes aussi délictueux. Il faut que je m'en aille tant que je le peux encore. J'exècre ce que fait cette société et j'exècre plus encore les gens qui y travaillent. Je veux une nouvelle vie.

— C'était quoi votre accord avec Nelson ? demanda Noelle.

— Il m'avait promis la moitié des droits d'auteur. Oralement. Rien par écrit. Il m'a fait cette promesse sur l'oreiller, en fait. Mais pour moi, ça reste un serment.

Bruce secoua la tête.

— Ça va être difficile de sortir cet argent de l'héritage. S'il était encore en vie, il aurait tenu sa promesse. Je doute toutefois que son exécutrice testamentaire et le juge se laissent convaincre. En outre, vous ne pouvez saisir la justice pour faire valoir vos droits. Ça reviendrait à signer votre arrêt de mort.

— C'est bien ce que je me suis dit. Reste le statut de lanceur d'alerte ? Vous en pensez quoi ?

— Moi ? Je n'y connais rien. Je ne suis qu'un petit libraire.

— À d'autres ! J'ai besoin d'aide. Je ne peux raconter toute l'histoire parce que je suis mariée à Ken Reed, le cerveau de l'escroquerie. Certes, aucune loi n'interdit à une épouse de dénoncer son mari, mais je ne peux pas faire ça.

— Alors divorcez, répliqua Noelle. Vous paraissez mûre pour ça.

— C'est ce que je veux faire, mais c'est compliqué. Ken ne sera pas d'accord, pas pour l'instant. Il est bien trop paranoïaque, et il aura peur que mes avocats mettent leur nez dans ses affaires. En plus, il y a un contrat de mariage, qu'il m'a fait quasiment signer de force. J'aurai un million de dollars en cas de divorce, et pas un dollar de plus. Je pourrais sûrement l'attaquer au vu de ses revenus, mais ce serait encore un gros procès qui durerait des années. Sans compter qu'il y a un autre élément à prendre en compte de mon côté : la peur. Ce sont des gens dangereux. Je veux juste me sauver, partir loin.

Pour la première fois, sa voix vacilla. Elle se reprit aussitôt, esquissa un sourire et but une nouvelle gorgée de café.

— Cette arnaque, ça représente combien ? s'enquit Noelle. Ça fait longtemps que ça dure ?

— Au moins vingt ans.

— Donc, ces vingt dernières années, combien Grattin s'est fait d'argent grâce à sa vitamine E3 ?

— Vous avez lu le bouquin de Nelson ?

— Juste la moitié.

Bruce intervint.

— Il avance le chiffre de deux cents millions de dollars par an, extorqués à la sécurité sociale.

Dane acquiesça avec un sourire attendri.

— Il ne devait pas être loin. Personne ne connaît le montant exact. Il est impossible de savoir combien de temps un patient va tenir avec ce produit. Certains vivent six mois de plus, d'autres résistent pendant trois ans.

— Ça fait quatre milliards au total, annonça Noelle.

— En gros oui. Et il n'y a eu aucune plainte. C'est l'escroquerie parfaite, tant qu'elle n'est pas découverte. Seulement quelque chose me dit que Ken veut arrêter. Il a gagné assez d'argent et il sent le danger pointer son nez.

— À cause du livre de Nelson ? demanda Bruce.

— Oui, plus le flacon qui a disparu. Il lui suffit de claquer des doigts et le E3 disparaît. Personne n'en saura rien. Le personnel soignant ignore tout de ce produit. Et si les patients meurent, c'est bien ce qu'ils sont censés faire, non ? Leurs pauvres familles seront soulagées. Personne ne posera de questions.

Elle consulta sa montre et sembla surprise. Deux heures déjà. Elle n'avait pas vu le temps filer.

— Il faut que je parte. Mes amies m'attendent. J'ai une suggestion à vous faire.

Elle ouvrit son grand sac à main et en sortit deux petites boîtes.

— Ce sont des téléphones à cartes prépayées. Intraçables. Achetés au supermarché. On pourrait passer par eux pour communiquer entre nous ?

— D'accord, répondit Bruce. Quand allons-nous nous reparler ?

— Très vite. L'étau se resserre et je veux m'éloigner de ces gens.

Elle se leva et tout le monde se serra la main. Bruce l'accompagna à la porte, puis se laissa tomber sur le canapé. Il se frotta les yeux, bascula la tête en arrière et posa la main sur son front. Noelle trouva une bouteille d'eau dans le minibar, remplit deux verres.

— Mais pourquoi tu t'es lancé là-dedans ? s'enquit-elle après un moment. On pourrait rentrer tranquillement à la maison, passer à autre chose, laisser la police faire son boulot – ou ne pas le faire – et oublier Nelson. Pourquoi serait-ce à nous d'élucider le meurtre ? Comme tu le dis souvent, il n'était qu'un ami. Ce n'était pas ton frère ni rien. Pourquoi tu fais ça ?

— Je me pose la question cinq fois par jour. (Il se redressa.) C'est intenable, évidemment. Je ne peux pas vivre en surveillant constamment mes arrières. Comment espérer reprendre une existence normale en se disant que quelqu'un écoute nos coups de fil et lit nos e-mails ? Je ne suis pas de taille pour ça. Je veux retrouver le sommeil et cesser de me demander qui a tué Nelson.

— Tu peux faire marche arrière ?

— Bien sûr que non. Je suis son administrateur pour son œuvre littéraire et son roman va sortir l'année prochaine. Gérer ça et les autres titres, j'en ai pour des années.

— Certes, mais personne ne t'a demandé de jouer au détective privé.

— C'est vrai. Et ça a été une erreur d'engager ce cabinet d'enquête et de m'impliquer autant.

— Ce qui est fait est fait. C'est quoi la suite ?

— Washington.

11

Ils quittèrent le Lowell en taxi pour se rendre à la gare de Penn Station, et non à l'aéroport de La Guardia. Leurs deux sièges dans l'avion resteraient vides. Ils prirent à la place le train – l'Acela Express – et arrivèrent trois heures plus tard à l'Union Station de Washington où ils sautèrent dans un taxi pour le long trajet jusqu'à l'aéroport de Dulles. De là, ils marchèrent jusqu'au bâtiment anonyme et, peu après 13 heures, ils retrouvèrent Lindsey Wheat qui les attendait dans le hall. Elaine Shelby les rejoignit et tout le monde s'installa dans une salle de réunion. L'ambiance fut courtoise. Trois semaines plus tôt, Bruce, accompagné de Nick, était parti en claquant la porte.

Bruce leur tendit un document et dit :

— Voici votre lettre de fin de contrat. Je ne l'ai pas signée.

— Parfait, répondit Lindsey avec un grand sourire. Nous sommes ravis de vous garder comme client.

— À voir. Nous avons encore besoin de votre aide, et considérons que nous vous avons déjà payés pour ça.

— Absolument.

— Mais nous posons une condition : défense absolue d'organiser une nouvelle infiltration ou quelque opération de collecte d'informations sans mon feu vert. C'est non négociable.

Lindsey et Elaine échangèrent un regard.

— D'ordinaire, nous ne faisons pas ce genre de promesse, répondit Lindsey, ça limiterait bien trop notre marge d'action. Personne ne peut savoir quelles difficultés nous allons rencontrer en chemin. Rester flexible et réactif, c'est important. Souvent, nous sommes contraints d'improviser.

— Mais il y a des victimes. Par exemple Brittany. Il y a trois ans, avec Mercer, vous avez frôlé la catastrophe. Vous devez accepter cette condition, sinon je m'en vais. Encore une fois.

— C'est bon. Vous avez notre parole, affirma Elaine.

Tout le monde poussa un long soupir. Et Bruce entra dans le vif du sujet :

— Nous avons rencontré la taupe, et cette personne a confirmé nos soupçons concernant Nelson, Grattin, et l'utilisation du Flaxacyl, alias le E3. Les calculs de Nelson sont justes. L'escroquerie s'élève à deux cents millions de dollars par an depuis vingt années. Ils voulaient à tout prix empêcher la parution d'*À cœurs battants*. Ils ont bien tué Nelson. Et Brittany Bolton.

Lindsey hochait tranquillement la tête, comme si elle avait prévu ce dénouement depuis le début.

— Très bien. Racontez-nous ça.

12

Quand Bruce eut terminé son récit, Elaine demanda :

— Vous l'appelez « la taupe », à l'évidence, pour ne pas révéler le sexe de cette personne. Si c'était un homme, vous n'useriez pas de ce subterfuge. C'est donc qu'il s'agit d'une informatrice.

Elle esquissa un sourire et lança un regard en coin à Lindsey. Oui, elles étaient futées.

Noelle pensait la même chose.

— D'accord, il s'agit d'une femme. C'est l'ancienne assistante de direction de Ken Reed et aujourd'hui sa troisième épouse. Elle en sait beaucoup. Mais comme elle est mariée à ce type, elle ne peut lancer l'alerte elle-même. Et elle est terrifiée aussi. Tant que je ne vous aurai pas donné mon accord, interdiction formelle de mentionner son identité.

— Elle pense qu'il y a urgence, précisa Noelle. La société pourrait arrêter d'utiliser ce produit et il n'y aurait alors plus aucune preuve contre eux.

— Vous ne nous avez pas engagés pour ruiner cette société. Mais pour trouver l'assassin de Nelson, n'est-ce pas ? précisa Lindsey.

— Exact.

Elaine poursuivit :

— La question est la suivante : est-ce qu'attaquer Grattin peut nous révéler l'identité du meurtrier ? Nous ne le savons pas, mais nous avons un plan en tête, un plan que nous avions envisagé avant que nous soyons… remerciés.

— Et ce plan, quel est-il ?

— Aller trouver le FBI, répondit Lindsey.

— Nous avons des contacts haut placés là-bas, reprit Elaine. Si nous pouvons les convaincre qu'il y a une fraude énorme à l'assurance maladie, ça peut les intéresser, d'autant que la méthode d'escroquerie est plutôt singulière.

— Oh, ils vont adorer ça ! renchérit Lindsey. Il me suffit de passer trois coups de fil.

Elaine consulta sa montre.

— Je meurs de faim. Vous avez déjeuné ?

— Non. Bonne idée, répondit Bruce.

Lindsey était déjà debout et leur faisait signe de s'en aller.

— Allez manger ! Vous me rapporterez un sandwich. J'appelle mes contacts.

13

Sur les conseils de Lindsey, Bruce et Noelle passèrent la nuit au Willard Hotel sur Pennsylvania Avenue. Le lendemain matin, vendredi, le soleil de printemps était radieux. Cela faisait une semaine entière qu'ils avaient quitté Camino. Ils se rendirent à pied, à cinq cents mètres de là, au Hoover Building, siège du FBI. Elaine et Lindsey les attendaient dans le grand hall. Ils furent scannés, photographiés, comme leurs papiers d'identité, et durent poser devant une petite caméra de reconnaissance faciale qui enregistra leurs données biométriques. Une fois les vérifications terminées, deux jeunes femmes à l'air sévère les escortèrent jusqu'à une salle de réunion au deuxième étage.

— Qui va nous recevoir ? s'enquit Lindsey.

— M. Dellinger, répondit l'une des deux femmes avant de refermer la porte.

À l'inverse de Lindsey et d'Elaine, Bruce et Noelle ignoraient qui était Dellinger.

— Le directeur adjoint, rien que ça ! lâcha Lindsey.

Quelques minutes plus tard, Dellinger fit son entrée avec une équipe de cinq assistants, tous en costumes noirs, chaussures noires, chemises blanches et cravates unies. Dellinger présenta rapidement ses hommes et leurs noms furent aussi vite oubliés. Il désigna la table et chacun prit place. Une secrétaire servit du café, tandis que Lindsey et Elaine demandaient des nouvelles de leurs anciens amis au FBI. Dès que la secrétaire sortit de la pièce et que la porte fut refermée, Dellinger se tourna vers Bruce.

— Avant toute chose, monsieur Cable, je vous remercie de venir nous trouver. Toutes mes condoléances pour votre ami Nelson Kerr.

C'était des paroles aimables, même si elles étaient totalement dénuées d'empathie.

Dellinger fit un signe de tête à son partenaire assis à sa droite – un certain Parkhill –, qui souleva une pile de documents.

— Moi aussi, je vous remercie. Apparemment, nous avons affaire à une escroquerie à l'assurance maladie sans précédent, et sans vous nous n'en aurions jamais rien su.

Bruce hocha la tête, se lassant déjà de leur gratitude.

Parkhill poursuivit :

— Nous n'avons pas chômé la nuit dernière et avons vérifié la majeure partie des infos figurant dans ce dossier. Nous comptons attaquer immédiatement, en commençant par la base. Nous allons choisir quelques aides-soignantes et infirmières dans diverses maisons de retraite et récupérer des échantillons. Nous ferons ça discrètement, sans que Grattin à Houston en sache rien. Puis nous remonterons la piste et découvrirons les circuits de distribution. Le Flaxacyl n'a jamais été approuvé par les autorités sanitaires. Pour pouvoir l'utiliser à une si grande échelle, le nombre d'infractions doit être faramineux. Rien que cela suffirait à faire plonger Grattin. Et, à la toute fin, nous ferons une descente au siège, nous embarquerons tout ce petit monde et saisirons les dossiers.

— Et pour le meurtre de Nelson ? s'enquit Bruce.

— Ça risque d'être long et compliqué. Une fois qu'ils seront arrêtés, enfermés et inculpés, nous commencerons à leur mettre la pression et à faire des offres. D'ordinaire, quelqu'un se met toujours à table pour sauver sa peau. Sid Shennault semble particulièrement vulnérable, avec ses cinq gosses à charge. Nous verrons ça en temps et en heure. Nous savons être persuasifs quand nous avons affaire à des criminels en cols blancs, parce que ces nantis préfèrent éviter la prison et garder leur confort. Cela dit, cette société semble tenue d'une main de fer. Peut-être qu'aucun ne parlera.

— Il va sans dire, monsieur Cable, ajouta Dellinger, que tout ceci doit rester strictement confidentiel.

— Bien entendu. À qui irais-je raconter ça ?

— Vous comptez entrer en contact avec votre informateur ?

— C'est possible. Je ne sais pas. Je devrais ?

— Il faut que nous sachions de qui il s'agit.

— Je ne peux vous donner son nom sans son accord.

— Je comprends. En attendant, nous avons une foule de questions à vous poser et nous aimerions enregistrer vos réponses, si vous n'y voyez pas d'inconvénient.

— Aucun. Et moi, je peux vous poser une question ?

— Bien sûr.

— Il s'agit, apparemment, d'un meurtre commandité et ce type de crime relève des autorités fédérales, n'est-ce pas ?

— Certes.

— Pourriez-vous contacter le bureau du FBI de Floride pour qu'il se charge de l'enquête ?

— C'est déjà fait.

— Parfait. Je vous remercie.

— Non, c'est nous qui vous remercions, monsieur Cable.

Deux hommes en costume s'en allèrent avec Dellinger. Bruce et Noelle passèrent les trois heures suivantes à répondre aux questions de Parkhill. Un interrogatoire exhaustif : Nelson, sa mort, ses livres, son patrimoine, et ce que leur avait raconté leur « informateur mystère ». Quand ils eurent terminé, Bruce et Noelle descendirent Pennsylvania Avenue jusqu'à la 15e Rue pour un long déjeuner au Old Ebbitt Grill en compagnie d'Elaine et de Lindsey.

IX
LA RAFLE

1

Chaque établissement de soins est censé avoir sa propre infirmière diplômée, mais, avec la paie de misère que proposait Grattin, il y avait pénurie de main-d'œuvre à tous les niveaux. Laurie Teegue, l'infirmière attitrée de la Madison Road Nursing Home, travaillait également dans deux autres maisons de retraite – quinze heures par jour, sans primes ni heures supplémentaires.

Les deux agents la suivirent alors qu'elle se rendait au travail dans les faubourgs de Marmaduke, en Arkansas, et attendirent quelques minutes, le temps qu'elle regagne son petit bureau, puis débarquèrent en brandissant leur badge. « FBI ! » lancèrent-ils à l'unisson. L'un ferma la porte, l'autre lui fit signe de s'asseoir. Ils avaient tous les deux la même tenue décontractée – pantalon de toile, veste bleue, chemise blanche sans cravate –, comme s'ils voulaient passer inaperçus. Ils étaient toutefois encore bien trop habillés pour ce coin de campagne.

Laurie s'assit sur sa chaise de bureau minuscule au regard de sa corpulence et voulut dire quelque chose. L'agent spécial Rumke l'en dissuada d'un geste.

— Nous préférons que personne ne sache que nous sommes ici, c'est compris ? Nous venons en paix, même si nous avons un mandat d'arrestation à votre encontre.

L'agent Ritter sortit des papiers et les lâcha sur le bureau.

— L'un concerne la prescription d'un produit interdit nommé le Flaxacyl. Ça vous dit quelque chose ?

Elle ignora les papiers et secoua la tête.

— Qui est le directeur ici ? demanda Rumke.

— On n'en a pas en ce moment. On n'arrive à garder personne.

— Le contraire m'eût étonné. Nous sommes très sérieux concernant la confidentialité de cette intervention. Alors, si quelqu'un pose des questions, vous direz que nous sommes des comptables envoyés par le siège pour vérifier les registres. Compris ?

— Comme vous voulez. Vous allez m'arrêter ?

— Pas encore. Nous allons vous proposer un marché pour vous éviter la prison et pour que cette affaire ne s'ébruite pas. Ça vous intéresse ?

— J'ai le choix ?

Elle sortit un mouchoir et s'essuya les yeux.

— Bien sûr. Vous pouvez nous dire d'aller au diable, auquel cas, nous vous passons les menottes et on vous emmène à la prison de Jonesboro. Une fois là-bas, vous pourrez appeler un avocat pour qu'il vous sorte de là.

— La prison ? Je n'ai rien fait de mal.

— Ce sera au jury d'en décider, annonça Ritter, si ça va aussi loin. Mais avec notre offre, pas de jury, pas de tribunal, pas d'avocats ni de journalistes. Vous n'aurez même pas besoin d'en parler à votre mari.

— Je vais prendre plutôt cette option. C'est quoi, le Flaxacyl ?

— Une substance illégale fabriquée en Chine et expédiée ici par voie postale. Nous pensons que chez vous on l'appelle la vitamine E3. Ça vous dit quelque chose ?

— Bien sûr.

— À qui l'administrez-vous ?

— Aux patients atteints de démence avancée. Il me faut un avocat ?

— Seulement si vous faites le mauvais choix. Écoutez-nous plutôt. Voilà le marché : vous coopérez et vous nous aidez à remonter la piste de ce produit. Vous serez alors une informatrice contre votre employeur, et si tout se déroule comme prévu, les charges à votre encontre seront levées.

— Et pour mon patron ? Il va se passer quoi ?

— Ça vous inquiète vraiment ?

— Non.

— Parfait, parce qu'eux se contrefichent de ce qui peut vous arriver. Il s'agit d'une enquête à grande échelle dans quinze États pour fraude à l'assurance maladie. Votre employeur s'en sortira, ou pas. À votre place, je ne me soucierais pas trop de son sort, mais plutôt du vôtre.

— Mon frère est avocat à Jonesboro.

— Nous le savons. Mais il s'occupe de faillites, il ne connaît rien au droit criminel.

Elle regarda tour à tour Rumke et Ritter. Les deux agents du FBI avaient la trentaine, la mine sévère, arrogante. Ils savaient tout, et elle, elle ne savait rien. Ils pouvaient lui passer les menottes et la faire sortir par le grand hall, devant tous ses collègues et les résidents. Elle avait aussi quatre gosses et le plus vieux avait onze ans ! Ils allaient voir leur mère en cellule… non, c'était trop pour elle. Les larmes vinrent.

Le lendemain, Laurie se rendit dans les réserves pendant la pause-déjeuner et subtilisa un flacon de E3. Elle bavarda plus tard avec la pharmacienne et apprit que les vitamines et les compléments alimentaires arrivaient une fois par semaine par transport de nuit depuis un entrepôt de l'entreprise au Texas. Les médicaments quant à eux étaient livrés tous les mercredis matin par coursier de Little Rock.

Chaque jour, soit Rumke, soit Ritter lui rendait visite pour collecter les informations. Ils œuvraient ainsi dans onze autres maisons de retraite du nord-est de l'Arkansas. L'équipe d'investigation, au complet, s'occupait de cent établissements appartenant à Grattin dans quinze États. Après un mois de travail, rien n'avait fuité au siège social de Houston.

2

Le téléphone à carte prépayée sonna pour la première fois depuis une semaine. Bruce s'enferma dans son bureau pour discuter avec Dane. Elle était à Houston, sautait un cours de yoga et attendait une amie pour déjeuner. Grande nouvelle : elle avait vu un avocat la veille pour parler du divorce et ce premier contact s'était bien passé. Elle hésitait encore à lancer la procédure, même si elle en avait assez de vivre sous le même toit que Ken Reed et de le voir découcher si souvent. La stratégie était pourtant cruciale. Aurait-elle le cran de l'accuser d'adultère, et de se lancer dans un combat qui promettait d'être long et douloureux ? Est-ce que cela valait le coup ? Si le plan du FBI se déroulait comme prévu, Ken Reed et sa société allaient bientôt crouler, au sens propre, sous les procès, à la fois au civil comme au pénal.

Bruce savait peu de chose sur l'enquête des fédéraux et encore moins quand elle arriverait à son terme. Un agent de Washington l'appelait tous les huit jours, cinq minutes d'entretien pour ne rien lui dire, ou quasiment.

— Je me fais vraiment du souci pour vous, Bruce, dit Dane. Vous êtes si vulnérable, dans votre petite librairie ouverte à tout le monde.

— Qu'est-ce qu'ils feraient ? Me descendre en pleine rue ? Je ne vois pas ce que Reed et ses sbires auraient à y gagner. Ils ne peuvent empêcher la publication du livre. Ils ont essayé en tuant Nelson, ce qui, avec le recul, était effectivement totalement crétin. Nelson écrivait un roman, de la pure fiction. Reed l'a appris et il a cru que les gens, en lisant le livre, sauraient immédiatement qu'il s'agissait de Grattin et de leur arnaque à la sécu. C'est du grand délire.

— En fait, Ken ne savait pas qu'il s'agissait d'une fiction. Il pensait que Nelson allait sortir une enquête concernant les exactions de sa société.

— Ça n'empêche. Tuer Nelson ne leur servait à rien. Le livre était terminé.

— Ce sont de sales types, Bruce. Et ils sont totalement paniqués. Ken doit sentir que tout lui échappe.

— Je m'en fiche, Dane. J'ai changé mes numéros de téléphone, comme mes comptes e-mail. Et je fais toujours attention, ce qui est, pour tout dire, assez usant. Nous partons samedi un mois à Martha's Vineyard. Noelle veut changer d'air et en ce moment à Bay Books, c'est le désert. L'île est comme morte. Tout ira bien pour moi, ne vous en faites pas. Et pour vous ?

— Il ne m'arrivera rien. On reste en contact, promis ?

Bruce raccrocha et regarda fixement le téléphone. S'il n'avait pas prononcé ces vœux de fidélité au mariage, il se serait bien laissé tenter.

Sacré Nelson.

3

Tôt ou tard, comme on dit dans le métier, la chance vous sourit.

Le sniper grimpa la colline sur cinq cents mètres, à travers des bois épais, loin des sentiers. L'endroit idéal se trouvait en pleine végétation. Avec sa partenaire, il avait arpenté le versant pendant quatre heures et il connaissait désormais le terrain par cœur. Il retrouva vite son perchoir, un grand chêne avec des branches basses accessibles et l'escalada jusqu'à quinze mètres de hauteur pour surplomber la canopée. En bas dans la vallée, à trois cent quatre-vingts mètres, il avait une vue dégagée sur le patio derrière une grande maison rococo, propriété de M. Higginbotham, le plus grand entrepreneur de BTP dans cette partie ouest de l'Ohio.

Higginbotham était à Las Vegas avec ses amis, une virée aux casinos qu'il faisait plusieurs fois dans l'année. Il était certain aujourd'hui que sa nouvelle jeune épouse revoyait l'un de ses ex quand il n'était pas là. Le sniper n'avait jamais rencontré Higginbotham et ne le verrait jamais. Le contrat avait été négocié par un intermédiaire. Le mari avait engagé de bons enquêteurs qui avaient mis ses lignes de téléphone sur écoute et ils lui avaient annoncé la nouvelle : sa moitié avait rendez-vous avec son ancien amant cet après-midi-là vers 16 h 30, à son domicile, quand la femme de ménage serait partie.

Une fois installé en sécurité entre le tronc et une branche, le tireur ouvrit sa valise et entreprit d'assembler sa petite merveille qui lui avait coûté vingt mille dollars, un fusil de précision militaire. Dans son secteur d'activité, on se devait d'avoir le top de la technologie. Il ne l'avait jamais utilisé en condition réelle, mais après quelques heures d'entraînement, il était certain de pouvoir toucher n'importe quelle cible à cinq cents mètres.

Il régla la lunette, observa la porte donnant à l'arrière de la maison, et engagea trois cartouches. Deux lui suffiraient. Et chacune lui rapporterait un million de dollars.

La maison était isolée, au bout d'une petite route de campagne, sans aucun voisin alentour. Tous les marqueurs du luxe étaient là : grande piscine aux formes savantes, court de tennis, garage indépendant pour abriter les voitures de collection de monsieur, et une petite écurie pour les chevaux de madame. Les enfants étaient chez la première femme de Higginbotham, à l'autre bout du comté.

À 16 h 40, une Porsche Carrera noire apparut et tourna dans l'allée. Le chauffeur se gara derrière la maison, de sorte que la voiture soit invisible de la route. L'endroit idéal pour le sniper, en plein dans son champ de vision. Le Roméo sortit. Un gars de trente-cinq ans, une tignasse blonde, mince, en jean. Le tireur le suivit dans sa mire. Le type traversa le patio le pas alerte et impatient, s'arrêta à la porte, jeta un regard autour de lui – précaution parfaitement inutile – et entra dans la maison.

16 h 41. Combien de temps cela allait-il prendre ? D'ordinaire, il aurait été inutile de se presser, mais c'était une liaison adultère et les deux tourtereaux ne pouvaient s'attarder. Une mise en bouche ad hoc, le plat de résistance, puis un petit bavardage sur l'oreiller, agrémenté peut-être d'une cigarette. Il estimait qu'en moins de quarante minutes, l'affaire serait bouclée.

Raté ! À 17 h 28, soit quarante-sept minutes après son arrivée – enfin ! –, le Roméo sortit de la maison, referma la porte derrière lui, et marcha d'un pas moins vif vers sa voiture. Quand il toucha la poignée, le tireur fit feu. Quasiment au même instant, une balle de 6,18 mm, tirée avec son fusil calibre .243Win entra dans le crâne de la cible juste au-dessus de l'oreille gauche et ressortit du côté droit par un trou béant, pulvérisant le gros de sa cervelle. Une gerbe de sang et de débris de chairs éclaboussa la vitre et la portière de la voiture, et l'homme s'écroula.

Le sniper éjecta la douille, fit monter une nouvelle balle dans la culasse, et braqua sa lunette sur la porte du patio. Avec la distance et la densité de la végétation, il ne savait pas si madame avait entendu la déflagration, mais c'était fort probable. Une silhouette passa rapidement derrière les fenêtres du salon. Quelques secondes plus tard, la porte s'entrouvrit, à peine, et la femme découvrit le cadavre au pied de la Porsche.

Que faire ? Que faire dans une situation pareille ? Si elle appelait à l'aide, tout le monde serait au courant et sa vie serait bouleversée, et pas en mieux. La police l'assaillirait de questions mais elle n'aurait pas de réponse. Son mari allait la frapper et puis prendre un avocat pour être sûr qu'elle se retrouve à la rue sans un sou en poche.

Qu'est-ce qu'une fille devait faire en pareil cas ? Elle n'en savait rien. Les pensées tourneboulaient dans sa tête.

Son amant, à l'évidence, était mort. À moins qu'il respirât encore ? Elle décida d'aller s'en assurer. Puis elle tâcherait après de réfléchir. Mais il n'y aurait pas d'après. Sitôt qu'elle fit un pas dehors, le sniper tira. Une milliseconde plus tard, la balle lui cassait les dents et projetait sa tête en arrière si violemment qu'elle se retrouva plaquée contre le mur et s'effondra au pied de la paroi. Elle portait une nuisette blanche, un string noir, et rien d'autre. Quel gâchis, songea le tireur en l'admirant. Un corps tonique et hâlé, sans une once de gras. Son seul défaut : avoir un goût pour le sexe adultère. Bien sûr, jamais elle n'avait imaginé qu'un jour cela signerait son arrêt de mort.

Le sniper démonta rapidement sa lunette de visée, dévissa le canon, et en quelques mouvements précis, l'arme fut rangée dans sa caisse. Il la sangla à son dos et commença à descendre le chêne. Inutile de se presser. Il se passerait des heures avant que les corps ne soient découverts. Avec sa partenaire, ils avaient de grands projets et devaient dîner ce soir au Harvey's Rib Shack à Dayton. Autour d'une coupe de champagne et d'un grand cru, ils célébreraient ce crime parfait et trinqueraient à leurs deux millions de dollars. Demain, ils consulteraient les journaux du matin où serait narré ce fait divers sanglant, il y aurait peut-être une petite déclaration de ce pauvre Higginbotham à Las Vegas en réaction à ce double meurtre, puis les deux partenaires se sépareraient pour quelques mois, en attendant leur prochain contrat.

Mais une branche pourrie changea tout. Pour un ex des forces spéciales, connu pour son adresse et son pied sûr, commettre une telle erreur était inconcevable, du moins à l'époque. Il n'eut pas le temps d'y penser. Il tomba dans le vide, tête la première, sans rien pour se rattraper ou freiner sa chute. Son front heurta le sol violemment, et son cou céda. Le craquement fut si fort qu'il sut qu'il était mort. Puis ce fut le trou noir. Il ne sut combien de temps s'était écoulé quand il rouvrit les yeux. Il faisait nuit. Il voulut consulter sa montre mais ne put lever sa main. Impossible de bouger aucun de ses membres ! La douleur dans son cou était intolérable, à en hurler. Il ne parvenait à émettre que de petits grognements étouffés. Il gisait sur le dos, le bas du tronc tordu dans un angle improbable. Il voulait se remettre à plat mais son corps ne lui répondait plus. Plus rien ne fonctionnait, hormis ses poumons, qu'il entendait siffler dans sa poitrine. Où était son arme ? Il ne la voyait plus. Son téléphone était dans la poche arrière de son pantalon, mais il ne pouvait l'atteindre.

Quand il portait l'uniforme et traquait les ennemis aux quatre coins de la planète, il avait toujours sur lui une pilule de cyanure pour en finir si les choses tournaient mal. Il ferma les yeux. Il la regrettait tant, cette pilule. Ce n'est pas ainsi qu'il avait pensé mourir.

Même si sa partenaire le retrouvait, il avait la moelle épinière écrasée. Le déplacer ne ferait qu'aggraver son état.

4

D'abord, elle entendit les grognements dans l'obscurité. Puis elle le trouva, manquant de lui marcher dessus.

— Qu'est-ce qui s'est passé ? chuchota-t-elle en s'agenouillant auprès de lui.

— Je suis tombé… ma nuque…

— Tu les as eus ?

— Oui. Les deux. Et puis je suis tombé.

— Merde.

— Désolé.

— J'ai entendu des sirènes en bas. Il faut qu'on se tire.

— Peux pas. Suis paralysé. Je peux rien bouger.

— Déconne pas, Rick. Je vais te sortir d'ici.

Il ferma les yeux et poussa un autre gémissement. Elle se leva et fit le tour de l'arbre, dans l'espoir d'apercevoir la maison. De là, c'était impossible. Elle éclaira les alentours avec une petite lampe, repéra la mallette avec le fusil et se demanda qu'en faire. Si elle l'emportait et qu'elle était surprise avec, elle était fichue.

Et Rick ? Cet idiot s'était cassé le cou. Tenter de le porter à travers ce terrain accidenté sur un kilomètre causerait encore plus de dégâts neurologiques. Elle avait appris ça à l'entraînement.

À cause de sa bêtise, il allait se faire prendre. Mais pas elle. Et les deux millions n'auraient pas besoin d'être divisés. Une sirène retentit au loin.

Elle revint vers lui et le contempla. Quand il ouvrit les yeux, il la vit sortir un petit pistolet automatique de sa poche.

— Non, Karen, non.

Elle visa le front.

— Je t'en prie.

Et fit feu. Deux fois.

5

Dire que Rick Patterson était à moitié mort serait un grand euphémisme. Avec les cervicales brisées, deux balles dans le crâne, et la moitié de son sang répandue au sol – pouls à 28, pression diastolique à 4 –, il était bien plus près du trépas que de la vie. Les secouristes s'activèrent pendant une heure au pied de l'arbre pour le stabiliser avant de le transporter par hélicoptère à l'hôpital de Cincinnati où il resta onze heures au bloc opératoire. Quarante-huit heures plus tard, son état était toujours déclaré critique.

Et il n'avait pas encore de nom. Rien sur son corps ne permettait de l'identifier, aucun papier, ni adresse, ni numéro de téléphone. Un inspecteur de la police de l'Ohio prit ses empreintes pendant que le suspect, sous respirateur, était entre la vie et la mort. Les empreintes correspondaient à un ancien soldat de l'armée américaine, un dénommé Rick Patterson de Tacoma, dans l'État de Washington. L'un de ses frères expliqua qu'il travaillait pour une agence de sécurité privée. L'analyse balistique établit que le fusil était bien l'arme utilisée pour le massacre chez Higginbotham, mais les deux perforations dans son crâne avaient été causées par des balles plus petites provenant d'un pistolet. Les fouilles dans les environs de la scène de crime n'apportèrent guère d'indices : quelques empreintes de pas et traces de pneus, toutes inexploitables.

Pendant des jours, le mystère resta entier. Le meurtre de Mme Higginbotham et de son amant, Jason Jordan, était résolu. Mais qui avait tué Patterson ? Pourquoi ? Et qui était le commanditaire de ce double contrat ? M. Higginbotham avait déjà été interrogé et avait pris un bataillon d'avocats.

Longtemps Patterson refusa de mourir. Il s'accrochait à la vie à l'aide de machines et de remèdes de cheval, mais également grâce à une ténacité qui forçait le respect.

Et au soir du neuvième jour, il parla.

6

Bob Cobb, après une longue promenade sur la plage, buvait une bière bien méritée au bord de sa piscine quand le téléphone sonna. C'était l'agent Van Cleve de l'antenne du FBI à Jacksonville. Bob l'avait rencontré un mois plus tôt au début de son enquête sur l'île.

Van Cleve lui demanda s'il pouvait passer à son bureau le lendemain. Jacksonville était à une heure de route de Camino, Bob hésita. Il écrivait, ces jours-ci. Comme toujours, il était en retard, et n'avait aucune envie de perdre une journée pour aller voir le FBI.

— C'est important, insista Van Cleve. Et nous avons besoin de votre présence ici.

Sachant qu'il était inutile de résister, il accepta de réorganiser toute sa journée pour les fédéraux.

Il arriva à 10 heures précises et suivit Van Cleve dans une petite pièce avec trois grands écrans muraux. L'agent était curieusement enjoué et trépignait d'impatience. À l'évidence, le FBI était sur une piste. Il baissa les lumières et annonça :

— J'ai des vidéos à vous montrer !

La première, en couleur, provenait d'une petite caméra intégrée à une lunette de fusil.

— Ça s'est passé il y a deux semaines, près de Dayton dans l'Ohio. Le gars qui sort de la Porsche est l'amant, pas le mari, et il se rend chez la femme pour un petit cinq-à-sept. Le mari est parti à Las Vegas avec ses amis, mais il a passé un contrat. Le don Juan entre, et les deux s'envoient en l'air pendant quarante-sept minutes, et puis c'est là que ça devient intéressant : le type sort, retourne à sa voiture. Et *bam !* le haut de sa tête saute, pulvérisé par la balle d'un sniper posté à quatre cents mètres de là. Trente-six secondes plus tard, la femme se décide à aller voir et *rebam !* la moitié du visage y passe.

— C'est impressionnant, lâcha Bob.

— J'étais sûr que vous apprécieriez.

— Je peux vous demander comment vous avez eu ça ?

— Le tireur était – est – un crétin ; pour une raison mystérieuse, il a filmé ses deux tirs, en souvenir peut-être. Je ne pense pas qu'il comptait mettre ça sur Facebook, mais plutôt le montrer au mari. En tout cas, c'était idiot. Cette histoire a fait les gros titres dans l'Ohio. Vous en avez peut-être entendu parler ?

— Non, je suis passé à côté.

La première page du *Dayton Daily News* apparut sur l'autre écran, avec en gros titre :

UNE ÉPOUSE ET SON AMANT TUÉS PAR UN TUEUR À GAGES.

Dessous, deux grandes photos des victimes, et une troisième, plus petite, de Higginbotham, le mari trompé.

Van Cleve poursuivit :

— Le sniper était en haut d'un arbre et, après les avoir abattus, il est tombé et s'est cassé la colonne vertébrale. Il ne pouvait plus bouger, et sa partenaire lui a tiré deux balles dans la tête, comme on achève une bête blessée. La dure loi de la jungle ! La police sur place, comme le FBI, a décidé de ne pas révéler l'état du sniper, qui semble être un professionnel. Un sacré tireur, mais un piètre grimpeur. Bref, rien n'a fuité dans la presse, jusqu'à présent.

Van Cleve appuya sur un bouton et une autre vidéo se lança.

— Et c'est là que le vent a tourné. Car il y a quatre jours, le sniper a commencé à parler.

À l'image, Rick Patterson est sur un lit d'hôpital, avec un masque à oxygène, le crâne bandé, branché à une myriade de tubes et de fils. Cinq personnes, la mine sévère, l'observent. Van Cleve met la vidéo sur « pause ».

— C'est notre gars, Rick Patterson, avec son avocat, le procureur, un magistrat fédéral, et deux agents du FBI.

De l'autre côté du lit, se tiennent deux médecins en blouse blanche. La caméra est fixée au pied du lit. La scène est bizarre.

— Patterson est condamné, expliqua Van Cleve. Il a deux hémorragies cérébrales que les toubibs ne peuvent arrêter et, même s'il s'accroche à la vie, sa fin est proche. Et il le sait. Alors il parle – ou plutôt il communique. Avec tous les tubes qu'il a dans la bouche, il ne peut articuler un son intelligible, mais il parvient à nouveau à bouger un peu les mains. Griffonner un message et pousser de petits grognements pour dire oui. Parmi tous les fils qui sortent de son corps, l'un est relié à un système audio. La scène est transmise au bureau du procureur de l'autre côté de la ville. Il n'est pas du tout en état de répondre à des questions, seulement c'est lui qui a insisté. Il est très motivé. Au début, les médecins ont refusé catégoriquement, mais le gars est condamné, alors ils ont cédé.

À l'image, le juge explique les conditions légales de cet enregistrement. Le patient a dans les mains un feutre et une ardoise est posée sur son ventre.

Le procureur se penche vers lui et dit :

— Maintenant, monsieur Patterson, je vais vous poser quelques questions, qui toutes ont été approuvées par votre avocat. Prenez votre temps pour répondre. Nous ne sommes pas pressés.

Pas pressés ? songea Bob. Deux hémorragies cérébrales, une colonne brisée, et le gars est mourant !

— Êtes-vous impliqué dans la planification et le meurtre de Linda Higginbotham et de Jason Jordan ?

Patterson écrit « oui » sur l'ardoise. Le procureur, pour la caméra, lit la réponse à haute voix.

— Est-ce vous qui les avez tués tous les deux ?

Oui.

— Et vous avez été rétribué pour ces meurtres ?

Oui.

— Combien.

Deux.

— Deux millions de dollars ?

Oui.

— Payés par qui ?

Il y a un long silence tandis que Patterson griffonne sur l'ardoise : sais pas.

Son avocat précise pour la caméra.

— Il dit qu'il n'en sait rien.

— Très bien, on reviendra sur ce point plus tard, poursuit le procureur. Et vous avez agi seul ?

Non.

— Combien de complices aviez-vous ?

Un.

— Quel est son nom ?

Sans hésitation, Patterson écrit : Karen Sharbonnet.

— Où était cette personne au moment des meurtres ?

Pas de réponse côté Patterson.

— Le gars va rester inerte pendant cinq minutes, expliqua Van Cleve à Bob. Tout le monde a cru qu'il avait passé l'arme à gauche. Mais il s'est réveillé. Il a déclaré que sa partenaire se trouvait à proximité et qu'elle l'a retrouvé au sol. Au lieu de l'aider, elle a voulu le finir. Deux balles dans la tête. Bon, vous en avez assez vu. Passons à l'autre vidéo, celle qui risque de vous intéresser. Elle est prise dans une salle de gym de Laguna Beach, que nous avions placée sous surveillance.

Huit femmes sur deux lignes s'agitent au rythme d'une musique assourdissante, suivant les consignes de leur coach. Elles sont toutes jeunes, musclées, bronzage californien. La caméra zoome sur une rousse à cheveux courts.

Bob esquissa un sourire.

— Je reconnaîtrais ce corps entre mille !

— Oui, c'est votre Ingrid. Karen Sharbonnet de son vrai nom. Autrefois Army Ranger, ex-partenaire de Rick Patterson et ancienne tueuse à gages.

— Ancienne ?

— Oui. Nous l'avons arrêtée. Après l'aveu de Patterson, nous l'avons suivie pendant trois jours. Elle a eu des soupçons et a tenté de se faire la belle. On l'a coincée à l'aéroport de Los Angeles alors qu'elle embarquait pour Tokyo. Avec un passeport allemand, l'un des six qu'elle utilisait régulièrement.

Van Cleve appuya de nouveau sur le bouton et une photo d'identité judiciaire s'afficha à l'écran.

— Les cheveux courts la changent, reconnut Bob. Mais ce sont bien ses yeux. Elle a dit quelque chose ?

— Pas un mot. Et nous ne lui avons pas encore parlé de Patterson. Elle le croit mort dans les bois. Elle ignore que nous l'avons récupéré et, bien sûr, qu'il est en mesure de communiquer.

— Qu'est-ce que vous savez sur elle ?

— Comme je l'ai expliqué, c'est un travail laborieux parce que la vie de Patterson ne tient qu'à un fil. Il dit faire équipe avec elle depuis cinq ans, rien que des contrats haut de gamme. Ils ont eu deux millions pour le contrat Higginbotham. Nous avons surveillé ses comptes en banque. Elle en a une douzaine dans au moins quatre pays, et l'argent est arrivé à Saint-Christophe-et-Niévès il y a deux jours. Deux millions.

— Rien sur Nelson Kerr ?

— Pas encore. Mais hier, Patterson parlait toujours.

— Cuisinez-le vite !

— C'est compliqué. Il s'éteint petit à petit.

7

Au sortir de Jacksonville, Bob quitta brusquement la I-95 et fila vers l'aéroport où il acheta un billet pour Newark. Il rejoignit Boston et embarqua à bord d'un petit avion pour Martha's Vineyard. Une fois arrivé sur l'île, sept heures après avoir quitté la Floride, il appela Bruce qui fut surpris de l'entendre.

— Qu'est-ce qui t'amène à Vineyard ?

— C'est toi qui m'as invité, tu as déjà oublié ? À quelle heure le dîner ?

Bruce n'avait jamais invité Bob mais il comprit immédiatement qu'il se passait quelque chose.

— Rendez-vous au bar du Sydney Hotel à Edgartown dans une heure.

Bruce attendait, seul au comptoir, quand Bob débarqua avec un sourire jusqu'aux oreilles. Ils trouvèrent une table à l'écart et commandèrent à boire.

— Tu sais qui a chopé le FBI ? annonça Bob.

— Non, mais tu vas me le dire.

— Ingrid ! Qui s'appelle en fait Karen Sharbonnet. Elle vit en Californie, et plus précisément à Laguna Beach.

Bruce en avait le souffle coupé. Il secoua la tête en silence. Leurs boissons furent servies et, après une longue lampée de vin, il articula :

— Vas-y, raconte.

— Accroche-toi bien. C'est du lourd !

8

Les agents du FBI l'observèrent garer son gros SUV dans l'un des parkings à la périphérie du stade. Il ouvrit le hayon et en sortit un grand sac de toile contenant tout le matériel pour une équipe minime de baseball. Son fils, Ford, onze ans, était avec lui, déjà habillé pour le match, avec dans sa housse en bandoulière plus de battes qu'un pro en possédait il y a quarante ans.

Lentement, ils longèrent l'allée entre les deux terrains, parmi mille duos père-fils prêts pour le grand tournoi. Un samedi inoubliable en perspective.

Sid Shennault n'était pas le coach des jeunes Raiders, mais plutôt le responsable de l'équipement. Ils trouvèrent leur abri, saluèrent les entraîneurs et les membres de l'équipe, et s'installèrent tandis que les agents d'entretien ratissaient le diamant et retraçaient les lignes à la craie. Le match était dans une heure et les garçons s'échauffaient sur le champ extérieur tandis que coaches et papas parlaient de la défaite, la veille, des Astros face aux Cardinals.

Quatre agents, habillés comme des fans de baseball, s'approchèrent discrètement.

Finalement, Sid Shennault quitta l'abri et se dirigea vers la buvette. Il acheta un soda et jeta un coup d'œil au match qui se jouait sur un autre terrain. Tandis qu'il évaluait les éventuels adversaires de son fils derrière la clôture, un homme s'approcha, avec une carte de visite dans les mains.

— Bonjour Sid, je suis Ross Mayfield du FBI.

Shennault prit la carte, sembla la lire avec intérêt, puis reporta son attention sur le jeu.

— Enchanté. En quoi puis-je vous être utile ?

— Nous devons vous parler, et le plus tôt sera le mieux.

— Parler de quoi ?

— De Grattin, du Flaxacyl, de la fraude à la sécurité sociale, et peut-être du meurtre de Nelson Kerr. Ça fait beaucoup de sujets à couvrir. C'est un grand coup de filet, Sid, et il se referme vite. Nous avons les preuves. Vous risquez, au bas mot, quarante ans en cellule.

Shennault ferma les yeux comme s'il avait reçu un uppercut au ventre ; il tenta pourtant de rester stoïque. Ses épaules s'affaissèrent légèrement. Comme le rapportèrent plus tard les agents, il géra remarquablement bien la situation.

— J'ai besoin d'un avocat ? s'enquit-il.

— Oh oui. Même de deux ou trois. Appelez-les et voyons-nous dans quarante-huit heures pour négocier.

— Et si je refuse ?

— Ce serait idiot, Sid. Nous aurons un mandat d'arrestation et reviendrons enfoncer votre porte à 3 heures du matin. Ça risque d'être assez traumatisant pour votre femme et vos cinq gosses. Un mot à Ken Reed ou aux autres, et notre marché en or tombe à l'eau. C'est clair ? Il est temps de sauver votre peau. Reed est fini, et je doute que Grattin s'en remette.

Il serra les dents et hocha la tête.

— Je vous laisse vingt-quatre heures, annonça Mayfield. Je veux avoir des nouvelles de vous ou de vos avocats demain. Et on cale un rendez-vous pour lundi.

Sid Shennault acquiesça encore.

Tôt le dimanche matin, après une nuit blanche, Shennault se rendit au cabinet de son avocat à Bellaire, une ville chic près de Houston. L'avocat, F. Max Darden, était un expert du crime en col blanc et il n'avait jamais entendu parler de Ken Reed et de sa société. Pendant deux heures, Shennault lui raconta tout ce qu'il savait sur Grattin, Reed, la politique de la maison et l'usage du Flaxacyl, alias la vitamine E3. En revanche, il assura n'être pour rien dans la mort de Nelson Kerr.

Le lundi, à 11 heures précises, l'agent spécial Ross Mayfield et trois de ses collègues, cette fois en costumes noirs et cravates, se présentèrent au cabinet. Darden les conduisit dans sa magnifique salle de réunion. Une secrétaire servit du café et des beignets pendant que les hommes parlaient de la pluie et du beau temps pour tenter de détendre l'atmosphère.

Une fois la secrétaire partie, l'avocat prit les rênes de la discussion.

— Si vous êtes ici, c'est pour faire une offre à mon client, n'est-ce pas ?

— Exact. Nous sommes mandatés par le procureur fédéral de Houston et nous comptons inculper les dirigeants de Grattin, dont M. Shennault. Nous avons les preuves que votre client est impliqué dans une fraude massive à l'assurance maladie qui dure depuis des années, et il sera condamné pour ces faits, comme de nombreux hauts cadres de cette société.

— En quoi consiste cette fraude ? demanda Darden, sachant très bien de quoi il retournait.

— Il s'agit de l'utilisation d'un produit appelé le Flaxacyl, dénommé « vitamine E3 » chez Grattin. Ce médicament est connu, mais son usage interdit. Il a été découvert par hasard dans un laboratoire chinois voilà vingt ans. Au début, la molécule semblait très prometteuse puisqu'elle prolongeait la vie des malades et permettait au cœur de battre plus longtemps. Toutefois, il s'est avéré que ça ne fonctionnait que pour des patients qui avaient perdu toutes leurs fonctions cérébrales, sans compter qu'elle provoquait une cécité quasi immédiate. Apparemment, les bonnes gens de Grattin ont appris les effets de ce produit et ont passé un accord avec ce laboratoire. Et depuis ces vingt dernières années, Grattin se sert de cette pilule miracle pour maintenir en vie des dizaines de milliers de patients quelques mois de plus.

— Ce médicament repousse donc la mort ? lâcha Darden, feignant la surprise.

— Uniquement pour les malheureux atteints de démence avancée ou ayant eu de graves lésions cérébrales. Et le Flaxacyl rend aveugle. Ça m'étonnerait que vous puissiez convaincre un jury qu'il s'agit d'un bon médicament.

— Le jury, j'en fais mon affaire, monsieur Mayfield.

— Je n'en doute pas. Et nous allons vous donner l'occasion de le prouver. Nous ne sommes pas ici pour nous quereller ou jouer les marchands de tapis. Je suis certain que vous êtes une pointure en salle d'audience, monsieur Darden. Néanmoins, sans vouloir vous vexer, vous allez perdre.

Pour apaiser les esprits, Sid Shennault intervint.

— Quel est le marché ?

Mayfield but une gorgée de café sans quitter l'avocat des yeux. Finalement, il reposa sa tasse et se tourna vers Shennault.

— D'abord, nous voulons des renseignements. Vous avez deux semaines pour nous fournir des documents. Il nous faut le mode de paiement pour le Flaxacyl. Quelle quantité est achetée, comment, par quelle voie. Par où transite l'argent. Depuis combien de temps ce commerce est en place. Tout ça, c'est de la comptabilité et c'est votre domaine. Il nous faut aussi les noms des autres directeurs et chefs de département qui ont approuvé ce trafic ou qui sont au courant de l'existence de ce produit. Ensuite, nous arrêterons tout ce beau monde. Ce sera une opération soigneusement programmée. Nous ne voulons pas que Ken Reed nous file entre les doigts. Nous savons qu'il a trois jets privés et trois propriétés hors des États-Unis. Vous serez arrêté en premier, discrètement, pour que personne ne le sache. Le lendemain nous sortirons le grand jeu, raid du SWAT et tout le tralala. Ensuite, vous témoignerez sous serment, signerez toutes les déclarations dont nous aurons besoin, et oui, vous serez peut-être appelé à la barre. Il faut vous y préparer. De votre côté, vous plaiderez coupable et nous demanderons au juge de se montrer clément sur la peine.

— C'est-à-dire, plus précisément ? demanda Shennault.

— Pas d'amende. Six mois max en prison, et assignation à résidence.

Sid acquiesça, résigné. Le bon temps était fini et il en avait bien profité. Il avait des comptes en banque bien remplis et encore le temps de se construire une nouvelle vie. Sa femme et ses gosses le soutiendraient, feraient le gros dos le temps que les choses se tassent, puis l'existence reprendrait son cours. On était au Texas. Une terre où on oubliait vite le passé si la personne se relevait et gagnait encore plus d'argent. Les Texans avaient une admiration atavique pour les hors-la-loi. Et pour tout dire, il n'avait aucune compassion pour Ken et son cercle d'amis. Tous ces gens en étaient à leur troisième mariage et menaient une vie dissolue qui lui faisait horreur. Il serait heureux de quitter Grattin et partirait sans regrets.

— On pourrait négocier l'immunité ? proposa Darden. Je préférerais que mon client ne soit pas poursuivi. Il pourrait coopérer pleinement et vous auriez tout ce que vous voulez.

— Il ne peut y avoir aucune immunité dans cette affaire. Ordre de Washington.

9

Sur l'insistance du FBI, qui promit de payer tous les frais, Bob Cobb s'envola pour Los Angeles. Deux agents l'attendaient à la sortie des douanes et l'emmenèrent à leurs bureaux sur Wilshire Boulevard. On le conduisit dans une pièce au deuxième étage où, tout sourire, un certain agent Baskin l'accueillit. La victoire était en vue et tout le monde était sur un petit nuage. Avec Baskin, Bob se rendit dans une petite salle de réunion de l'autre côté du couloir. Un technicien les y attendait. Sur un grand écran mural, Rick Patterson, moribond, apparut sur son lit d'hôpital.

— Je sais que vous avez déjà vu cette image, déclara Baskin.

— Oui, à Jacksonville.

— Mais il y a du nouveau. Cette vidéo date d'il y a deux jours.

Autour du lit, tout le monde a tombé la veste et les cinq hommes blancs semblent épuisés. Le procureur fédéral tient un calepin et s'adresse au patient/témoin.

— Maintenant, monsieur Patterson, le 5 août de l'année dernière, un écrivain nommé Nelson Kerr a été assassiné sur l'île de Camino, en Floride. Êtes-vous mêlé, d'une façon ou d'une autre, à ce meurtre ?

Il y a un silence puis il articule un « oui » avec difficulté.

— Vous avez tué Nelson Kerr ?

— Non.

— C'est votre partenaire, Karen Sharbonnet, qui l'a fait ?

— Oui.

— Et ça s'est passé en plein ouragan, n'est-ce pas ?

— Oui.

— Savez-vous quelle arme a été utilisée ?

— Oui.

Il y a encore une longue pause. L'avocat approche son oreille à quelques centimètres de la bouche du moribond. Patterson émet un grognement et marmonne quelque chose. Puis l'avocat chuchote la réponse au procureur, qui demande alors :

— L'arme du crime était un club de golf ?

Bob Cobb lâcha un rire :

— Ah ! le petit con !

— Pardon ? demanda Baskin.

— C'est ce gamin ! Il avait tout trouvé dès le début ! C'est une longue histoire. Je vous expliquerai plus tard. Si ça vous intéresse.

À l'écran, le procureur poursuivait :

— Combien étiez-vous payés, Karen Sharbonnet et vous, pour le meurtre de Nelson Kerr ?

Encore un silence.

— Quatre.

— Quatre millions ?

Oui.

— Et vous avez partagé l'argent en deux ?

— Oui.

— Qui a versé l'argent ?

Encore un silence. Son avocat se penche à nouveau vers son client. Patterson grogne quelque chose. L'avocat transmet la réponse à l'oreille du procureur, qui reformule alors sa question.

— Vous avez été payé par un intermédiaire ?

— Oui.

— Qui est-ce ?

L'avocat murmure à nouveau à l'oreille du magistrat.

— L'intermédiaire en question est Matthew Dunn ?

— Oui.

À ce stade, le témoin ferme les yeux et les interrogateurs reculent d'un pas. Un médecin s'avance et fait signe à tout le monde de partir. L'écran passe au noir.

— C'est fini pour cette journée, expliqua Baskin. Il est réactif au mieux pendant vingt minutes. Nous avons trouvé Matthew Dunn et l'avons placé sous surveillance. Un sacré personnage. Des antécédents dans les trafics d'armes, de drogues, il a même été mercenaire en Syrie. Un sale type, mais nous le coincerons bientôt. Vous voulez voir la fille ?

— Oh oui !

— Juste une chose : elle ne sait pas que Patterson est en vie. Elle croit lui avoir réglé son compte dans les bois alors elle joue les dures à cuire.

— Allons-y.

Ils descendirent au premier étage et s'arrêtèrent devant une porte gardée par deux agents. Baskin ouvrit le battant et fit signe à Bob d'entrer.

Karen Sharbonnet était assise sur une chaise de métal, derrière une paroi grillagée qui ne montait pas jusqu'au plafond. Sa main gauche était menottée à la chaise. Bob s'assit en face d'elle et lui adressa un sourire, qu'elle ne lui retourna pas.

— Comment vas-tu, chérie ? Finalement, ils t'ont attrapée.

Elle haussa les épaules.

— On a pris du bon temps, pas vrai ? Tout un week-end. Tu te souviens ?

— Non.

— Déconne pas. On a passé deux jours au lit, chez moi. On s'est bien éclatés.

— Aucun souvenir.

— C'est peut-être parce que tu es une pute. Tu ne peux pas te rappeler tous les mecs qui te passent dessus.

Elle haussa encore les épaules, esquissa un sourire. Rien ne la troublerait.

— La dernière fois que je t'ai vue, tu courais sur le trottoir comme une dératée, en plein ouragan de catégorie 4. Tu pouvais à peine tenir debout sous les bourrasques. Je t'ai appelée encore et encore, et puis j'ai laissé tomber. Je me suis dit que j'avais affaire à une folle. Je ne savais pas que tu fonçais chez Nelson. Tu sais qu'il m'a téléphoné, qu'il m'a dit que tu étais chez lui et que tu avais un comportement bizarre ? Et ça ne m'a pas étonné. Tu es complètement dingue.

— Je ne sais pas de quoi vous parlez.

— C'est parce que tu es une professionnelle avec de la glace dans les veines. Et tu sais, même au lit, il y avait quelque chose de froid chez toi. Je ne me plains pas, rien à redire sur la prestation, mais il y avait un truc qui clochait. Tu sais qu'ils ont trouvé tes empreintes chez Nelson ?

— C'est qui, Nelson ?

Le mur derrière Bob était en Placoplatre blanc, du moins en apparence. Une portion cachait trois caméras braquées sur le visage de la femme. Le moindre rictus, le moindre battement de paupières étaient analysés par des experts, comme les mouvements des yeux ou des muscles faciaux au niveau du front et autour de la bouche. Elle restait de marbre. Ses mains étaient immobiles. Sa respiration, calme et détendue. Son expression, immuable. Malgré cette visite impromptue, elle ne montrait aucune surprise.

En tout cas jusque-là.

— Et tu l'as massacré, lâcha Bob. Avec un fer 7 !

Ses lèvres s'entrouvrirent, comme si elle avait besoin d'un peu d'air. Il y eut un infime froncement de sourcils, deux fins sillons apparurent au sommet du nez. L'instant suivant, d'un sourire, elle avait tout effacé.

— C'est vous qui êtes dingue.

— Dingue, je suis d'accord, mais pas au point de tuer quelqu'un, et encore moins stupide pour me faire prendre. T'inquiète, chérie, on va se revoir. Ils vont t'extrader en Floride, là où se trouve la scène de crime, et ton joli petit cul va se retrouver sur le banc des accusés. Et je serai là, dans la salle d'audience, à te regarder, impatient de venir témoigner contre toi. Oh oui, j'ai hâte d'y être ! Mon pote Nelson mérite justice.

— Je ne sais pas de quoi vous parlez.

Sans un mot, Bob se leva, se dirigea vers la porte et s'en alla.

10

Matthew Dunn habitait un petit appartement à Las Vegas, dans une tour de verre à proximité du Strip. Quarante-huit heures de surveillance avaient mis en évidence un mode de vie plutôt rangé. Chaque après-midi, il faisait une longue marche jusqu'au Belaggio pour jouer au black-jack à des tables où les mises ne dépassaient pas dix dollars, tout en sirotant un whisky bas de gamme. Ses antécédents étaient bien plus excitants. Il avait été renvoyé des Marines pour insubordination, puis embauché par un groupe de mercenaires américains pour faire le sale boulot en Irak. Il avait été incarcéré pour trafic d'armes durant deux années dans une prison syrienne – et avait survécu. La Nouvelle-Orléans l'avait poursuivi en justice pour importation de cocaïne, et pourtant il s'en était sorti. Il avait passé trois ans dans un pénitencier fédéral pour arnaque à l'assurance, mais une semaine après sa libération conditionnelle, il décrochait un contrat de cinq millions de dollars avec la Défense pour fournir l'armée en jus d'orange. Chemin faisant, il avait officié comme tueur à gages et était devenu l'intermédiaire incontournable pour les contrats les plus lucratifs. L'examen de ses comptes en banque se révéla décevant – moins de vingt mille dollars. À l'évidence, Dunn affectionnait le liquide et les comptes cachés à l'étranger. Quand le FBI, qui épiait son ordinateur et écoutait ses conversations téléphoniques, découvrit qu'il avait réservé un vol pour Mexico, ce fut le branle-bas de combat. Dunn fut arrêté sans incident à l'aéroport international de Las Vegas et placé à l'isolement au centre de détention du comté.

11

Dix-huit jours après s'être cassé le cou, Rick Patterson décéda enfin à l'hôpital de Cincinnati. Il avait quarante-quatre ans, était célibataire, n'avait jamais été marié. L'un de ses frères paya l'incinération et ses cendres furent envoyées par FedEx dans un funérarium de Seattle, en attendant qu'une décision soit prise. Selon toute vraisemblance, il avait rencontré Karen Sharbonnet vingt et un ans plus tôt, quand il était en service en Afrique de l'Est. Leurs chemins s'étaient croisés plusieurs fois et ils avaient séjourné des années en Irak et en Afghanistan. Ils ne s'étaient jamais mariés, et rien ne prouvait qu'ils aient eu une relation, sinon professionnelle – et qui lui fut fatale. Retrouver l'argent serait impossible. Comme tous ceux qui naviguaient dans ces eaux troubles, Patterson était un adepte du liquide et des banques offshores.

Karen Sharbonnet ne fut pas informée de sa mort. Elle croyait toujours l'avoir tué dans les bois. Elle était placée dans un QHS, coupée des médias et d'Internet. Quand elle apprit qu'elle était poursuivie pour les meurtres de Linda Higginbotham, Jason Jordan, Nelson Kerr, et d'un chirurgien esthétique du Wisconsin, elle demanda, avec un calme absolu, à avoir un avocat.

12

Après avoir signé l'accord préliminaire négocié d'une main de fer par F. Max Darden, Sid Shennault se mit au travail et fouilla la comptabilité de Grattin.

Ayant, pendant des années, géré et optimisé tout le système informatique de la société, ce fut un jeu d'enfant pour lui. En deux jours, il envoya à Darden, par e-mails cryptés, une manne d'informations financières. Les documents étaient si détaillés, si compromettants que l'agent Mayfield et son équipe avaient du mal à cacher leur joie. Le Flaxacyl, en effet, était un produit bon marché. Grattin en achetait chaque année pour quatre-vingts millions de dollars, via un réseau de sociétés écrans, au même courtier à Singapour, qui, à son tour, transmettait les fonds au laboratoire de la province du Fujian.

L'afflux de documents tourna à l'avalanche. Shennault voulait impressionner ses nouveaux maîtres à qui il avait vendu son âme, et les convaincre de lui offrir un meilleur marché. Dès la première fuite, il était devenu un traître ; il n'y avait plus de marche arrière possible. Au bout de soixante-douze heures, il avait submergé le FBI de pièces comptables. Les fédéraux étaient débordés et ne pouvaient tout traiter, mais ô merveille des merveilles, toutes ces pièces étaient recevables pour la justice !

Vint alors le moment de porter l'estocade : Darden appela l'agent Mayfield et réclama une rencontre en tête à tête. Les deux hommes se retrouvèrent dans un bar huppé près du cabinet de l'avocat en fin d'après-midi. Darden commanda du vin rouge. Mayfield, qui était en service, resta au café. Dès que leurs boissons furent servies, Darden attaqua de front.

— Nous voulons l'immunité, une immunité complète et sans condition. Pas de condamnation, pas d'arrestation. Rien. Sid doit s'en sortir libre comme l'air.

Mayfield secoua la tête.

— Nous avons déjà eu cette conversation.

— Certes. Mais il y a du nouveau : et si Sid pouvait vous lister tous les comptes offshores de Ken, comme tous ses actifs ? Il a plus d'un demi-milliard caché à l'étranger – dans des banques partout sur le globe, jusqu'en Nouvelle-Zélande ! Sid peut vous donner toutes les infos, tous les détails. Et aussi la liste de ses joujoux de millionnaire : les maisons, les yachts, les avions.

— Continuez.

— Pensez à tous les procès au civil à venir. Ça va être un raz de marée. Reed va faire comme Trump, se déclarer en faillite et chercher par tous les moyens à se protéger. Mais imaginez que les plaignants et leurs avocats aient connaissance de sa fortune et puissent se servir dans ses caisses ? Ce ne serait que justice, non ? Reed finirait alors réellement ruiné, et serait bon pour la prison *ad vitam æternam*. Sid peut vous offrir tout ça sur un plateau, en échange de son immunité.

— Je ne sais pas…

— Allons, Ross. Regardez la manne qu'il vous a déjà apportée. Il y en a tant que vous ne savez plus où donner de la tête, pas vrai ? Mon client sait ce qu'il fait et il est prêt à en faire plus encore. Mais cela a un prix. À quoi ça vous servirait de l'inculper et de salir son nom ?

Mayfield esquissa un sourire, hocha la tête, en regardant la salle autour de lui. Il aimait bien ce qu'il venait d'entendre – beaucoup même.

— Et pour Nelson Kerr ?

— Rien. Pas une trace. Sid est convaincu que Reed a payé via un autre compte ou en liquide. Il a fait ça sans aucun lien avec la société. Il n'est pas stupide à ce point.

Mayfield consulta sa montre.

— Il est 17 h 05. Je ne suis plus en service. Commandez-moi une bière pendant que je vais pisser.

À son retour, la chope était déjà là. Il prit une longue gorgée.

— Je marche. Je vais appeler les gars à Washington et régler ça.

Il tendit la main à Darden et l'accord fut scellé.

13

Mi-mai, par un après-midi orageux, Bruce se trouvait sur son perron, bercé par le bruit de la pluie qui cliquetait sur le toit de zinc et ruisselait dans la piscine. Il tentait de lire et luttait contre le sommeil. On était un mardi. Il aurait dû être à la librairie, mais avec ce temps il y avait encore moins de monde que d'habitude. Chaque jour, il trouvait cet endroit et ce travail plus déprimants. Noelle avait fui l'île et chinait dans les environs de La Nouvelle-Orléans, à la recherche de meubles anciens.

Il entendit le téléphone sonner, le téléphone à carte, ce qui arrivait rarement. Dès qu'il reconnut la sonnerie, il fonça dans la cuisine pour prendre l'appel.

— Bonjour Bruce, dit Dane. Vous avez une minute ?

— Bien sûr. Sinon, je n'aurais pas décroché.

— Il y a du nouveau. Je suis à la maison à Houston et je suis en sécurité. Ken compte partir demain matin, pour un long voyage. Rio, je crois. J'ai mené ma petite enquête. J'ai des infos, écoutez-moi bien.

— Il faut que je prenne un stylo ?

— Non. Mais soyez attentif. Il compte partir de Houston – aéroport Hobby – à 9 heures demain matin avec son Falcon, atterrir à Tyler au Texas, le temps de récupérer sa greluche qui arrivera en voiture de Dallas. Et de là, ils repartiront ensemble. Ça ressemble à un grand départ, à mon avis. Vous pouvez alerter le FBI ?

— Bien sûr. Et vous êtes sûre que vous ne risquez rien ?

— Je suis le cadet de ses soucis en ce moment. Il sent l'étau se refermer et il n'est pas comme d'habitude. Prévenez les fédéraux, s'il vous plaît.

Bruce appela Bob Cobb et lui demanda de le retrouver toute affaire cessante à un bar de plage qui n'existait pas avant le passage de Leo. Sitôt mis dans la confidence, Bob contacta l'agent Van Cleve à Jacksonville qui relaya l'info.

14

À 8 heures le lendemain matin, Ken Reed partit en SUV avec son chauffeur vers le terminal de l'aviation générale de l'aéroport international Hobby et monta à bord de son Falcon 900. Il était le seul passager. Le jet quitta le tarmac à 9 h 01 pour un vol d'une demi-heure à destination de Tyler. Une fois que Reed eut décollé, une armée d'agents du FBI et de techniciens fit irruption dans le hall d'un immeuble de bureaux du centre-ville de Houston. Ils bloquèrent les quatre derniers étages et rassemblèrent tous les employés dans trois salles de réunion. Ils leur confisquèrent téléphones, ordinateurs et menacèrent de les arrêter s'ils entendaient le moindre murmure. Les employés étaient terrifiés et quelques femmes se mirent à pleurer.

À Tyler, un assistant fit monter la maîtresse de Reed à bord du Falcon et s'éclipsa aussitôt, les laissant seuls dans l'avion. Les pilotes attendaient l'autorisation de la tour de contrôle pour rejoindre la piste. Reed voulut appeler sa secrétaire mais elle ne répondit pas. Il tenta de joindre alors ses adjoints, ses associés. Sans succès non plus.

Il commit l'erreur de téléphoner à son épouse. Quand Dane décrocha, il raconta qu'il devait s'absenter pour une affaire urgente.

— Où tu vas ? demanda-t-elle d'un ton de glace.

— À Washington, puis à New York. J'en ai sûrement pour quelques jours.

— Ah oui ? Et tu voyages seul ?

— Malheureusement.

— Ken, ça suffit. Je ne sais pas trop comment t'annoncer ça, mais la fête est finie. Tu n'arriveras pas à Rio, et la pouffe que tu emmènes, elle va rentrer chez sa mère. Tu ne vas pas décoller. C'était ton dernier vol avec ton beau Falcon. Les fédéraux vont tout te prendre. Tu peux dire adieu à tes jouets, et à tes greluches aussi. On se verra au tribunal.

Elle lâcha un rire et coupa la communication.

Ken poussa un juron et regarda par le hublot. Trois SUV noirs s'arrêtaient à côté de l'avion, avec leurs maudites lumières bleues qui clignotaient.

X

LE CYCLONE

1

Avec la première semaine de juin vinrent les premières chaleurs, et enfin, l'été arriva sur Camino. Dix mois après Leo, le grand nettoyage était terminé et les longues journées estivales vibraient du son rassurant des scies et des perceuses, des compresseurs et des cris des ouvriers au travail. Les équipes faisaient des heures supplémentaires, voire des doubles services, pour réparer les bungalows, les restaurants, les centres commerciaux, les églises, et de nombreuses maisons dans les terres. Les petits hôtels et motels du bord de mer, pour la plupart, avaient rouvert, mais les grands établissements, comptant des centaines de chambres, avaient subi trop de dégâts pour accueillir du public. Les plages avaient été déblayées et les anses, érodées, reconstituées par des apports de tonnes de sable. La majorité des pontons privés avaient été reconstruits et deux jetées municipales s'avançaient de nouveau fièrement vers l'océan, attirant comme autrefois leur lot de pêcheurs à la ligne.

En juin, Nick Sutton fit également sa réapparition sur l'île. Dès la fin de son année à Wake Forest il débarqua avec, en poche, un nouveau diplôme tout neuf en littérature mais toujours aucune perspective d'emploi. En même temps, il ne cherchait pas vraiment. Son « projet » était de passer l'été à Camino comme les trois années précédentes : garder la maison de ses grands-parents tout en vendant quelques livres à Bay Books, lire tout son saoul et lézarder sur la plage pour peaufiner son bronzage. Quand on l'interrogeait sur son avenir (ce que faisait souvent Bruce parce qu'il aimait bien ce gamin mais s'inquiétait de son manque d'initiative), Nick restait évasif : peut-être s'inscrire à un master en beaux-arts, ce qui lui permettrait d'avoir une bourse et d'écrire pendant deux ans tout en continuant à profiter de la vie d'étudiant. Il songeait à un roman. Sur quel sujet ? Sa réponse était encore plus vague.

Toutefois Nick ne se gênait pas pour dire à son patron qu'il était mal placé pour lui faire la morale, puisqu'à vingt-trois ans, quand Bruce avait arrêté ses études, il était encore en licence.

Nick passait des heures à se documenter sur le cas Nelson Kerr. Rien ne lui échappait, les rebondissements, les coups de théâtre. Il lisait tout ce qui sortait sur Internet et gardait les articles dans des dossiers soigneusement classés et répertoriés. Il conservait même les reportages des chaînes. Il explorait la Toile à la recherche de la moindre info et, en six mois, il était devenu une encyclopédie vivante sur le sujet.

Tous les matins à Bay Books, vers 10 heures, quand le jeune homme était censé commencer son travail et s'activer au comptoir, il entrait dans le bureau de Bruce pour lui donner les dernières nouvelles. Une fois son rapport fait, il lâchait quelque chose du genre :

— Et tout ça, c'est grâce à toi, Bruce ! Tu es un vrai héros !

Bruce refusait les lauriers et répétait que ce n'était pas lui qui avait incité Danielle Noddin, l'informatrice, à parler, qu'il n'était pour rien dans l'arrestation de Karen Sharbonnet, dont les détails n'avaient pas encore été rendus publics.

Nick, invariablement, rétorquait :

— D'accord, mais qui a trouvé le remède miracle, qui a traqué Grattin ? Si tu n'avais pas eu les couilles d'embaucher ce cabinet à Washington, personne n'en aurait jamais rien su. Et Grattin en serait encore à administrer du E3 à ces pauvres gens, aux frais du contribuable !

Ils se chamaillaient et discutaient ainsi tous les matins, et Bruce s'en accommodait très bien. Nick, avec ses rapports quotidiens, lui faisait gagner du temps et lui évitait bien des recherches. Il était évident que le jeune homme comptait écrire un livre sur cette histoire. Même si celle-ci était loin d'être terminée.

À la mi-juin, onze responsables de Grattin furent inculpés et traînés devant le juge pour leur première audition. Quatre étaient déjà en prison, avec des cautions exorbitantes. Des dizaines de hauts cadres dans des sociétés partenaires faisaient l'objet d'enquêtes. L'affaire, pour l'instant, était une poule aux œufs d'or pour le milieu juridique de Houston.

Ken Reed était en cellule en attendant son jugement, et aucune libération sous caution ne lui fut accordée. Ses avions étaient cloués au sol. Son grand yacht avait été confisqué par les garde-côtes. Sa flotte de voitures de collection avait été emportée. Dane vivait dans leur maison de Houston, qui n'avait pas été saisie – pas encore –, mais trois autres propriétés avaient été placées sous scellés. Trois de ses comptes offshores avaient été bloqués.

Pris de frénésie, le FBI arrêta cinquante infirmières, pharmaciens, directeurs de maison de retraite, et même des aides-soignantes pour avoir administré de la vitamine E3. La plupart allaient rejeter la faute sur leur patron et s'en sortiraient avec de simples amendes. Les experts juridiques des chaînes d'info laissaient entendre que l'État en faisait un peu trop, qu'il s'agissait d'une démonstration de force pour attirer l'attention sur l'énormité du préjudice.

Grattin dut se déclarer en faillite et un administrateur fut nommé en urgence pour s'occuper du sort des quarante mille patients. La société était loin d'être au bord du gouffre, comme le découvrit le cabinet de redressement judiciaire payé par l'État cent mille dollars le mois. Grattin avait plein de liquidités et quasiment aucune dette. Pour ne pas laisser échapper cette manne, le cabinet convainquit le tribunal de commerce qu'il leur fallait diriger cette société au vu des enjeux humains – un argument qui se tenait, au dire des commentateurs des chaînes d'info, puisque tous les dirigeants étaient soit en prison, soit mis en examen.

La vitamine E3 fut aussitôt retirée de la circulation. Les organismes de contrôle des quinze États, soudain tirés de leur torpeur, virent, ébahis, le nombre de décès monter en flèche dans les établissements Grattin. La stupeur était la même au sein des médias, du FBI, de la FDA et de toutes les agences de santé. C'était la preuve, selon les experts des chaînes TV, que le produit fonctionnait. S'il n'y avait eu ces terribles effets secondaires, où aurait été le mal ?

Loin d'être freinés par la faillite de Grattin, et attirés par l'odeur de l'argent, des hordes d'avocats attaquèrent au civil. Rapidement, ils furent sur tous les panneaux publicitaires et les plateaux de télévision, réclamant justice et dommages et intérêts faramineux. Des actions de groupe fleurirent en une nuit dans des dizaines d'États. Les experts des médias estimaient, au petit bonheur la chance, le nombre des plaignants potentiels à deux cent mille.

David Higginbotham, Karen Sharbonnet et Matthew Dunn furent inculpés par la Cour fédérale de l'Ohio pour les meurtres de Linda Higginbotham et de Jason Jordan. Higginbotham était en prison, tandis que Karen Sharbonnet et Dunn faisaient l'objet d'un mandat d'extradition. La famille de Jason Jordan porta plainte contre les trois accusés et demanda vingt-cinq millions de dollars de dédommagement. Selon le *Dayton Daily News*, la fortune de Higginbotham, gagnée à la sueur de son front, s'élevait à quinze millions de dollars. Son avocat, qui comptait rafler le pactole en honoraires sur les dix ans à venir, promit de se battre d'arrache-pied pour son client et ce, jusqu'à son dernier souffle.

Sur son lit de mort, Rick Patterson avait confessé le meurtre du Dr Rami Hayaz, un ponte de la chirurgie esthétique à Milwaukee, en guerre avec ses ex-associés à propos du brevet d'un nouvel appareil médical. Le Dr Hayaz était mort en sortant d'un centre commercial, victime apparemment d'un vol de voiture. Il avait été dépouillé de son portefeuille, tué d'une balle dans la tête, et laissé pour mort. Sa Maserati avait été retrouvée deux jours plus tard dans une casse des environs. Pendant quatre ans, la police n'avait trouvé aucun indice et l'offre de récompense n'avait rien donné. C'était le premier crime de Patterson effectué avec sa nouvelle partenaire, Karen. Le procureur de Milwaukee donna une conférence de presse et annonça la reprise de l'enquête, exigeant que justice soit faite pour le meurtre du Dr Hayaz.

Tandis que les chefs d'accusation s'accumulaient sur la tête de Karen Sharbonnet, elle restait à l'isolement dans une prison de la région de Los Angeles, dont le nom était tenu secret. Elle ne parlait à personne, pas même aux geôliers. Elle fit appel à un avocat redoutable, un type qui était une exception dans son domaine, voire une aberration, puisqu'il ignorait les médias et refusait les conférences de presse. L'affaire défrayait quand même la chronique. Le cas de « Karen la tueuse » faisait sensation, et son joli minois sur la photo d'identification judiciaire (la seule image d'elle à disposition) apparaissait dans tous les tabloïds.

Nick les achetait tous. Il n'en ratait pas un seul.

Un matin, il annonça à Bruce que Danielle Noddin avait déposé une demande de divorce. Elle avait pris une avocate en vogue de New York, qui n'avait pas son pareil pour exploiter la moindre faille dans les contrats de mariage. Il était établi que Reed avait caché de l'argent à l'étranger, avant et pendant leurs quatorze années de vie maritale, et l'attaquer sur ce point semblait désormais une cause juste. Bien sûr, l'avocate de Dane espérait récupérer une grosse part du gâteau.

Sur le plan littéraire, le meurtre de Nelson et son lien supposé avec la parution de son livre *À cœurs battants* propulsèrent les précommandes à un niveau stratosphérique. Simon & Schuster annonça une sortie anticipée pour le 15 octobre, juste à temps pour les fêtes. Il signala également une augmentation du premier tirage, qui passerait de cent mille à cinq cent mille exemplaires. Et ce n'était qu'un début.

2

La décision fut prise à Washington, par le ministère de la Justice. La question était la suivante : sur les trois affaires de meurtre, laquelle était la plus solide ? Pour des raisons évidentes, chacun des trois procureurs fédéraux voulait être le premier à poursuivre Karen Sharbonnet. Le procureur général leur donna une demi-heure pour plaider leur cause.

L'Ohio de l'Ouest commença, puis ce fut le tour du Wisconsin du Sud.

Mais c'est la Floride du Nord qui se montra la plus convaincante. Non seulement le procureur fédéral avait la preuve que Karen Sharbonnet était dans la maison de Nelson Kerr – une petite empreinte digitale –, mais il avait également un témoin oculaire qui l'avait vue courir en pleine nuit de tempête en direction du domicile de la victime. Et il y avait eu cet appel téléphonique que Nelson Kerr avait passé audit témoin et qui attestait la présence de la prévenue chez lui aux alentours de l'heure du décès.

Toutes les affaires reposaient sur les confessions de Rick Patterson, ce qui posait un gros problème de procédure. En Floride toutefois, Karen Sharbonnet avait réellement commis le meurtre. En Ohio et dans le Wisconsin, elle n'était que complice.

Un autre point en faveur de la Floride : la peine de mort. Le procureur vantait ses chiffres : les jurés de son État étaient bien plus enclins à prononcer la peine capitale que leurs homologues de l'Ohio. Quant au Wisconsin, il avait aboli cette sentence depuis 1853.

À la fin de la réunion de deux heures, le procureur général des États-Unis, ayant des affaires bien plus importantes à traiter, décida que la Floride passerait en premier.

Le lendemain, Karen Sharbonnet fut donc transférée de Los Angeles à Jacksonville, par un vol commercial sans escale. Ce voyage, qui devait rester secret, fuita et des journalistes, à leur arrivée, les attendaient à l'aéroport. Les US Marshals avaient un plan B et firent sortir leur prisonnière par une porte latérale – en vain, car une caméra la filma. Pendant cinq secondes, on la vit, cachée derrière une casquette de baseball et des lunettes de soleil, les mains menottées, entourée d'hommes en noir qui la faisaient monter *manu militari* dans un van.

Bruce regarda la scène depuis son bureau, en compagnie de Nick, évidemment. Les experts des plateaux estimaient que le procès de Karen Sharbonnet en Floride ne se tiendrait pas avant un an. Quant à ses coaccusés, ils seraient jugés plus tard – à savoir : Ken

Reed, qu'elle n'avait jamais rencontré, et Matthew Dunn, qu'elle connaissait très bien. De toutes les charges qui pesaient contre Reed, celle d'être le commanditaire d'un meurtre était la plus sérieuse, et passible de la peine capitale. Un commentateur prédit que Dunn, l'intermédiaire, chargerait Reed et Sharbonnet pour sauver sa peau.

— Ça va être terrible, Bruce, et tu es dans l'œil du cyclone, annonça Nick.

— Retourne donc au travail !

3

Deux jours s'écoulèrent sans autres nouvelles. N'ayant plus rien à se mettre sous la dent, Nick semblait dépérir. Il revint à la vie quand, un après-midi, il tomba sur un article d'un journal local : la police de Flora, une petite ville du Kentucky, avait clos l'enquête sur la mort de Brittany Bolton, concluant que le décès était dû à une overdose d'opioïdes, un fléau dans la région. Les autorités n'avaient trouvé aucun témoin fiable au moment de sa disparition, aucun signe troublant. Sa famille, dévastée par le chagrin, se refusait à tout commentaire.

4

Une fois par mois, Bruce avait Polly McCann au téléphone. Depuis la Californie, elle avait suivi les rebondissements de l'affaire. Même si elle se réjouissait que les assassins de son frère soient traduits en justice, elle n'était guère emballée à l'idée de devoir assister au marathon juridique qui allait commencer sur la côte est.

Elle avait récemment été approchée par un ténor du barreau de Floride qui proposait d'attaquer Ken Reed au civil et de réclamer des dommages et intérêts pour la mort de Nelson. Le gars avait bien préparé son dossier. Il avait même fait le voyage sur la côte ouest pour la rencontrer, avec son mari et leur avocat pénaliste. Selon lui, Reed avait de quoi payer une fortune et leur recours passerait avant tous les autres. Il songeait à demander cinquante millions pour commencer, avec vingt pour cent pour lui si un accord financier était trouvé, et trente pour cent s'ils devaient aller au procès. La plainte ne serait déposée qu'après le procès au pénal et, une fois Reed jugé coupable, il était sûr de gagner son action en justice.

Il connaissait son affaire. Son CV était impressionnant, même s'il versait un peu trop dans l'autopromo, mais Polly et son mari hésitaient encore. Elle voulait avoir l'avis de Bruce.

Il botta en touche : malgré tout ce qui venait de se passer dans sa vie, il ne connaissait pas grand-chose au monde de la justice et ne tenait pas tant à s'en approcher. Toutefois, s'il s'était agi de son propre frère et que celui-ci avait été victime d'un meurtre commandité par un escroc millionnaire, alors il le saignerait à mort, jusqu'à la dernière goutte ! Bruce accepta donc d'enquêter discrètement sur cet avocat, histoire de voir s'il était aussi bon que cela.

Avant de raccrocher, Polly lui annonça qu'elle et son mari comptaient passer une semaine sur Camino pour la fête du 4 Juillet. Elle devait rencontrer l'avocat de la succession, régler quelques démarches. Bruce était ravi de cette nouvelle et leur proposa de séjourner chez lui.

5

Fin juin, un vendredi matin, l'agent Van Cleve de Jacksonville appela Bruce. Il voulait le voir et était prêt à se déplacer. Pourquoi ne pas se retrouver en fin d'après-midi autour d'une bière puisqu'il ne serait plus en service ? Il souhaitait aussi que Bob Cobb soit présent. Bruce était surpris d'être inclus dans le groupe, puisqu'il n'avait eu aucune nouvelle du FBI depuis plusieurs mois. Il proposa un rendez-vous au Curly's Oyster Bar, pour l'happy hour.

Bob était toujours partant pour boire un verre, quelle que soit l'heure. Nick, ayant eu vent de la rencontre, s'incrusta. Les trois hommes prirent une table en terrasse, avec vue sur les parcs à huîtres, et demandèrent un pichet de bière. C'était vendredi, l'île soufflait après une longue semaine de travaux non-stop, l'air était chaud sans être étouffant et les gens avaient envie de décompresser.

Bob avait passé beaucoup de temps avec Van Cleve, mais Bruce ne l'avait rencontré qu'entre deux portes. L'agent arriva à 17 h 30 en bermuda et chaussures bateau, se fondant presque dans la foule. Il avait terminé son service pour la semaine.

Bob fit les présentations. Il expliqua que Nick était un ami de Bay Books sans préciser qu'il était plutôt un étudiant attardé qui refusait d'entrer dans la vie active. Ce n'était pas l'heure des reproches. Ils servirent une bière à Van Cleve pendant qu'il regardait les gens aller et venir au bord de l'eau. Bruce remarqua qu'il n'avait pas d'alliance. Profitant qu'une serveuse passe à côté de leur table, ils commandèrent un seau de crevettes. Et un autre pichet.

Van Cleve prit un air grave et dit :

— Bon, je vous résume où on en est : comme vous le savez, Karen Sharbonnet avait un partenaire, un type nommé Patterson. Ils ont été payés quatre millions de dollars par Ken Reed, par l'entremise de Matthew Dunn, pour éliminer Kerr. Ils sont venus ici ensemble, ont loué un appart près du Hilton, et ont surveillé Nelson Kerr pour échafauder un plan d'attaque. L'ouragan a été une aubaine pour eux. Ils allaient pouvoir agir en étant certains qu'il n'y aurait pas de témoins. Karen est entrée chez Kerr, lui a réglé son compte, puis l'a tiré dehors en pleine tempête. La suite, vous la connaissez.

— Juste une question, intervint Nick. Avec quoi elle a tué Nelson ?

— Avec l'un de ses clubs de golf, sans doute un fer.

Nick esquissa un grand sourire et leva les mains en signe de victoire.

— Vous pouvez m'expliquer ?

Voyant Bob secouer la tête, Bruce s'y colla.

— Le lendemain du meurtre, alors que nous veillions sur le corps, on s'est mis à discuter. Nick, qui lit bien trop de romans policiers, pensait que la femme n'était pas descendue au Hilton, qu'elle avait plutôt loué un appartement dans le coin avec son équipe, qu'elle avait rencontré Nelson, et qu'une fois sa connaissance faite elle avait pu entrer chez lui. Et, toujours selon Nick, elle n'avait pas apporté d'arme, mais s'était servie de ce qu'elle avait trouvé dans la maison.

— Le fer 7, pour être exact, annonça Nick. Dans un roman de Scott Turow, l'arme du crime était aussi un fer.

Van Cleve était impressionné.

— Bravo. Vous cherchez un boulot ?

— Oh oui ! s'exclama Bob.

— Embauchez-le, par pitié ! renchérit Bruce. Il sort tout juste de l'université.

— Et je travaille pour pas cher. Pas vrai, patron ?

Tout le monde rit de bon cœur. Ils remplirent tous leurs verres. Les crevettes arrivèrent et la serveuse, en posant le seau brutalement devant eux, en répandit la moitié sur la nappe à carreaux – une tradition locale regrettable.

— Comment ont-ils quitté l'île ? demanda Bruce.

— Nous ne le saurons sans doute jamais, répondit l'agent. Patterson n'a pas eu le temps de nous le dire.

— Il est mort, c'est sûr ? s'enquit Bob.

— Absolument ! Qu'il repose en paix. Terminé les contrats pour lui.

— Comme pour Ingrid ! déclara Bob en levant son verre. Ça se fête !

Ils rirent à nouveau, burent encore, et restèrent un moment silencieux à regarder le groupe de country qui montait sur scène, et les filles qui passaient.

Finalement, Nick se tourna vers Van Cleve.

— Quand le procès de la tueuse va-t-il avoir lieu, à votre avis ?

L'agent secoua la tête.

— Avec les avocats et les juges, on ne sait jamais ! Dans deux ans peut-être. Elle pourrait même décrocher un accord financier.

— Oh non, il faut un procès. Je veux voir notre Big Bob dans le fauteuil des témoins raconter ses folles nuits avec une tueuse à gages, juste avant qu'elle n'aille dégommer notre ami. Ça promet d'être croustillant !

Bob sourit.

— Je vais me mettre le jury dans la poche. Et ses avocats ne me font pas peur.

— Tu ne peux pas témoigner, intervint Bruce. Tu es un ex-détenu.

— D'où tu sors ça ?

Bruce se tourna vers Van Cleve, le seul à avoir fait des études de droit.

— D'une manière générale, répondit l'agent, on préfère ne pas appeler à la barre d'anciens condamnés, pour des raisons évidentes de crédibilité. Mais il y a des exceptions.

— Hé ! Je suis aussi crédible que cette folle dingue ! protesta Bob. Je veux l'avoir en face de moi au tribunal.

— Quand je pense, intervint Nick, qu'ils t'ont fait venir jusqu'à Los Angeles pour que tu puisses la voir menottée. Il faut que tu nous racontes ça !

— D'accord, mais commande-nous d'abord un autre pichet.

Bruce fit signe à la serveuse tandis que Bob se lançait dans son récit. Plus il avançait dans son histoire, plus son langage devenait fleuri et, rapidement, toute la tablée rit aux éclats. Il faisait quasiment nuit quand le seau de crevettes fut terminé, mais la soirée ne faisait que commencer. Ils trouvèrent des menus et discutaient des poissons du jour quand une beauté blonde en mini-short s'approcha de leur table. Toutes les têtes se tournèrent vers elle. Même l'orchestre sembla s'arrêter de jouer. La fille se planta à côté de Van Cleve, lui prit la main et déposa un bisou sur sa joue.

— Coucou chérie, dit l'agent avant de se tourner vers ses compagnons : désolé les gars, mais je dois y aller. Je vous présente Felicia, mon amie.

Elle leur adressa un sourire parfait tandis que Bruce, Bob et Nick, ébahis, la regardaient comme des benêts. Bruce allait lui proposer de se joindre à eux quand Van Cleve annonça :

— C'était super. Merci pour la bière. La prochaine fois, l'addition est pour moi.

Le couple s'en alla d'un pas alerte, tandis que le trio ne pouvait quitter des yeux le short en jean moulant qui s'éloignait.

Bob Cobb retrouva enfin son souffle et lâcha :

— Depuis quand les fédéraux sortent avec des bombes ?

— Il a vingt ans de moins que toi ! répliqua Bruce.

Nick regardait toujours la fille au loin.

— Ça, c'est de l'argument marketing ! Finalement, je vais peut-être aller bosser au FBI.

— Bon, qui a faim ? demanda Bruce. C'est moi qui invite, puisque Van Cleve s'est fait la belle. Tacos de poisson pour tout le monde ?

La musique reprit et la foule grossit. Quand la serveuse apporta le plateau de tacos, ils commandèrent un autre pichet de bière. Tout en mangeant, ils se remémorèrent, avec plus de bonne humeur qu'ils ne s'y attendaient, les heures éprouvantes après la tempête sur la terrasse de Nelson. La prestation de Hoppy Durden ; ce brave flic totalement perdu, seul et unique membre de la section homicide de la police de Santa Rosa, doublé de la casquette de « spécialiste des braquages de banque », qui se grattait la tête en regardant le cadavre de Nelson, puis qui s'était mis à dérouler comme un dératé des kilomètres de rubalise ! Il y en avait assez pour arrêter un éléphant ! Et puis leur razzia sur le congélateur et le bar de Nelson. De vrais pillards ! Ils avaient pris ses meilleures bouteilles, et volé sa belle BMW. Ils rirent aussi en se souvenant du capitaine Butler de la police d'État, qui arpentait la scène de crime avec ses bottes de cow-boy, comme s'il avait tout compris, alors qu'il passait à côté de tous les indices. Peut-être ne savait-il toujours pas que l'assassin était en prison à Jacksonville… Quel clown ! Ils s'esclaffèrent encore et commandèrent un quatrième pichet.

Bob et Nick n'avaient pas de femmes à qui rendre des comptes. Quant à Noelle, elle n'était pas sur l'île, alors les trois amis pouvaient se laisser aller. Ils avaient besoin de lâcher prise, d'une bonne nuit de fête, parce que cela faisait trop longtemps qu'ils portaient ce fardeau.

Nick, à vingt-deux ans, avait l'habitude de consulter son téléphone toutes les dix minutes. À 23 h 15, l'appareil vibra et il le sortit une fois encore de sa poche. Aussitôt, il secoua la tête, en lâchant un petit rire.

— Oh non…

— Quoi ? Qu'est-ce qui se passe ? s'enquit Bob.

— C'est la saison des ouragans. Celui-là a commencé à se former il y a deux semaines. Et ils lui ont déjà donné un nom : Buford.

— Buford ? Quel nom ridicule !

— Tu as dit la même chose pour Leo ! lança Bruce.

Nick leur mit le téléphone sous le nez pour leur montrer une masse rouge qui se déplaçait sur l'Atlantique.

— On connaît sa trajectoire ?

— C'est trop tôt.

— Où est-il en ce moment ? demanda Bob.

— À trois cents kilomètres à l'ouest des îles du Cap-Vert.

Bruce fronça les sourcils.

— Leo venait du même endroit, non ?

— Tout juste.

Ils commandèrent un cinquième pichet.

Du même auteur :

Chez Robert Laffont :

Le Droit de tuer
La Firme
L'Affaire Pélican
Le Client
L'Héritage de la haine (Le Couloir de la mort)
L'Idéaliste
Le Maître du jeu
L'Associé
La Loi du plus faible
Le Testament
L'Engrenage
La Dernière Récolte
Pas de Noël cette année
L'Héritage
La Transaction
Le Dernier Match
Le Dernier Juré
Le Clandestin
L'Accusé

La Revanche
Le Contrat
L'Infiltré
Chroniques de Ford County
La Confession
Les Partenaires
Calico Joe
Le Manipulateur

Chez Lattès :
L'Allée du sycomore
L'Ombre de Gray Mountain
L'Insoumis
L'Informateur
Le Cas Fitzgerald
Les Imposteurs
La Sentence
Les Oubliés
La Chance d'une vie

Chez Oh ! Éditions / XO :
Théodore Boone : Enfant et justicier
Théodore Boone : L'Enlèvement

Chez XO Éditions :
Théodore Boone : Coupable ?
Théodore Boone : La Menace

PAPIER À BASE DE FIBRES CERTIFIÉES

Le Livre de Poche s'engage pour l'environnement en réduisant l'empreinte carbone de ses livres. Celle de cet exemplaire est de :
250 g éq. CO_2
Rendez-vous sur www.livredepoche-durable.fr

Composition réalisée par PCA

Achevé d'imprimer en France par
CPI BRODARD & TAUPIN (72200 La Flèche)
en février 2023
N° d'impression : 3051498
Dépôt légal 1re publication : mars 2023
LIBRAIRIE GÉNÉRALE FRANÇAISE
21, rue du Montparnasse – 75298 Paris Cedex 06

48/8809/1